메시지 오브 아더스

MESSAGE
OF THE OTHERS

징 후

메시지 오브 아더스 2 : 징후
© 송성근 2017

초판 1쇄 발행일 2017년 10월 10일

지 은 이 송성근

출판책임 박성규
편집진행 유예림
편   집 남은재
디 자 인 조미경 · 김원중
마 케 팅 나다연 · 이광호
경영지원 김은주 · 박소희
제   작 송세언
관   리 구법모 · 엄철용

펴 낸 곳 도서출판 들녘
펴 낸 이 이정원
등록일자 1987년 12월 12일
등록번호 10-156
주   소 경기도 파주시 회동길 198
전   화 마케팅 031-955-7374 편집 031-955-7381
팩시밀리 031-955-7393
홈페이지 www.ddd21.co.kr

I S B N 979-11-5925-285-3 (04810)
        979-11-5925-275-4 (세트)

「이 도서의 국립중앙도서관 출판예정도서목록(CIP)은 서지정보유통지원시스템 홈페이지(http://seoji.nl.go.kr)와 국가자료공동목록시스템(http://www.nl.go.kr/kolisnet)에서 이용하실 수 있습니다.(CIP제어번호: CIP2017024835)」

송 성 근   장 편 소 설

징 후

메시지 오브 아더스

MESSAGE
OF THE OTHERS

들녘

나를 깜짝 놀라게 만든
율이와 해나에게

차 례

이진우   새암고등학교 과학교사. 따뜻한 친화력과 부드러운 카리스마로 '슈퍼 쎄븐'을 이끌어간다. UFO와 조우하면서 예지력과 통찰력을 갖게 되었지만 아직 자신의 능력을 완전히 자각하고 통제하는 건 아니다. 그의 능력은 아직 발전(?) 중이다.

김경희   〈월드 파라노말 미스터리〉라는 (삼류) 잡지사 기자. (그리고 이혼녀.) UFO와 조우하는 현장에 없었기 때문에 특별한 능력도 없다. 하지만 UFO와 조우하기 전부터 뛰어난 미모와 몸매, 명석한 두뇌와 민첩한 판단력을 갖고 있었다. 아직 어리둥절해하는 '슈퍼 쎄븐'과 이진우에게는 누구보다 뛰어난 능력을 가진 것으로 보일지도 모르겠다.

박에스더   감마선을 방출하는 괴물 같은 능력을 갖고 있다. 이런 능력 때문에 가장 먼저 위험에 빠졌다. (그리고 다른 사람들을 위험에 빠뜨렸다.) 슈퍼 쎄븐의 다른 아이들과 달리 에스더는 아직 자신의 능력을 개발할 기회를 갖지 못했다. 사실 어디에 써야 할지(?)도 모를 능력이라 할 수 있다.

김철산   UFO와 조우한 후에 괴력과 중력 전환 능력을 얻었다. 공부와는 담 쌓고 헬스장에서 대부분의 시간을 보내는 근육맨이다. 부모님의 이혼으로 애정 결핍에 시달려 유달리 사랑에 목말라 하지만 그냥 단순히 이성(異姓)에 관심이 엄청 많은 것 같기도 하다. 최근 '경희 누나'가 귓가에 속삭인 한마디 때문에 공부에도 관심을 가지게 되었다.

이치훈   시공간을 이동하는 신비한 능력을 가졌다. 단순히 과거의 장면이 눈앞을 스쳐지나가는 게 아니라 실제로 자신의 몸을 과거로 이동시킬 수 있는 정도까지 능력을 발전시켰다. 시공을 넘나드는 미지의 능력은 그만큼 위험하기도 하다. 이야기 속에서 능력을 발휘하는 장면은 많지 않지만, 혼자서도 열심히 연습(?)을 하고 있는 것 같다.

변기태   전자장 증폭 및 변형 능력을 가지고 있다. 어릴 때부터 허약해서 병으로 학교를 쉰 탓에 슈퍼 쎄븐의 다른 친구들보다 한 살이 많다. 부자 아버지가 병약한 아들을 위해 지어준 '짜바 타워'가 슈퍼 쎄븐의 아지트가 되었다. 전자장 통제력을 가진 싱어 우도윤과 콤비로 활약한다.

우도윤   슈퍼 쎄븐의 '싱어(singer)'. 초음파 발성 능력과 전자장 통제력을 가지고 있다. 노래를 부르다가 명품 크리스털 컵을 박살내면서 자신의 능력을 자각한다. 이제는 노래로 플라스틱 컵도 깰 수 있다. UFO와 조우한 이후에 노래를 매개로 능력을 발휘하는데, 원래도 중창단의 독보적인 솔리스트였다.

고인아   텔레파시와 사이코메트리 능력자. 지적이고 리더십도 강해 중재자나 책사 역할을 잘한다. 그리고 '지적질'(남들이 굳이 듣기 싫어하는 사실을 콕 집어 말한다)도 잘한다. 하지만 겸손하고 공명정대하기 때문에 그야말로 반장감이라 할 수 있다.

최동훈   염력과 공간 왜곡 능력자. 아버지랑 싸우다가 화가 나서 집을 무너뜨린 적이 있다. 원래는 총명하고 잘생기고 공부도 잘하는 반듯한 학생이었지만 지금 누구보다 격동적인 사춘기를 겪고 있다.

고스트 1

5월 9일 새벽 1시경.

서울시 양천구 신월동 국립과학수사연구원 서울 연구소.

별관 입구에 카니발 한 대가 섰다. 차가 멈추기도 전에 슬라이딩 도어가 열렸다. 양복 입은 사람 네 명이 차에서 내렸다. 가면 쓴 사람처럼 얼굴이 굳은 남자들이었다. 차를 버리기라도 하듯이 아무렇게나 세워두고 남자들은 별관으로 들어섰다.

구두 굽 소리가 지하로 달려들었다. 신들린 무당의 북소리처럼 구두 소리가 어지러웠다. 남자들의 구두는 한 번도 멈추지 않았다. 별관 지하 일반 부검실 문 앞에 이르는 세 차례의 검문 절차는 구두가 멈추지 않도록 길을 터주었다. 마치 구두 소리가 마법을 부리는 것 같았다. 그들이 지나갈 때마다 문이 열리고 사람들이 구두 끝을 향해 고개를 숙였다.

앞서 걷던 구두가 스테인리스 빛깔로 가득 찬 일반 부검실 문을 거칠게 열어젖혔다. 10여 개의 철제 침대가 횅하니 비어 있었다.

평일이면 하루 20여 구의 부검이 이루어지는 곳이었지만 지금은 일요일 밤에 갑자기 불려 나온 법의관들이 단 두 구의 시신을 부검 중이었다.

몸을 오싹하게 하는 한기와 형언할 수 없는 비린내가 동시에 밀어닥쳤다. 사내들이 오만상을 다 찌푸렸다. 구두 신은 사내들은 여러 개의 철제 침상을 가로질러 저쪽 끝에 있는 문으로 걸어갔다. 그들이 문 앞에 이르기 전에, 구두가 또 마법을 부렸는지, 다시 문이 열렸다.

문 위에는 '특수 부검실' 푯말이 붙어 있었다. 특수 부검실은 훼손이나 부패 상태가 심각한 시신을 부검하는 곳이었다. 구두들은 그 문 앞에 멈춰 섰다. 피 묻은 부검복을 입은 법의관이 문밖으로 재빨리 걸어 나왔다.

"결과는요?"

그를 보자마자 구두 신은 사내 중 하나가 물었다. 그는 키가 작았다. 사내들 가운데에 서서 물었다.

"여기서 말씀드리긴 그렇고, 참관실로 가서서……."

법의관이 옆으로 몸을 돌리고 양손으로 뒤쪽을 가리키며 말했다. 법의관은 키 작은 사내보다 나이가 많아 보였지만 깍듯하게 굴었다.

"괜찮아요. 여기서 말하세요."

그가 신고 있는 구두에는 빛이 없었다. 그렇다고 낡은 것은 아니었지만, 어떤 어두운 곳에서 먼지를 묻혀 왔는지 광택 잃은 구두가 뻣뻣하게 움직이지 않았다.

"얼핏 보기에는 일반적인 화상 환자로 보이지만……."

법의관은 사내들의 시선을 피하며 머릿속에서 겨우 꺼낸 듯한 말로 설명했다. 사내들은 열중쉬어 자세로 그의 말을 들었다. 키 작은 사내는 팔짱을 꼈다. 법의관이 계속 말했다.

"세포 조직이 거의 다 손상됐습니다. 특히 신경 계통이 완전히 녹았고," 그가 자기 머리통을 가리켰다. 손가락 두 개를 갈고리처럼 휘저으며 뇌 속을 후벼 파는 시늉을 했다. "심지어 연골 조직까지 완전히……. 휴, 산 채로 전자레인지 안에 들어간 거라고 보면 됩니다."

"생화학 반응 결과는 어떻소?" 키 작은 사내가 물었다.

"지금 분석팀 풀가동하고 있습니다. 장기 샘플 채취는 끝났고, 밀봉해서 유가족들한테 넘기려고 합니다. 정밀검사는 30일 정도 걸립니다."

법의관은 원래 습관인지, 자기 말을 부연 설명하듯 손으로 동작을 표현했다. 장기 샘플 채취에 대해 말할 때는 복부에서 장기를 들어내는 시늉을 했고, 밀봉한다는 말에서는 바느질하는 동작을 했다. 정밀검사를 말할 때, 그는 눈을 가늘게 뜨고 입술을 작게 오므려 말하면서 동시에 코를 벌름거렸다. 법의관의 손가락이 핀셋으로 뭔가를 콕 짚는 듯 허공에서 날렵하게 움직였다.

"여봐, 내가 왜 여기까지 왔을 것 같아? 결론만 말해."

키 작은 사내의 목소리가 낮게 깔렸다. 법의관의 손동작이 멈추었다. 그의 두 손은 가지런히 아랫배로 올라갔다.

"방사능에 피폭된 게 확실합니다."

법의관이 말했다. 몇 개의 구두가 이쪽저쪽으로 움직였다. 사내들이 두꺼운 특수 부검실 문을 쳐다봤다.

"지금은 괜찮습니다. 이미 방사능 수치를 측정했는데 정상 수치입니다."

그때 벌컥, 특수 부검실의 문이 열렸다. 문 앞에 서 있던 사내 두 명이 와다닥 문 옆으로 비켜섰다. 파란 부검복을 입고 뉴발란스 운동화를 신은 젊은 법의관 하나가 후후 숨을 뱉으며 나왔다. 그가 구두 신은 사내들을 보고 이리저리 고개를 돌렸다.

"어느 정도인가?"

키 작은 사내는 젊은 법의관을 쳐다보지도 않고 선임 법의관에게 침착하게 물었다.

"저 정도면 수백 시버트 이상입니다."

젊은 법의관이 자신에게 묻지도 않은 말에 대답했다. 들뜬 목소리였다. 키 작은 사내가 약간 짜증 섞인 눈으로 그를 쳐다봤다. 젊은 법의관이 여러 사내들에게 흥분한 목소리로 말했다.

"고어물이 따로 없어요. 근육이고 뭐고 완전히 곤죽이에요. 온몸에 나노미터 크기의 구멍이 생긴 거라고 보시면 됩니다. 감마선이 슝슝 뚫고 지나간 거죠. 그런데 저 사람들 왜 저렇게 됐죠? 혹시 어디 원자력 발전소에서 사고라도 났나요?"

"전염병 의심 증상은 없나?"

키 작은 사내는 여전히 침착하게, 두 법의관을 번갈아 보며 물었다. 젊은 법의관이 그 질문에 픽 하고 웃었다. 그의 마스크가 순식간에 동그랗게 부풀어 올랐다. 지금 그게 문제냐, 하는 눈빛이었다.

"정밀검사 결과는 30일 정도 후에……."

선임 법의관이 굽신거리며 대답했다.

"당신 동사무소 직원이야?"

열중쉬어 자세로 서 있던 사내 하나가 윽박질렀다. 선임 법의관이 고개를 숙이고 이리저리 눈동자를 굴렸다.

"내일 직원들 출근하면 최대한 빨리……."

그의 말에, 구두 신은 사내들이 동시에 분통을 터뜨리며 한마디씩 욕설을 내뱉었다. 젊은 법의관은 그들의 욕설에 아랑곳하지 않고 입구 쪽으로 걸어갔다. 뉴발란스 운동화가 가볍게 움직였다. 한 손으로 문을 열어젖혔고, 다른 한 손으로는 입에서 마스크를 뗐다. 그의 입에서도 가벼운 욕설이 튀어나왔다. 그가 부검실을 빠져나갔다.

가운데 서 있던 사내가 그들 틈을 벗어나 한쪽으로 걸어갔다. 어둡고 광택 없는 구두가 소리 없이 움직였다. 가죽이 뽀득거렸다. 그가 휴대전화를 귀에 댔다.

"질병 관리팀은 구성할 필요 없습니다. 그보다는 합동본부 쪽에서 움직여야 합니다. 민간 쪽은 기밀 유지가……."

구두 신은 사내들이 특수 부검실 문을 살짝 열었다. 포르말린 냄새가 확 밀려왔다. 조사관 한 명이 여러 각도에서 사진을 찍고 있었다. 보조원들이 부검물을 정리하는 중이었다. 시신의 몸뚱이가 잠깐 보였다. 물개 지느러미처럼 부풀어 오른 시뻘건 손이 스테인리스 침대 밖으로 삐져나와 달랑거렸다.

"시신은 냉동해."

키 작은 사내가 특수 부검실 문 앞으로 천천히 걸어오며 말했다. 옆에 서 있던 사내가 그의 전화를 받아 화면을 옷섶으로 쓱쓱 닦아 자기 주머니에 넣었다.

"하지만 삼일장이라 유가족들이……."

법의관은 그곳에서 으레 벌어지는 절차를 언급했다. 부검은 보통 유가족들이 대기실에서 기다리는 가운데 진행되었다. 부검이 끝나는 즉시 장례가 치러졌다.

하지만 지금은 특수한 상황이었다. 주택가 한복판에서 일어난 의문의 죽음, 두 구의 시체는 감히 쳐다볼 수도 없을 만큼 참혹한 꼴이 되어 국과수로 들어왔다. 휴무일이었던 법의관은 검찰과 경찰, 모두에게서 연락을 받고 국과수로 달려왔다. 시신을 보자마자 가슴이 쿵 하고 내려앉는 느낌이었다. 도저히 사인을 짐작하기가 어려웠다. 마치 불에 탄 돼지고기를 물에 불려놓은 것 같았다. 상부에서는 최대한 빨리 사인을 분석하라고 특별 지시를 내렸다.

"지금부터 저 시신들 자체가 2급 기밀이야."

키 작은 사내는 형벌을 선고하는 판사처럼 딱딱하게 말했다. 법의관은 그 말을 듣자 정신이 번쩍 들었다. 기밀이라고? 법의관은 삼일장 어쩌고 했던 걸 후회했다.

"네?" 법의관이 짧은 비명 같은 소리로 물었다.

그의 짧은 반문을 무시하고서, 키 작은 사내는 초조한 북소리 같은 구두 굽 소리를 내며 부검실을 나갔다. 뒤이어 작은 북소리를 내며 그의 부하들이 나갔다. 법의관은 심란한 구두 소리를 뒤로하고 다시 특수 부검실로 들어갔다.

그는 삐져나온 물개 지느러미를 살짝 들어 올려 침대 안쪽에 조심스레 놓았다. 그리고 벽에 걸린 시계를 보았다. 새벽 1시 10분. 그가 하품을 했다.

뉴발란스 운동화를 신은 젊은 법의관이 컵라면 냄새를 풍기며 가볍게 걸어 들어왔다.

"저건 제가 할게요." 젊은 법의관이 생기 있게 말했다. "심낭 절개부터 하면 되죠?" 그는 기꺼운 마음으로 설거지 당번을 자원한 사람처럼 재빨리 손에 고무장갑을 꼈다.

부검대 위에 놓인 2구의 시신들은 9시간 전까지 말을 하고 웃는 사람들이었다. 그들은 살아 있었다. 두 사람은 구형 코란도를 타고 흑석동 재개발 지구 어딘가를 가고 있었다. 얼마 뒤, 전자레인지 안에서 튀겨지는 것과 비슷한 신세가 된다는 걸, 그들은 몰랐다. 그날 밤, 죽은 물개 같은 꼴이 되어 부검을 당한다는 것도 모르고 있었다.

9시간 전. 5월 8일 일요일 오후 4시경. 보리밭 사건 다음 날.
서울시 동작구 흑석동 재개발 지구.

왕복 4차선 도로를 달리던 차가 급하게 좌회전을 했다. 맞은편에서 달려오던 차들이 상향등을 켜고 요란하게 경적을 울렸다. 날 잡아봐라, 놀리듯이 차가 골목으로 잽싸게 들어갔다.

"그 집 알아?"

조수석의 남자가 물었다.

"이리 가면 큰길에서 만나."

운전하는 남자가 대답했다. 구불거리는 골목을 돌 때마다 짐칸에서 캔과 페트병이 뒹굴었다. 낡은 사륜구동 코란도가 감속 없이 요철을 타고 올랐다. 공중으로 붕 떠오른 쓰레기들이 일시에 바닥으로 떨어졌다. 불운한 소리들이 굴렀다. 살림살이를 때려 부수는 부부싸움 소리 같았다.

"어떻게 아는데?" 조수석 남자가 물었다.

"여기서 살았거든."

"조오은 데서 살았네!"

조수석이 빈정댔다. 여기 사는 사람들은 전부 전과자일 것 같다고 조수석이 말했다. 왜? 운전석 남자가 되물었다.

"저 집들 봐. 저게 집이야?"

"집 아니면 뭔데?"

"완전 닭장이구만."

무채색의 시멘트 벽돌이 맹렬한 패싸움에 뒤엉킨 사람들처럼 우거진 산동네, 독한 술이라도 마신 양, 조수석 남자가 그 집들을 보며 인상을 팍 썼다.

"나 살 땐 괜찮았어."

운전석 남자가 담배를 입에 물고 납작한 소리로 말했다.

"그때가 언젠데?"

"30년 전. 지금은 다 낡았지만 그래도 그 집엔 땅이 있잖아. 재개발 지구니까. 팀장이 등기 권리증이라도 갖고 오라더군."

"그 새끼 없을 텐데."

"잘됐지, 뭐."

"누가 있으면?"

"더 좋지. 힘들게 문 따고 들어갈 일 없으니까."

"얼마나 남았어?"

"한……, 15분?"

여전히 감속 없이, 갑자기 만난 대로로 코란도가 합류했다. 다시 차들이 빵빵거렸다. 운전석 남자가 창문 밖으로 불붙은 담배를 던졌다.

◆

박에스더가 보일러의 온수 버튼을 눌렀다. 띠디디딕 픽, 점화 소리가 났다.

에스더는 오후 1시가 다 돼서야 잠에서 깼다. 인아의 메시지를 보고 피식 웃었다.

[슈퍼 쎄븐-오늘 오후 5시, 짜바 타워로 다들 모여!]

'슈퍼 쎄븐? 재밌네. 참, 치훈이는 어떻게 됐지?'

오현미 선생님이 보낸 메시지도 있었다.

[치훈이 찾았단다! 얘들아, 걱정 많았지? 오늘은 푹 쉬고 내일 밝은 모습으로 학교에서 보자~^^]

에스더는 느리게 움직이며 게으름을 피웠다. 라면을 끓여 먹고 책상 앞에 앉아 그림을 그렸다.

에스더는 그림 그리는 걸 좋아했다. 머릿속으로 생각했던 것, 미처 생각하지 못했던 것, 가능한 것, 불가능한 것, 그런 그림들이 벽에 빼곡했다. 인간이면서 인간 같지 않은 여자와 남자들이 기묘한 옷을 입고 존재하지 않는 세계를 부유하는 그림들, 고통과 환락이 뒤엉킨 환상적인 그림들이었다.

그녀는 의상 디자이너가 되는 게 꿈이었다. 그런데 그림 속의 사람들은 대부분 이상한 옷을 입고 있었다. 곤충 껍질을 입고 있는 여자, 햇빛에 녹아내리는 남자, 인간의 외피를 벗고 있는 뱀, 물고기 비늘로 된 옷을 입은 남자, 곰 가죽을 뒤집어쓴 여자……. 에스더의 그림은 신비롭고 황홀했지만 동시에 끔찍하고 불안했다.

에스더는 5월의 보리밭이 펼쳐진 해안가를 그렸다. 허공에 뜬 일곱 명의 아이들은 모두 무표정했다. 그들이 꿈을 꾸는지, 하늘을 나는지, 혹은 세상을 심판하는지, 불분명해 보였다. 에스더가 두 시간 동안 그린 그림은 사교성이 전혀 없는 사람이 던진 농담처럼 공허해 보였다.

서둘러야 할 시간이 돼서야 에스더는 외출 준비를 했다.

그녀가 좁은 욕실에 들어가 간단하게 샤워를 하고 나왔을 때 시간은 3시 40분이었다. 5시까지 짜바 타워로 가려면 지금쯤 나서야 하는데……, 좀 늦겠다. 하지만 에스더의 손은 여전히 느리게 움직였다.

샤워를 끝내고 머리를 말리면서 에스더가 노래를 불렀다. 헤어드라이어가 뜨겁게 달아올랐다. 드라이어 송풍구에서 타는 냄새가 났다. 에스더가 드라이어를 떨어뜨렸다.

"아 씨! 고물딱지!"

아직 덜 마른 머리에 빗질을 했다. 나른한 5월의 햇살이 창으로 비쳤다. 폰으로 켜놓은 라디오에서 꽃노래가 나왔다.

그녀가 폰을 끄고 TV를 켰다. TV는 창 아래 놓여 있었다. 유재석이 웃었다. 에스더도 웃었다.

4시 5분, 화면이 울렁거리며 일그러졌다. 옆줄의 사선이 유재석의 얼굴을 납작하게 만들었다.

TV 뒤에 있는 창밖으로 무언가가 스쳤다. 사람 같지는 않고 커튼처럼 하늘거리는 물체. 에스더가 빗을 내던지고 일어나 창밖으로 고개를 내밀어 살폈다.

코딱지만 한 마당에 장미 나무가 심겨져 있었다. 빨간 장미꽃이 주먹만 하게 피었다. 햇살과 참새 말고는 아무것도 없었다. 골목에 아이들 뛰어가는 발소리.

에스더가 창가에서 몸을 비키려는 순간, 다시 커튼 같은 물체가 그녀의 눈앞을 스쳤다.

"치훈이……?"

에스더가 방금 본 것은 치훈이었다. 분명, 그것은 이치훈이었다. 아이보리 후드티에 청바지.

'치훈이가 여길 왜? 치훈이는 병원에 있을 텐데. 서울 왔나? 근데 걔가 우리 집엘 왜? 우리 집을 아나?'

"누구세요? 치훈이니?"

에스더가 불러보았다. 아무도 없다. 장미와 참새 외에는.

그녀가 다시 자리에 앉아 거울을 보았다. 발갛게 그을린 얼굴. 홍조가 든 것도 같았다. 더 예뻐 보인다는 생각에 거울을 보며 쌩긋 웃었다.

오늘도 안 오시겠지? 벌써 일요일이 다 지나가고 있다. 아빠 본 지가 보름은 더 된 것 같다. 아빠는 지금 마산에서 공사현장 감독을 하고 있다. 푹푹 찌는 컨테이너에서 잠을 잤을 것이다.

아빠에게 톡을 넣었다. 이것저것 아빠가 좋아할 만한 말을 던졌다. 곧 아빠의 답이 왔다.

[캠프 잘 갔다 왔어? 어제 너네 선생님한테 전화 왔었는데 못 받았다. 미안. 별일 없지? 😊🖤 사랑해, 내 딸!]

에스더가 또 웃었다.

에스더네 집은 흑석동 재개발 지구 일반 주택이다. 지어진 지 반세기가 다 된 집이었다. 꼬불거리는 골목을 올라가다 보면 그런 집들이 많았다. 두더지 구멍처럼 푹 꺼져 도로의 지면보다 낮게 자리한 집들이다. 시멘트 기와로 지붕을 인 집이라 비가 오면 물이 샌다.

에스더가 태어났을 때도 그 집은 비가 새는 집이었다. 미닫이문을 사이에 두고 나뉜 두 칸 방에, 작은 마루 겸 거실 하나, 입식으로 개조한 부엌, 그 부엌에서 밥도 짓고 샤워도 했다.

에스더는 그 집을 가꾸던 엄마의 기억이 없었다. 아빠는 엄마가 집을 나간 후, 엄마의 사진을 모두 버렸다. 함께 찍은 사진에서도 엄마가 들어간 자리는 가위로 오려냈다.

저 장미 나무는 틀림없이 엄마가 심어놓았으리라. 에스더는 장미를 보면서 엄마 생각을 했다. 어렸을 때, 엄마가 보고 싶을 때는 장미를 만졌다. 그러다가 가시에 손가락을 찔린 적이 여러 번이다.

에스더가 저녁에 먹을 쌀을 씻었다. 쌀을 불려두면 밥맛이 더 좋다고 아빠가 일러주었다.

"앗 뜨거!"

수도꼭지를 온수 방향으로 해둔 모양이다. 뜨거운 물이 쏟아져 내렸다. 싱크대 위에는 작은 면도 거울이 걸려 있었는데, 김 때문에 면도 거울이 보얗게 흐려졌다.

"아차, 보일러."

에스더가 안방으로 달려가 온수 버튼을 눌러 껐다. 보일러 도는 소리가 멈췄다. 그녀가 다시 싱크대로 돌아왔다.

그녀가 다시 싱크대 앞에 섰을 때.

뽀드득, 뽀드득…….

소리가 났다. 어디서 나는 소리지? 매끄러운 물체를 문지르는 소리.

에스더가 고개를 두리번거렸다. 다시 뽀드득, 뽀드득…….

그녀가 손에 들고 쌀을 씻던 양푼을 놓쳤다. 탱, 하고 스텐 양푼이 싱크대 위로 떨어졌다. 물기를 머금은 생쌀이 여기저기로 튀었다.

밖에서 대문 두드리는 소리가 났다.

뽀드득, 뽀드득…….

여전히 가까운 곳에서 소리가 들렸지만 대문에서 사람 찾는 소리가 더 거슬렸다. 여기저기 튄 쌀을 두고 에스더가 부엌을 나갔다.

"누구세요?"

그녀가 현관문 밖으로 머리만 내밀어 물었다. 덜 마른 머리에서 물이 똑똑 어깨로 떨어졌다.

"박병렬 씨!"

낯선 목소리가 대문 너머에서 아빠의 이름을 불렀다. 일요일인데, 택배일 리는 없고.

"왜 그러세요?"

"꼬마야, 아빠 친구야. 문 좀 열어볼래?"

아빠 친구? 에스더가 슬리퍼를 끌면서 마당으로 내려갔다. 녹슨 대문의 빗장을 열었다. 그녀가 열지 않아도 그들은 들어왔을 것이다. 대문 앞에는 키가 작은 남자가 서 있었다. 그 뒤로는 키 작은 남자보다 머리통 하나가 더 큰 남자가 서 있었다.

문이 열리자마자 두 남자가 안으로 들이닥쳤다. 그들은 에스더를 본 체도 안 했다.

"아담하니, 집 좋네. 장미도 있고."

키 작은 남자가 저벅거리며 마당으로 들어와서는 장미꽃을 함부로 만졌다.

"누구세요? 아빠는 집에 없는데요?"

"그러니까 내 말이……. 여기 박 사장 집 맞지?"

"네, 그런데요……."

"우린 아빠 친구고, 아빠한테 돈 받을 게 있어서."

그렇게 말하고는 키 작은 남자가 다짜고짜 집 안으로 들어갔다. 담배 냄새가 장미향을 덮었다. 키 큰 남자는 뒤로 돌아 대문의 빗장을 걸었다.

그들이 누군지 에스더는 알 것 같았다. 사채업자들이었다. 아빠는 공사 대금을 미리 당겨쓰고 공사가 끝나면 갚는 방식으로 일을 맡았다. 더러 공사 대금을 떼이면서 빚이 쌓였다. 은행권 대출이 모두 막힌 아빠는 사채를 썼다. 전에도 한 번, 그들이 들이닥친 적이 있었다. 그때는 아빠가 집에 있을 때였다. 아빠는 그 사람들을 밖으로 데리고 나갔다. 아빠는 술 냄새를 풍기며 한밤이 다 돼서야 집으로 돌아왔었다.

"아빠 지금 집에 안 계세요. 다음에 오세요."

에스더가 마당에 서 있는 키 큰 남자에게 말했다. 남자는 에스더를 보고 픽 웃더니 으랏차, 기지개를 켜고는 다시 담배에 불을 붙였다. 그가 엄지와 중지를 동그랗게 말아 에스더의 이마를 톡 튕겼다. 누런 이빨을 드러내며 씩 웃었다.

에스더가 집 안으로 들어갔다. 키 작은 남자는 신발을 신은 채로 방으로 들어가 살림이 빼곡히 들어찬 방을 마음대로 뒤졌다. 서랍을 열고서 물건을 바닥으로 내던졌다. 이불과 옷을 패대기쳤다. 그는 게걸스런 두더지처럼 옷장에 머리를 처박았다. 에스더는 방 한구석에 선 채 꼼짝도 못 했다.

남자가 벽 쪽으로 시선을 돌렸다. 벽에는 색연필과 파스텔로 그린 그림이 잔뜩 붙어 있었다. "호오!" 남자가 감탄사를 날렸다.

"그건 손대지 마세요."

에스더가 겁먹은 목소리로 경고했다.

"그림 죽이네! 오오, 섹시해! 뭐야, 네가 그린 거야, 이거?"

키 작은 남자가 벽에 붙여둔 그림 한 장을 뜯어냈다.

"죽이는데?"

남자가 그림 속의 여자와 에스더의 몸을 비교하며 눈알을 굴렸다. 기묘한 옷을 입은 여인의 그림이었다. '세계 최고의 의상 디자이너를 꿈꾸며... *designed by Esther*.' 그림 밑에 에스더의 서명이 들어가 있었다. 남자가 낄낄거렸다. 네 주제에, 하는 눈이었다.

에스더가 남자 손에서 그림을 낚아챘다. 남자가 다른 그림을 또 뜯었다. 에스더의 눈빛이 이글거렸다. 그녀의 몸이 시뻘겋게 달아올랐다.

"맥주 마셨어? 얼굴이 왜 그렇게 빨개? 부끄러운가 보지? 괜찮아, 괜찮아. 아저씨가 못 본 걸로 해줄게. 좆도!"

남자가 이죽거렸다.

촤아아, 부엌에서 갑자기 물소리가 났다. 그녀가 부엌 쪽을 바라봤다. 그리고 다시 키 작은 남자의 손에 들린 그림을 보았다. 남자가 그림을 방바닥으로 홱 집어 던졌다.

"뭐해? 물 새잖아. 가서 잠그고 와. 수도세 나올라."

아까 물 잠갔는데. 에스더는 어리둥절한 표정으로 고개를 좌우로 돌렸다. 남자가 '어서?' 하는 눈짓을 보냈다. 에스더는 작은 방으로 들어가 부엌으로 가는 문을 열었다.

부엌은 습기가 가득했다. 밸브는 온수 쪽으로 완전히 돌아가 있었고 수도꼭지에서는 뜨거운 김을 뿜으며 물이 쏟아졌다. 에스더가 다가가 밸브를 돌려 물을 잠갔다.

뽀드득, 뽀득, 뽀드득…….

다시 그 소리가 났다. 에스더의 귀와 아주 가까운 곳이었다. 하얀 김이 시야를 가렸다. 에스더가 소리 나는 쪽으로 귀를 가져갔다.

소리는 찬장에서 났다. 찬장 여닫이문에 면도 거울이 걸려 있고 거기서 소리가 났다. 에스더가 희뿌연 수증기를 헤치며 거울을 보았다.

그 순간, 뒤로 두 발짝, 그녀가 거울에서 물러섰다. 뒤에 있는 식기 수납함에 부딪혀 몸이 앞으로 밀렸다. 눈이 크게 열리고 손이 부들거렸다.

─도 망   ㅊ ㅕ

거울에 낀 수증기 위에 글자가 나타났다.

'도망쳐'

그것은 분명 글자였다. 방금 쓰여진 글자였다. 모음 'ㅕ'의

세로 획 밑으로 물줄기가 길게 흘러내렸다.

에스더는 부엌 문을 향해 고개를 돌렸다. 소리를 지를 뻔했다. 작은 방에서 부엌으로 들어오는 문에 그가 서 있었다. 키 작은 남자가. 쌩글쌩글 웃는 얼굴로.

"학생, 물 한 잔 줄래?"

그렇게 말하면서 그의 눈이 에스더의 몸을 아래위로 훑었다. 녹색 민소매 원피스를 입고 있는 그녀의 몸이 습기에 젖어 번들거렸다.

그녀가 다시 면도 거울을 보았다.

─ 어   서

글자가 바뀌어 있었다.

"뭐해? 물 한 잔도 못 줘?"

남자의 두꺼운 입술이 저질스럽게 옆으로 찢어졌다.

〈비율 1〉

처음에 남자는 그것이 부엌을 가득 채운 열기라고 생각했다. 그는 그저 잘 익은 여자아이의 몸을 한 번 흘겼을 뿐이다. 그 아이가 가져 온 물컵을 받아들면서 그녀의 손을 한 번 만졌을 뿐이고……, 물론 그보다 좀 더 들이댄 것도 사실이다. 여기저기.

아이가 몇 번 싫은 소리를 했다. 작은 방 창문으로 들여다보던 동료가 지랄한다, 하는 눈으로 쳐다보며 웃었다. 거기서 끝냈어야 했는데……

뜨거운 열기가 얼굴을 먼저 덮쳤다. 찜질방처럼 뜨거웠고 그보다 더 뜨거웠다. 펄펄 끓고 있는 주전자에 얼굴을 갖다 댄 느낌이었다. 키 작은 남자가 끔찍한 비명을 질렀다.

큰 녀석이 방으로 뛰어 들어왔다. 둘 다 그 방에서 머리를 감싸 쥐고 쓰러졌다. 열기 때문인지 둘 다 손을 벌벌 떨면서 어쩔 줄 몰라 방바닥을 데굴데굴 굴렀다. 하지만 그 정도로 뜨거운 열은 아니었다. 그런데도 피부가 벗겨졌다. 손에 호두알만 한 물집이 잡히더니 터졌다. 물집은 얼굴과 목에도 잡혔다. 그리고 남자는 바닥에 쓰러졌다. 두 남자는 바닥에 구토를 하며 옆으로 누워 버둥거렸다.

그 아이는 겁을 먹어 부엌으로 다시 달아났지만 어쩐 일인지 열기는 사라지지 않았다. 남자들이 눈과 코로 체액을 흘렸다. 그들이 마지막으로 들은 것은 인아야, 하며 떨리는 목소리로 친구를 부르는 소리였다.

〈비율 2〉

나는 뇌다. 나는 1천억 개의 신경 다발을 가진 단백질 덩어리다. 그때까지 내가 있는 공간은 닫힌 세계였다. 신경 다발들은 1000분의 2초마다 한 번씩 흥분을 받고 내보내며 리드미컬하게 자극을 전달했다.

나를 구성하는 무수한 다발의 연쇄는 습지를 날아오르는 새 떼처럼 아름답고 장엄한 무리를 이루었다. 신호들이 파도처럼 움직이며 1천조 개의 사슬(synapse)을 옮겨 다녔다. 매 1000분의 8초마다 한 번씩 일어나는 박동은 바흐의 평균율처럼 부드러운 패턴으로 반복되었다.

어느 순간, 나의 표면에서 비정상적인 박동이 전달되었다. 정상보다 다소 빨랐으며 치명적인 자극이 확산되었다. 그러다가 갑자기 그것이 다른 신경 다발과 의사소통을 거부했다.

나는 몸 안의 여러 신경중추들에게 적절한 명령을 수행할 수 없었다. 불규칙하고 급작스런 변동이 성난 파도처럼 몰려다녔다.

다발을 이루던 신경 집단들이 녹아내림과 동시에 잘려나갔다. 연결이 사라지고 신호의 박동이 줄어들었다. 시신경이 외부에서 들어오는 마지막 신호를 전달했다. 붉은색, 붉게 뭉쳐진 사물.

밀폐 공간의 안정화 효과가 사라졌다. 신경 다발은 그 신호를 처리하지 못했다. 모든 전달을 멈추었다.

만약 그 자극이 신호를 주고받을 수 있는 충분한 연결 고리가 있었다면, 나는 다음과 같은 단어를 지각했을 것이다.

'창가에 핀 예쁜 장미.'

신호가 꺼졌다.

〈비율 3〉

리보솜은 코돈으로 끊어지면서 전령 RNA를 만들었다. 암호를 가진 RNA 분자들이 아미노산을 가지고(tRNA) 미토콘드리아 안으로 들어갔다. 미토콘드리아는 암호를 풀어 폴리펩티드 사슬을 만들고 있었다. 그것은 아주 지루한 반복의 연속이었다. 찰칵, 찰칵, 찰칵……, 커다란 공장의 기계처럼 미토콘드리아는 계속 같은 일을 반복했다.

미토콘드리아는 망막세포 안에 있었다. 그것이 자기 일을 하려면 연료가 필요했다. tRNA로부터 아미노산을 떼어내기 위해 필요한 연료는 세포 안에 얼마든지 넘쳐난다. 리보솜은 수천 개의 작은 분자로 뭉쳐 있는 ATP를 게걸스럽게 먹어치웠다. 아무리 먹어도 줄지 않는다. 단백질이 합성되면서 새로운 ATP가 만들어지니까.

리보솜은 행복했다. 그것은 해고당할 염려가 없는 노동자 같았다. 미토콘드리아 공장은 지금까지 결코 멈춘 적이 없었다.

하지만 어느 순간 단백질의 합성이 느려졌다. 연료 공급에 차질이 생기자 리보솜끼리의 경쟁이 치열해졌다. 순식간에 세포 내 물질을 떠돌던 ATP 분자가 소모되었다.

간신히 소규모의 리보솜이 몇 개의 유전암호를 처리했다. 공장의 가동이 멈추었다. 리보솜은 하루아침에 일자리를 잃었다.

〈비율 1〉

신고를 받고 경찰이 출동했을 때, 그들은 참혹한 광경에 얼굴을 돌렸다. 집 안을 뒤졌지만 신고한 아이는 보이지 않았다. 그러다가 기묘하게 떨리는 숨소리를 듣고서 경찰이 부엌 위의 다락문을 열었다. 거기 여학생 하나가 어둠 속에 웅크리고 있었다. 그녀의 옷은 오래되어 푸석거리는 마대 자루처럼 해체되었다.

경찰이 다락으로 기어 올라가 그녀를 끌어내리려고 했을 때, 그녀는 발작을 일으키며 소리를 질렀다. 순간 경찰은 눈이 따끔거려 눈을 감았다. 처음에는 눈물이라고 생각했다. 하지만 피였다. 눈에서 피가 흘렀다. 머리가 어지러웠다. 그가 다락의 바닥에 머리를 대고 기절했다.

"이봐, 왜 그래?"

사체 옆에서 사진을 찍던 경찰이 다락에 있는 동료에게 물었다. 발이 다락문 밖으로 나와 있었다. 그는 사다리를 기어올라 동료를 간신히 끄집어 내렸다. 갑자기 현기증이 일었다. 그도 바닥에 쓰러졌다.

차에 있던 경찰이 집 안으로 들어와 쓰러진 동료들을 발견했다. 현기증이 일고 구토가 나왔다. 그는 사력을 다해 두 명의 동료를 마당으로 옮겼다. 그리고 차로 돌아가 겨우 구조를 요청했다. 본부에 증상을 알렸다.

"집 안에 여자가 한 명 있다. 그 학생을 아직 구출하지 못했다. 집 안에 들어가면 숨을 쉴 수가 없다. 뭔가가 거기 있는 것……."

그는 차 안에서 정신을 잃었다.

〈비율 0.9〉

동작 경찰서는 본부에 신속하게 사고 사실을 알렸다. 질병관리본부에서 밀폐복을 입은 사람들이 흑석동 재개발 지구에 나타났다. 그들이 3명의 부상자들을 폐쇄병동으로 옮겼다.

2구의 시신은 부검을 위해 양천구에 있는 국과수 서울 연구소로 옮겨졌다.

경찰이 집을 폐쇄했다. 10여 명의 의경들이 그 집을 지켰다. 다락에 갇혀 있던 여고생은 그날 밤 늦게 방역 차량에 실려 어디론가 옮겨졌다. 흑석동 재개발 지구에서 있었던 작은 소란은 아주 작은 사건으로 축소되었다.

〈비율 0.3〉

에스더가 TV에서 보았던 방송 전파가 대기를 벗어나 우주로 나갔다. 유재석의 웃음소리를 담은 그 전파는 빛의 속도로 우주 공간을 날아갔다. 1시간 18분 후, 전파는 토성의 고리를 스쳤다.

유재석의 전파가 지나가고 3시간 뒤, 또 다른 전파가 토성의 고리를 지나갔다.

"오늘 저녁 6시 30분경, 동작구 흑석동에 위치한 한 주택에서 김 모 씨와 이 모 씨가 지인인 박 모 씨의 집에서 술을 먹다가 싸움이 붙어 사망하는 사건이 발생했습니다. 박 씨의 신고를 받고 출동해 싸움을 말리던 경찰도 이 남자들이 휘두른 흉기에 크게 다쳤습니다. 싸움을 벌인 김 씨와 이 씨는 치명적인 부상을 입고 현장에서 사망했습니다. 집주인 박 씨는 신고만 남기고 자취를 감췄습니다. 박 씨의 딸은 그 시간에 외출 중이었고 아직 귀가하지 않은 것으로 알려졌습니다."

〈비율 0.1〉

에스더가 다락에 숨어 있을 때, 지구는 24분의 1회전을 했다. 태양 주위를 1600여 킬로미터 움직였다.

〈비율 0〉

우주는 아무런 변화가 없었다. 그것은 영원했다.

고스트 2

이진우와 김경희는 그날 에스더네 집에서 무슨 일이 있었는지 알지 못했지만 에스더를 찾는 유일한 방법을 알고 있었다.

금요일 밤, 새벽별을 보며 잠들었던 컨테이너를 나와 이진우는 경기도 부천의 무당집을 찾아갔다. 5월 28일 토요일이었고, 에스더가 사라진 지 20일째 되는 날이었다.

요 며칠 사이 놀라운 일들이 많았지만, 부천의 아파트 단지에 끝없이 이어진 줄은 더욱 놀라웠다.

"어때요?"

"번호표를 받아 오긴 했는데……."

두 번 접힌 작은 종이쪽지를 들고 진우가 쩔쩔맸다. 김경희가 쪽지를 빼앗아 펼쳤다.

"1164번? 말도 안 돼!"

김경희가 화를 냈다. 냉기가 드는 컨테이너에서 잠을 잔 탓이다. 그녀는 쇠약하고 야위어 보였다. 아둔하고 미개한 자들이 끝도 없이 줄을 선 아파트 단지에서, 그녀는 비밀스런 진실을 품은 채 외로웠다.

"앞 번호 파는 암표상들이 있긴 해요."

진우가 말했다. 그 역시 미개해 보였다. 암표상이라니. 경희는 짜증이 났다.

"얼마래요?" 짜증을 부리며 그녀가 물었다.

"생리 끝났다고 할인 가격으로 판대요. 250 부르는 사람하고 얘기했어요. 자기 번호는 42번이랬어요."

이런 미개한 종족들 같으니. 목테수마*를 숭배하는 원주민들에게 대포를 쏘았던 코르테스의 심정을 이해할 수 있을 것 같았다. 하지만 어쩌겠는가. 그 미개인들이 줄을 서 있으니.

"선생님, 돈 가진 거 있어요?"

---

* 15세기경, 남미의 아즈텍 제국을 지배했던 원주민 황제. 인구 500만 명의 거대한 제국으로 성장한 아즈텍은 교활한 탐험가 에르난 코르테스가 이끄는 서양 군대에 처참하게 무너졌다. 총과 대포로 무장한 코르테스가 목테수마의 원주민 군대를 궤멸시켰다. 몬테수마, 모크테수마라고도 불린다.

"어제 산 보셨잖아요."

"아, 참…… 어떻게 하죠?"

"잠깐 여기 있어봐요."

진우가 그녀를 남겨두고 차로 뛰어갔다. 그가 침낭을 가지고 돌아왔다.

"그걸로 뭘 어쩌시게? 여기 자리 깔려고요?"

"경희 씨, 여기 이 안에 들어가세요."

"미쳤어요, 외계인 아저씨? 저보고 지금 저 침낭 안에 들어가라고요?"

"여기선 좀 그런가? 그럼 차에 가서 해요."

"뭘요?"

"한번 해보죠. 절 믿어봐요."

진우가 그녀의 손을 잡아끌었다. 그가 차 뒷좌석에 침낭을 펼쳤다.

'무슨 말인지 알겠다, 그럼 저 남자가 날 들쳐 업는 거? 내 몸을 만지고?'

"꼭 이렇게까지 해야 돼요?"

"텐트 치는 거보다야 낫죠. 안 그래요?"

진우가 호텔 보이처럼 문 앞에 서서 그녀를 재촉했다.

한 번만 봐주기로 했다. 진우가 처음으로 이름을 불렀으니까. 김 기자님이 아니라 경희 씨, 라고.

그녀가 침낭 속에 몸을 넣었다. 진우가 침낭 지퍼를 머리끝까지 올렸다. 조금 답답하긴 했지만 따뜻했다. 새벽에 빼앗긴 몸의 열기가 다시 돌아오는 것 같았다.

"경희 씨, 괜찮아요?"

또 경희 씨, 라고 그가 불렀다.

"꽤아아요!" (괜찮아요!)

누에고치 같은 침낭 속에서 그녀가 말했다. 말소리가 침낭에 먹혔다.

진우가 침낭을 어깨에 올렸다. 흥, 끄응, 침낭 안에서 그런 소리가 났다. 그녀의 얼굴이 진우의 등에 맞닿았다. 진우의 팔이 그녀의 양다리를 잡았다.

그리고 진우가 뛰었다.

"지이우-우시이!" (진우 씨!)

그녀가 침낭 속에서 진우를 불렀다. 부르는 말이 진우의 보폭을 따라 늘어졌다.

"왜요? 힘들어요?"

뛰어가면서 진우가 물었다.

"그데 거이 화아으오 가오?" (근데 거기 환자들도 가요?)

아차, 진우는 그 생각을 못 했다. 거기는 부적 쓰는 데지, 병고치는 곳이 아니다. 어쩌나……, 그러나 그는 이미 빽빽한 텐트 숲과 사람들의 대열을 뚫고 앞으로 나아가고 있었다.

다시 롤랑 조페의 영화 〈미션〉을 보자.

얼마 전까지 잔학무도한 불한당이자 노예 사냥꾼이었던 멘도자(로버트 드니로 분)가 참회하여 신부가 된다. 그에게 식인종 부족을 전도하라는 사명이 주어진다. 그는 자신의 업보를 참회하기 위해 무거운 병장기를 어깨에 메고 천 길 높이의 벼랑을 기어오른다.

"당신은 이미 속죄받았소. 꼭 이럴 필요는 없소."

주임신부가 그를 만류한다. 멘도자는 그래도 죽음을 각오하고 폭포를 기어오른다. 참회하는 마음으로. 미개인을 전도하기 위해.

"고 이어에아지 애야애요?" (꼭 이렇게까지 해야 해요?)

그녀가 다시 물었다. 진우는 대답하지 않았다. 꼭 그럴 필요는 없다. 하지만 미개인들을 상대하는 다른 방법이 있는가.

김경희를 어깨에 메고 다섯 층을 올랐을 때 진우의 온몸이 땀으로 젖어들었다. 거기다 사람들의 반대와 시비에 부딪혔다. 한 발씩 앞으로 나아갈 때마다 사람들이 가로막으며 번호를 물었다.

"환자예요, 죽어가는 환자. 여기가 마지막 희망이에요."

그럴 때마다 진우가 사람들에게 양해를 구했다.

젊은 남자가, 아마도 자기 아내인 듯한 사람을 침낭 속에 넣어 무당을 찾아간다. 사람들이 길을 터주었다. 홍해처럼, 인해(人海)가 갈라졌다.

10층에 이르렀을 때, 눈앞이 아찔했다. 다리에 힘이 풀려 하마터면 침낭을 떨어뜨릴 뻔했다. 줄 선 남자 하나가 그를 거들어주었다. 어디선가 '가브리엘의 오보에'가 들리는 것 같았다.

"환자예요, 환자! 급한 환자예요. 먼저 좀 지나갈게요. 죄송합니다. 환자……."

"여긴 부적 쓰는 데요. 환자는 못 들어가."

17층, 무당집에 거의 다 이르렀을 때, 덩치 큰 남자 둘이 그를 가로막았다. 조폭 같은 사내들, 번호표를 나누어주던 놈들이다.

"믿음이 있으면 병도 낫습니다. 비켜요!"

진우가 앞으로 가겠다고 우겼다.

"번호표 받아 가쇼."

"그러면 이 사람이 죽습니다. 여기가 마지막 희망이에요."

진우의 얼굴은 거의 하얗게 질려 있었다. 그는 정말로 죽어가는 환자를 어깨에 메고 온 사람 같았다.

　침낭 속에서 경희는 웃음을 참느라 온몸이 떨렸다. 사내들이 힐끗 쳐다봤다. 진우의 어깨 위에서 침낭이 경련했다.

　사내들은 약간 거리를 두었지만 여전히 진우를 막고 있었다.

　"들어가게 해주세요."

　줄에 서 있던 사람 하나가 사내들에게 말했다.

　"그래요. 얼른 들어가게 해주세요."

　다른 사람들도 자리에서 일어나 거들었다. 당신들 뭐야, 하는 눈으로 사내들이 그들을 노려봤다. 사람들이 물러났다.

　"자, 여기 번호표."

　저 뒷줄에 앉아 있던 할아버지가 진우에게 표를 내밀었다. 33번이었다.

　"그보다 이게 더 빠를 거예요."

　12번 표를 가진 사람이 진우에게 표를 건넸다.

　경희가 웃음을 참느라 침낭 속에서 콜록거리며 기침을 했다. 이렇게 원시적인 방법도 통하는구나. 그녀는 생각했다.

　'뭘까, 이진우를 움직이는 저 힘은. 17층까지 날 들쳐 업고 계단을 오르며 고행하는 저 미련함은. 사람들의 마음을 움직이는 저 따뜻함은. 저것도……, 능력일까?'

쿨럭, 침낭 안에서 경희가 기침을 했다.

"여잔가 보네. 빨리 앞으로 가요!"

12번 표를 내밀었던 아주머니가 말했다. 사람들이 고개를 끄덕였다. 진우가 앞줄을 향해 걸어갔다. 그는 쓰러지기 직전이었다.

이젠 더 이상 버틸 힘이 없다. 감자탕 중 자를 혼자 다 먹고, 볶음밥에……, 그런 여자가 아니던가. 그의 얼굴이 파랗게 질렸다.

앞줄에 있던 한 남자가 진우에게 다가왔다.

"나도 젊어서 상처(喪妻)했소."

낮은 목소리로 중년의 남자가 진우에게 말했다. 그가 4번 표를 내밀었다. 3번 표를 가진 이도 다가와 또 표를 내밀었다.

"들어가쇼."

그때, 험상궂게 생긴 두 사내 중 하나가 진우에게 말했다. 진우가 잠깐 망설였다. 사내가 턱으로 문을 가리켰다.

문지기 사내들이 번호표를 원래 주인들에게 돌려주었다. 비틀거리며 진우가 걸어갔다.

저들은 무슨 사연이 있어서 여기 온 걸까. 기천만 원씩 주고 무당을 찾는 사람들은 다들 진우와 같은 심정일 것이다. 진우는 연극에 불과하지만, 어쩌면 저들은 정말로 죽어가는 가족을 살리기 위해 부적을 사러 온 사람들일 것이다. 진우의 표정이 숙연해졌다. 침낭 속에 있던 경희는 살짝 눈물을 글썽거렸다.

사람들이 조금씩 뒤로 옮겨 섰다. 다 죽어가는 아내를 어깨에 멘 젊은 남자가 1704호 아파트 문 앞에 가서 섰다.

김경희 기자가 침낭에서 나왔을 때 아이 아빠는 당황했다. 밖에 있는 문지기를 부르려다가, "도와주세요. 아이의 도움이 꼭 필요합니다." 하는 진우의 말에 그는 귀를 기울였다.

김경희 기자가 나서서 그 아이가 가진 능력을 설명했다.

그녀의 말은 다시 1986년의 체르노빌로 갔다가, 스피릿 트랜스포터의 주파수를 언급하며 외계인과의 낯선 조우를 암시했다. 아이 아빠는 그 말을 들으면서 점점 숨소리가 거칠어졌다. 비유하자면 프린터와 같다는 말을 했을 때, 아이 아빠는 버럭 소리를 질렀다.

"뭐? 프린터? 그럼, 우리 아이가 기계란 말이야?"

아이 아버지가 무섭게 소리쳤다. 아이는 감정이 메말랐다. 감정이 없으니까 기계라고? 여자는 그렇게 말하지 않았지만 아이 아빠는 그렇게 생각했다. 그가 자리에서 일어나 현관으로 걸어갔다.

"아닙니다, 아버님. 아이는 특별한 능력을 가졌습니다."

진우의 따뜻한 음성이 그를 다시 거실의 소파로 불렀다. 그가 돌아와 앉았다.

집 안은 휑했다. 꼭 필요한 것들만 있었다. 없어도 되는 것들은 없었다. 거실에는 2인용 소파 하나, 주방에는 냉장고 한 대, 그게 다였다. 살림을 사는 흔적은 있었지만 사람이 사는 것 같지가 않았다. 사육장 같았다.

방문은 모두 닫혀 있었다. 분홍색으로 칠한 문에 그 유명한 욕지거리 부적이 붙어 있었다. 아이는 거기서 부적을 쓰고 있을 것이다.

"영적으로 교감하고 있는 겁니다. 위기에 처한 다른 사람과."

진우는 굳이 스피릿 트랜스포트라는 복잡한 얘기를 꺼내지 않았다. 그는 미개인의 수준에서 미개인이 이해할 수 있는 말을 했다.

"지금 아이가 부적을 쓰고 있는 것은 아이가 가진 특별한 능력 때문입니다. 그 부적에는 영적인 능력이 담겨 있습니다. 다른 사람을 도울 수 있는 능력이죠. 그리고 위기에 빠진 사람의 간절한 구조 요청도 들어가 있고요. 아버님, 아이가 지금까지 받아 적은 문서들을 볼 수 있을까요?"

진우가 차분하게 말했다. 아이 아빠의 숨소리가 편안해졌다. 그가 진우의 진실한 눈동자를 바라보았다.

"그건 다 팔았어요."

그다지 절망적인 말은 아니었지만, 그리고 그걸 예상했지만 진우는 가슴이 내려앉았다. 에스더는 지금 어디 있을까? 저 부적에 적힌 쌍욕을 들으며 어디에서 혼자 울고 있을까? 에스더는 얼마나 무섭고 외로울까?

"전부 다……, 파셨나요? 하나도 남김없이?"

진우가 허무한 절망을 재차 확인하며 물었다.

"밖에 텐트 보셨나요?"

"종말이 온 줄 알았어요. 여기 부천에 구세주가 있는 것 같더군요."

김경희가 비꼬았다. 그녀는 할 수만 있다면 경찰을 동원해서라도 문서를 빼앗을 생각을 했다. 아이 아빠가 잠시 그녀를 노려보았다. 김경희도 그를 노려보았다. 그녀의 눈은 미개인을 천대하는 눈이었다.

"많은 사람들이 가져갔어요. 전국에서 올라온 사람들이에요. 그걸 다시 돌려받을 수는 없어요."

"돈 받고 판 거니까."

김경희가 날카롭게 말했다. 이진우가 부드럽게 그녀의 어깨를 쓰다듬었다.

"아이 이름은 뭔가요?" 진우가 물었다.

"서연이. 홍서연."

"아픈 데는 없나요? 서연이는?" 진우가 물었다.

"3년 전에 큰 사고를 당했어요. 아이 엄마하고 함께 차를 타고 가다가. 대형트럭이 덮쳤어요."

김경희가 조금 놀란 표정을 지었다. 죄송하다는 말을 하려는지 쭈뼛거렸다. 그러나 서연 아빠는 아예 그녀 쪽으로는 고개도 돌리지 않았다.

"서연이는 어떻게 됐죠?" 진우가 어두운 얼굴로 물었다.

"저도 그게 이해가 안 돼요. 우리 애는 다음 날 가평에서 발견됐어요. 몸에 상처 하나 없었죠. 차는 완전히 전복되고 찌그러졌는데. 아내는……."

"죄송합니다."

진우가 고개를 숙였다. 앞에 있는 남자가 울먹일 동안 진우는 잠시 침묵했다. 김경희가 그 침묵을 깨고 끼어들었다.

"제 말을 믿으실지 모르겠지만, 서연이는 시공간 이동을 한 거예요. 서연이 기억 속에는 사고가 나던 순간과 가평을 걷던 순간, 양쪽 시간의 기억밖에 없을 거예요. 상당수의 조우자들이 UFO를 만났을 때, 시공간 이동을 해요."

"UFO라고요?"

서연 아빠가 눈물이 고인 눈을 들어 그녀를 보고 되물었다. 김경희는 감정 없이 그를 보았다. 그저 알고 있는 말을 했을 뿐이다. 그게 뭐 어때서? 그녀는 아이 아빠의 감정 따위에 말려들고 싶지 않았다.

"안 믿으셔도 상관없어요."

그녀가 냉정하게 말했다. 그만 일어나서 가자는 뜻으로 그녀가 이진우를 쳐다봤다. 여기서 괜한 시간 낭비하지 말자, 그런 눈이었다. 그때 서연 아빠가 경희의 생각과 정반대의 말을 뱉었다.

"전 믿어요."

믿음과 열정이 뒤섞인 눈으로 그가 김경희를 보며 말했다.

"처음엔 믿을 수 없었어요. 이 불행들, 고통들……. 1년 전에, 아이 머리에서 종양이 발견됐어요. 전두엽 쪽에. 서연이는 무감정증을 앓고 있어요. 아무것도 혼자서 할 수가 없어요. 감정이 없으면 어떤 것도 선택할 수가 없다더군요. 이 집엔 가구나 장식품 같은 게 하나도 없죠."

그가 자기 집의 거실을 둘러보았다. 진우와 경희도 다시 한번 주변을 보려 고개를 돌렸다.

"서연이는 감정 없는 세계에 살고 있어요. 고통은 느끼지만 불행을 느낄 수 없죠. 행복도, 사랑도……. 전 그게 가장 가슴 아파요. 내가 사랑한다고 아무리 말해도, 아이는 아무 반응이 없어요. 그걸 느낄 수 없으니까. 대신에 아이는 다른 걸 느끼고 있어요. 자기 주변에 있는 모든 걸 느끼는 것 같아요. 서연이는 아주 민감하고 때로는 섬뜩할 만큼 예민해요. 아무도 인정하지 않겠지만 아이는 틀림없이 다른 사람이 가지지 못한 능력을 가지고 있어요. 서연이는 귀신에 씐 게 아니에요. UFO? 전 믿어요. 아이는 귀신에 씐 게 아니에요."

"하지만 당신은 아이의 능력을 이용해서 돈을 벌고 있잖아요? 아이를 무당으로 키울 생각인가요?"

김경희가 나무라듯 다그쳤다.

"아이 데리고 장사하려는 건 아니었어요. 근데 어떻게 해서 그런 소문이 났는지는 모르겠는데, 갑자기 사람들이 물밀듯이 몰려왔어요. 처음엔 그냥 5만 원씩 받고 팔았어요. 그런데 잠깐 슈퍼에 가려고 나갔는데 사람들이 자릿세 어쩌고 하면서 싸우는 걸 봤어요. 돈을 올려봤죠. 더 많이 왔어요. 지난 20일 동안, 제가 평생 벌어도 다 못 버는 돈을 벌었어요. 얼마 전에, 다니던 직장을 정리했어요. 이 집은 전세로 있던 집인데, 사흘 전에 매매 계약을 끝냈고요."

그가 자기 집 거실을 다시 돌아봤다.

"전 아이를 키워야 해요. 24시간 옆에 붙어 있어야 하고. 이게 소문나면 곤란해요. 비밀, 지켜줄 수 있나요?"

"문서를 보관하고 계신 거죠?"

김경희가 물었다.

"원본은 없어요. 대신 파일이 있어요. 하나도 빠짐없이 찍어뒀어요. 비밀, 지켜줄 수 있나요?"

"어차피 소문나도 안 믿어요. 사람들은 자기가 믿고 싶은 걸 믿어요."

김경희는 아무래도 서연 아빠를 용서할 수 없는 것 같았다. 그녀는 자신의 믿음과 다른 믿음을 인정하려 들지 않았다.

"그럼, 선생님도?" 그가 이진우를 쳐다보았다. "선생님도 우리 아이가 귀신에 씐 게 아니라 UFO를 만난 거라고 생각하시나요?"

자기 자식이 무당이 되길 바라는 부모가 어디 있겠는가. 처음 아이가 방바닥에 글자를 쓰기 시작했을 때, 그는 두려움보다 절망이 앞섰다. 아이는 정말 귀신에 씐 것 같았다. 멍하게 풀린 눈으로 잠도 자지 않고 온종일 욕지거리와 숫자를 글로 적었다. 그는 그것을 설명할 수 없었다. 그것을 설명할 수 있는 가장 간편한 말은 귀신이었다. 하지만 그는 그렇게 말하고 싶지 않았다. 우리 서연이는 UFO를 만난 것이다, 그래서 특별한 능력이 생긴 것이다, 그 말이 그에게 희망을 주었다.

"우린 모두 비밀리에 믿고 있죠. 아버님, 믿음은 아무도 해하지 않습니다. 믿음이 우리를 지켜주니까요."

명료하고 굳센 말투로 진우가 그에게 말했다. 서연이 아빠가 일어나 방으로 걸어갔다.

"믿음이라고요? 비밀리에?"

김경희가 작게 속삭이며 진우에게 미소 지었다. 진우가 부끄럽게 고개를 숙였다.

그가 다시 거실로 나왔다. 진우에게 봉투 하나를 내밀었다. 누런 한지로 만든 두꺼운 봉투. 진우가 봉투를 열어 거꾸로 뒤집었다. 작은 칩 하나가 톡 떨어졌다.

"전 믿고 싶습니다, 선생님!"

이진우의 손바닥에 있는 칩을 보면서, 그가 말했다.

"저도요."

진우가 대답했다. 진우가 칩을 다시 봉투에 넣었다.

"아빠."

서연이가 방 밖으로 나와 아빠를 찾았다. 머리에 두건을 쓰고 있었지만 예쁜 아이였다. 무당 같은 옷을 입고 있지도 않았다.

"응, 서연아. 배고프지? 아빠가 밥 차려줄게. 밖에 삼촌들한테 인제 점심 먹으니까 좀 쉰다고 말하고 우리 밥 먹자. 아빠가 서연이 좋아하는 베이컨 구워 줄게. 좀만 기다려봐. 방에 들어가서 문 닫고 있으면 돼. 문 닫고 침대에 들어가서 누운 다음에 이불을 몸 위로 덮어. 그리고 눈을 감으면 돼. 알았지?"

서연 아빠는 로봇에게 지시하듯 뭘 해야 할지 하나하나 일러주었다. 아이가 방으로 들어갔다.

두 사람이 문을 나설 때도 그는 진우의 손을 꼭 잡고 몇 번을 흔들었다. 과격한 신념을 진리로 받아들인 자들이 그러하듯, 동지를 만난 기쁨을 환한 웃음으로 표현했다. 진우도 그의 손을 잡고 굳세게 흔들었다.

진우는 문을 나서면서 한 손에 침낭을 들고 다른 한 손으로 김경희의 손을 잡았다. 왜 그랬는지 모르겠는데, 어쨌든 밖에는 아직 다른 사람들이 있었고, 그들은 환자를 들쳐 업고 들어간 젊은 남자를 주의 깊게 볼 것이다.

잠 못 잔 사람처럼 얼굴이 초췌해 보이긴 했으나 그래도 건강한 여자가 무당집에서 걸어 나왔다. 좀 전까지 침낭 속에서 죽어가던 사람이었다.

사람들이 그와 그녀를 우러러보았다. 진우와 경희는 꿋꿋하게 사람들을 가로질러 지나갔다. 그들은 다시 계단을 내려 갔다. '무당집 이용자는 엘리베이터 사용 금지', 그런 안내가 붙어 있었다.

진우는 누가 이렇게 말하는 소리를 들었다.

"뭐? 왜 갑자기 500만 원이야? 좀 전까지 250이라고 그랬 잖아?"

"저기!"

그가 턱으로 김경희를 가리켰다.

"병도 낫었잖아?"

그자가 말했다. 갑자기 사람들이 휴대전화를 꺼내 급히 전 화를 걸기 시작했다.

원시적인 갈망으로 이글거리는 눈동자들이 건강하게 걸어 가는 젊은 여자를 화살처럼 쫓았다.

고스트 3

— 후니빤쓰: 부적 번역할 건데 같이 할래?

   ㄴ 부적도 번역함?

   ㄴ 미쿡 부적?

   ㄴ 돈 주나?

   ㄴ 사이다 줘봐

   ㄴ 왜 하는데?

   ㄴ 부적 번역 개미친 ㅋㅋㅋ

   ...... (이하 2352개의 댓글. 위와 비슷한 내용.)

— 후니빤쓰: 할래 말래?

   ㄴ 일단 줘봐

ㄴ협찬!

ㄴ함

ㄴ나도 함

ㄴ나랑 해

ㄴ뭘?

ㄴ그거.

ㄴ할 거 업슴. 할 거 생길 때까지 함.

ㄴ근데 머하는데?

ㄴ부적번역(후니빤쓰)

ㄴ아... 난또.. 하께

ㄴ함 줘봐

ㄴ멀?

...... (응답자 1827명)

이 시답잖은 댓글들이 어떻게 해서 터져 나왔는지 살펴보자.

진우 샘과 경희 누나, 그리고 우리 '슈퍼 쎄븐 - 1'은 지난주에 약속한 대로 일요일에 짜바 타워로 다시 모였다. 기억나는가, 그날? 경희 누나의 비밀스런 말에 철산의 학구열이 불타올랐던 그날. 경희 누나가 한 말이 무엇인지 철산은 기어이 말해주지 않았다. 그리고 일주일이 지났다.

우리는 공부도 열심히 하면서(고인아), 노래를 불러 플라스틱 컵을 깨뜨리고(우도윤), 아빠와 진화론 논쟁 2부를 벌이면서 또 싸대기를 맞을 뻔했다(최동훈). 그리고 운동장에서 싸움을 했다(누군지 알 거다). 그 옆에 있던 누구는 그 싸움에 말려들 뻔했다(걔도 잘 알 거다).

그리고 진우 샘과 경희 누나는, 무당집에 가서 부적 사진이 든 칩을 얻어 왔다.

사진만 3천 몇 백 장이었다. 과학 샘은 분당 3매 속도의 컬러프린터로 그걸 뽑으려면 2주가 넘게 걸린다고 했다. 사진에 찍힌 삐뚤빼뚤한 글자를 해독해서 텍스트 파일로 옮기려면 일주일이 더 걸릴 거라고 했다.

경희 누나는 알바를 고용하자고 했다. 그리고 진우 샘보고 이렇게 말했다. "임야도 담보대출 되죠?"

진우 샘이 심각한 표정으로 턱을 만졌다. 우리는 그게 무슨 말인지 몰랐다. 어쨌든 진우 샘은 텍스트 파일이 있으면, 그걸 가지고 에스더 있는 데를 알아낼 방법이 있다고 했다.

"어떻게?"

다들 물었다. 그런 게 있다, 그런데 그걸 하려면 텍스트 파일이 필요하다는 거였다. 그때 치훈이 나섰다. 좀 전에, 저 위에서 치훈 얘기는 안 했다. 치훈이는 늘 그렇듯이 게임을 즐겼다. 온종일 게임에 미쳐 있었다. 나는 안 봐도 안다. 녀석 눈가를 장식한 시커먼 그림자를 보면.

"제가 해볼게요." 치훈이 나섰다.

"네가? 혼자서?"

3천 장을 다 텍스트 파일로 만든다고? 그런 말투로 진우 샘이 치훈에게 물었다.

"아니요. 있어요."

"누구?"

"페북, 인스타, 라인, 카페, 다 동원하면 돼요. 트위터는 잘 안 하는 편이라……."

"쟤, 카페 회원 수만 80만 넘어요. 그거만 해도 될 거예요." 철산이 말했다.

"무슨 카펜데?"

"공략 전술 카페." 치훈이 자신 있게 대답했다.

"걔들이 이런 거도 해줘?"

진우 샘이 부적 든 칩을 손가락 끝에 들고 물었다. 진우 샘은 게임을 증오하는 정도가 아니라 저주했다. 대한민국은 아이들 영혼을 팔아서 IT 강국으로 발돋움했다, 진우 샘은 수업 시간에 말했었다. 온라인 게임과 포르노 동영상, 그 두 가지가 4차 산업혁명의 주역이라면, 차라리 원시 시대로 돌아가는 게 낫다고 그는 협박하듯 말했다. 그러니 치훈이 공략 전술 카페 애기를 꺼냈을 때 진우 샘 표정이 어땠겠는가.

"거기서 게임 애기만 하는 거 아니에요. 혼밥 레시피, 불면증 해소 방법, 북한 도발 시 대응 방법, 여자 낚는 법……, 별거 다 해요."

"좋아, 그럼. 한번 해봐!"

이 말은 경희 누나가 한 말이다. 진우 샘은 눈을 가늘게 뜨고 혀를 찼다. 80만 회원의 게임 카페를 운영한다고 해도 그는 그냥 영혼을 탕진한 오타쿠 카페로만 생각할 뿐이다. 진우 샘은 한 시간 뒤, 그 오타쿠 집결 카페의 위력을 확인하게 된다. 오타쿠들이 방구석에 처박혀 어떻게 이 세상을 움직이는지.

치훈이 카페로 들어가 공지를 올렸다. "부적 번역 같이 할 사람?" 30분 만에 4만여 개의 댓글이 달렸다. 위에서 본 댓글은 극히 일부에 불과하다.

치훈이 인스타그램으로 부적 사진을 올려 회원들에게 공유를 알렸다.

약 10분 후, 번역문이 텍스트 파일로 올라오기 시작했다. 무서운 속도로 받아쓰기가 이루어졌다. 사진에 찍힌 부적들은 죄다 맞춤법이 어긋난 중학생의 필적. 회원들이 그걸 텍스트로 옮겼다. 치훈이 파일 공유를 시작한 지 한 시간도 채

안 되어, 3411장의 욕지거리 사진이 텍스트 파일로 업로드되었다.

진우 샘과 경희 누나는 입을 쩍 벌린 채 다물지 못했다. 그들은 난생처음 바다를 구경하는 민물고기 같았다. 거기 또 하나의 세계가 있었다. 진우 샘은 80만 오타쿠를 선두에서 이끌고 있는 치훈 앞에서 아주 작아 보였다.

이번에는 진우 샘이 나설 차례였다. 우리는 전부 궁금해서 미칠 지경이었다. 부적을 텍스트 파일로 만들면 무슨 일이 일어날까? 내가 아는 진우 샘 스타일대로라면 아마 저 부적들을 프린터로 출력해 스프링 제본을 한 다음 처음부터 끝까지 읽어내려갈 것이다.

"저걸로 어떻게 에스더 있는 데를 알아낸다는 거예요?"

경희 누나가 팔짱을 끼고 요염한 자세로 서서 물었다. 철산은 그녀 옆에 딱 1미터 간격을 두고 서 있었다.

"간단해요. 아니, 복잡하지만 간단해요. 로봇이 있어요."

진우 샘이 가방에서 노트북을 꺼내면서 말했다. 로봇이라니, 우리는 그 말을 듣고 살짝 놀랐다. 저 낡은 노트북이 설마, 트랜스포머로 변신하는 건가? 다들 어리둥절한 표정이었다. 진우 샘은 진공청소기나 노트북을 최첨단 로봇으로 변신시키는 능력을 갖고 있나?

"로봇?"

세상 모든 비밀을 죄다 알고 있을 것 같은 경희 누나도 모르는 것이 있었다. 그녀는 발로 뛰어다니는 건 잘했지만 머리를 쓰고 계산하는 데는 젬병이었다. 그녀는 믿음직한 배관공에게 컴퓨터 수리를 맡긴 사람처럼 입술을 한쪽으로 찢어 진우 샘을 쳐다봤다.

진우 샘이 나무 작업대에 앉아 노트북을 열었다. 나는 긴장했다. 다른 아이들도 그랬다. 노트북 자판을 두드리면 어딘가에서 로봇이 날아올까?

진우 샘이 자판을 두드렸다. 몇 개의 단축키를 누르자 수천 개의 텍스트 파일이 하나로 합쳐졌다. 그리고 다시 복사하고 붙여 넣는 순간, 하나의 엑셀(Excel) 파일이 만들어졌다. 그리고 프로그램 하나를 실행했다.

'연결망 분석 로봇'

그러니까 그 로봇은 움직이는 기계가 아니라 프로그램을 말하는 거였다.

"네트워크 물리학이라고 하죠."

갑자기 진우 샘이 멋있어 보였다. 그의 아우라에 깊이 감동했는지 우도윤은 어머, 어머, 하고 소리치며 거의 쓰러지기 직전이었다. 고인아는 입술을 꼭 다문 채 버락 오바마의 연설을 듣고 있는 하버드 대학교 신입생처럼 존경과 숭배의 표정으로 진우 샘의 뒤통수를 쳐다봤다.

최동훈은 그녀들의 반응을 옆에서 생생하게 목도했다. 그리고 "그거 어떻게 하는 거예요, 그거?" 하면서 끊임없이 진우에게 질문을 던졌다.

프로그램을 실행하는 건 아주 간단했다. 엑셀 파일을 갖다 붙이고, 'Analysis(분석)' 버튼을 누르기만 하면 끝이었다. 그리고 약 15초 뒤.

'Analysis Completed! Total 2,850,662 words. Press Algorithm Bar!' (분석 완료! 총 2,850,662개 단어. 알고리즘 바를 누르세요!)

진우 샘이 알고리즘 바를 눌렀다.

"와아아아아!"

아이들이 마술쇼를 볼 때처럼 길게 감탄했다. 살아 있는 생물처럼 생긴 네트워크 지도가 화면에 나타났다. 게다가 그건 3D였다.

300만 개에 가까운 단어들이 서로 관련이 있는 의미의 집합을 이루며 복잡한 신경망처럼 얽혀 있었다. 진우 샘이 공처럼 생긴 데이터 뭉치를 이리저리 돌릴 때마다 복잡한 거미줄 공이 꿈틀거렸다.

"단순 함수로 계산했을 때는 92개의 허브가 있어요. 허브는 다른 단어들과 연결 고리를 많이 가지고 있는 핵심 데이터를 뜻하죠. 대부분이 욕인데……, 함수 값을 바꿔보죠. 반복 패턴이 유사한 단어나 고유명사 같은 단어에 우선권을 주고 가중치를 부여하면……, 짠!"

다른 네트워크가 나타났다. 이번에는 좀 더 단순한 거미줄이었다.

"9개의 허브가 있네요. 뭐냐면……, 2개는 여전히 욕지거리니까 넘기고……, 얘들아, 이렇게 하자!"

진우 샘이 종이 위에 욕을 제외한 핵심 단어 일곱 개를 썼다.

구짱, 실드, 유성, 밥, 씨버뜨, 가아마선, 디오이.

이렇게 일곱 개였다. 처음엔 그 많은 부적을 언제 다 검토하나 했는데, 진우 샘이 말한 그 네트워크 물리학이라는 건 정말 놀라웠다. 진우 샘에 따르면 그건 일종의 통계 확률 프로그램이었다. 가능한 의미의 조합을 조건부 확률을 통해 걸러내는 방식이라고 설명했다.

그렇게 해서 에스더를 구해낼 일곱 개의 단어가 나왔다.

"이제부터는 통계와 확률을 버리고 직관을 따라가보자. 마인드맵! 다들 알지?"

오, 저런 강렬한 카리스마를 봤나! 도윤은 일본 영화의 여주인공처럼 큰 눈망울을 초롱초롱 뜨고 진우 샘을 우러러보았다. 첫사랑을 만난 눈이었다. 그 상대는 30대 중반에 접어든 노총각일 것이다. 인아는 진중한 미소를 지었다. 그녀는 기후 변화를 걱정하는 UN 사무총장이 앙증맞은 전기차를 볼 때와 흡사한 표정으로 진우 샘을 바라보았다.

"단어를 보고 연상되는 말을 모두 적어봐. 이 아홉 단어는 전부 에스더가 들었던 말일 거야. 그러니까 그건 평범한 대화 상황에서 나올 수 있는 말들이지. 우리 머릿속에도 이 단어가 들어 있는 거야. 그러니까 연상하다 보면 캐낼 수 있어."

딱, 경희 누나가 손가락을 튕겼다.

"무슨 말인지 알겠다. 편견을 버리는 게 아니라 오히려 편견을 따라가자는 거죠?"

아이들이 종이 위에 아무거나 막 쓰기 시작했다. 진우 샘이 종이 위에 나열된 단어를 보면서 연상을 따라갔다.

"구짱, 구짱이 뭐지? 이게 가장 많이 반복됐어. 구짱이라, 이건 욕도 아닌 거 같고. 아홉 개의 짱? 아니야. 발음대로 생각해야 해. 서연이는 발음대로 적은 거야."

"그러면 경음화가 적용된 거잖아요?" 인아는 역시 똑똑해. 국어 시간에 배운 문법으로 귀신같이 파고들었다. "그러니까 구짱에서 'ㅉ'은 경음화가 일어나 된소리로 발음된 거로 볼 수 있죠. 그렇다면?"

"국장이야. 그래, 맞아. 국장이야. 이 단어가 왜 젤 많은지 알겠어. 에스더를 데리고 있는 실무자의 직함이야. 그는 국장이야."

"재밌어요!"

우리는 신이 났다. 정말로 점점 에스더가 있는 곳으로 다가 가는 느낌이었다.

"또 해보자. 이번엔 실드. 이건 쉬워. 실드는 발음대로 'shield'야. 에스더는 어디 방호벽 안에 있는 거고. 감마선이 나오니까. 씨버뜨, 시버트. 가아마선, 감마선. 이건 넘어가고. 이건 뭐지? 유성? 유성이라면 별? 유성, 유성, 유성…… 이건 아무래도 모르겠어. 유성 하면 뭐가 떠올라?"

"유성 온천?"

"온천에? 에스더가 온천에? 그럴 리가. 그건 아닌 것 같고. 나중에 생각해. 다음은 밥. 이건 간단하겠어. 밥은 밥이야. 밥을 주거나 먹으면서 한 말들이겠지. 그런데 디오이는 뭐지? 반찬으로 오이가 나왔나? 디오이가 총 100번 정도 나왔어. 채소를 말하는 거라면 왜 오이가 아니라 디오이가 허브로 생성됐지?"

"영어 아닐까요? 존 도(John Doe)? 뭐 그런 거?"

"찾아봐."

우리는 폰을 열어 'doe'를 검색했다.

"암사슴이라는 뜻이래요." 철산이 말했다.

"딤채 김치냉장고 모델 이름." 고인아의 검색 결과.

"회절광학소자." 최동훈이 발음도 어려운 과학 용어를 끄
집어냈다.

"미국 원자력 기구(Department of Energy)도 있어요."

이치훈이 더듬거리며 말하자 진우 샘이 오호, 하는 눈으로
치훈을 보았다.

"미국 원자력 기구? 그거 같은데? 방사능 물질이니까 그쪽
하고 관련 있겠어."

"그럼 에스더가 미국에 있는 거야?" 철산이 물었다.

"그럼 욕도 영어로 했겠지. 퍽 유, 그런 식으로."

인아에게는 어울리지 않는 말이었다. 인아가 '퍽 유'를 너
무 거창하게 발음하자 철산도 살짝 놀란 표정을 지었다.

"아, 그러네." 철산이 가운뎃손가락으로 머리를 긁었다.

"좋아. 상황을 정리해보자."

진우 샘이 연습장을 펼치고 볼펜을 들었다. 어려운 물리학
공식을 설명할 때처럼 아이들을 돌아보며 열중했다. 경희 누
나는 남친을 응원하는 여친 같았다. 아유 귀여워, 하는 표정

으로 진우 샘을 쌩글쌩글 웃으며 바라보았다.

"에스더는 실드가 있는 방에 있고 그곳을 관리하는 책임자는 어떤 국장이야. 편의상 김 국장이라고 부르자. 김 국장은 미국 원자력 기구에 자문을 구했어. 그래서 그쪽 사람들하고 연락을 하고 있는 거야. 에스더의 몸에서는 계속 감마선이 방출되고 있고. 그래서 주기적으로 숫자와 시버트가 반복되는 거야. 밥은 먹고 있는 것 같군. 다행이야. 그럼 아직 풀지 못한 건 하나야. 유성. 이건 도대체 뭐지?"

'무당 부적에 대한 통계적 분석'을 통해, 정말로 에스더의 상황이 현실적으로 정리되고 있었다. 우리는 모두 그 놀라운 분석에 짜릿한 쾌감을 느끼면서도 공포와 비슷한 감정을 동시에 느꼈다.

그것은 스피릿 트랜스포트가 실재한다는 걸 눈앞에서 확인했기 때문이기도 했고, 또 정말 그런 거라면 에스더의 상황이 매우 심각했기 때문이다.

"쉽게 가요."

그쯤에서 경희 누나가 나설 때가 온 것이다. 그 과감하고 거칠 데 없는 경희 누나의 몸매는, 아니 성격은 진우 샘의 소심한 추론을 통쾌하게 압도해버렸다.

"유성이라는 말을 듣고 떠오르는 건 두 개밖에 없어요. 하나는 하늘에서 떨어지는 유성, 그리고 유성 온천. 둘 중 하나죠. 사람들이 유성을 보면서 '저기 봐, 유성이다!' 하고 말할 확률은 그다지 높지 않아요. 하지만 '유성에 갔어, 유성 온천에…….' 이런 말이라면 얼마든지 가능하죠. 유성은 유성 온천이 맞을 거예요."

경희 누나의 과감한 추론이 끝나기도 전이었다. 진우 샘의 몸동작이 얼마나 빨랐는지 모른다. 그는 평소에 선비처럼 걷고 발레리노처럼 우아했던 사람이다. 그런 그가 자기 가방에 들어 있던 폰을 잽싸게 끄집어 들었다. 그리고 어딘가로 전화를 걸었다.

"잘 계셨어요, 작은아버지? 네, 죄송해요. 찾아뵙는다고 해놓고. 일이 바빠서요, 좀 있으면 기말고사라. 그거야 그렇지만. 네? 아뇨, 그러실 필요까진……. 한 사람 있긴 해요."

진우 샘이 경희 누나 쪽으로 눈동자를 돌렸다. 그리고 급하게 다시 눈빛을 회수했다. 뭐지 저건? 우리는 재빨리 눈동자를 굴렸다. 대충 알 것 같다. 한 사람이란, 경희 누나겠지. 아이들이 키득거렸다.

"네, 꼭 찾아뵐게요. 그렇게 할게요. 같이요, 네. 그보다 저……, 지난번에 말씀드린 그 학생 말인데요. 네, 박에스더라고. 그 아이 소재를 찾은 것 같아요. 거기가 어디냐 하면,

아뇨, 어쩌다 보니……, 또 그렇게 됐어요. 거기가 어디냐 하면……, 대전이에요. 확실하진 않지만……, 아니, 확실해요. 에스더는 거기 있어요. 유성 온천 근처 대덕연구단지, 한국원자력연구원. 네, 한번 알아봐주세요. 아이를 찾아야죠. 그게 우선이죠. 에스더는 집 나간 게 아니라 거기 감금돼 있을 거예요. 제 생각에는. 네, 기다릴게요. 삼촌도요."

"원자력연구원?"

아이들이 정말 심각한 표정을 지었다.

"유성에 있어. 한국원자력연구원. 우리나라에서 방사능 물질을 취급할 수 있는 곳은 그렇게 많지 않아. 거기라면 얼마든지 가능하지. 거기일 거야. 틀림없어."

진우 샘은 확신하는 것 같았다. 그러니까 작은아버지에게 전화했을 것이다. 이제 국회의원 한 사람이 나선다. 싸움꾼으로 유명한 야당 삼선 의원 이정진. 2급 국가기밀이라면 정치적인 사안일 것이다. 정치인에게 그만큼 좋은 먹잇감이 어디 있겠는가. 기다려보자.

"자, 이번엔 네 차례야, 치훈. 그날로 가봐. 그날, 거기서 무슨 일이 있었는지. 에스더네 집에서."

진우 샘이 말했다. 치훈이 진우 샘과 아이들을 돌아봤다. 치훈은 박가 할배의 손주를 찾아냈던 그날과 같은 옷을 입고 있었다. 아이보리 후드티와 청바지. 마치 타임 리프 용 유니폼이라도 되는 듯이. 가슴에 새겨진 'UCLA' 글자가 슈퍼맨의 'S'보다 멋지게 보였다.

"여기서 할 수 있니?"

진우 샘이 물었다. 사실 그걸 어떻게 하는 건지는 아무도 몰랐다. 그냥 눈앞을 장면이 스쳐지나가는 걸까? 자면서 꿈꾸는 것 같을까? 도대체 어떻게 그게 가능하지? 시간을 건너뛰어 과거로 돌아가는 게?

"예전하고는 좀 달라요."

"예전? 지난 주?"

"네. 지난번엔 그냥 졸음 결에 보는 정도였는데, 지금은 완전히 이동을 하는 것 같아요."

"어떻게?"

"제 몸 자체가요."

진우 샘은 질문이 막힌 것 같았다. 그는 어리둥절한 표정을 지었다. 경희 누나가 뭔가를 짐작한 듯 심각하게 물었다.

"어떤 방식이야?"

"옛날 기억을 떠올릴 때처럼 생각을 계속 하다 보면 물속에 잠기는 느낌이 나요. 답답하고 물컹거려요. 밖을 보면 사람들이 거기 있어요."

"만질 수도 있니?"

"잘 모르겠어요. 손을 뻗으면 젤리 같은 게 만져져요."

"반물질화가 시작된 거야."

경희 누나가 말했다. 그게 뭐죠, 하고 묻기도 전에 경희 누나가 말했다.

"모든 물질은 물질과 반물질로 이루어져 있어. 물질을 구성하는 소립자들은 얼마든지 다른 곳으로 이동할 수 있어. 이쪽과 저쪽 두 곳에 동시에 존재할 수 있지. 왜냐하면 물질이 존재하기 위해서는 에너지가 필요하고, 그 에너지가 균형을 이루기 위해서는 또 다른 물질이 필요하기 때문이지. 그걸 반물질이라고 불러. 시소 타봤지? 이쪽과 저쪽이 균형이 맞아야 해. 우리가 알고 있는 물질이 이쪽에 있다면, 저쪽에는 반물질이 있는 거야."

"그건 이론으로만 있는 건데. 아직 실체가 확인되진 않았어요."

"그럼 이건 뭐죠? 아이들의 능력. 그건 확인된 건가요?"

그렇군. 아차, 깜빡했다, 그런 눈으로 진우 샘이 고개를 끄덕였다.

"치훈아, 너 그거 자주 하면 안 돼." 경희 누나가 말했다.

"네? 이제 겨우 재미 붙였는데?"

"갇혀버릴 수도 있어."

"어디……에요?"

"물질과 반물질, 그 중간계에."

"이계요? 마법사들 사는 데?" 치훈이 순진한 표정으로 물었다.

"아무도 몰라. 거기가 어딘지. 하지만 입자 전송기를 개발하면서 가능성이 제기됐어. 존재할 확률 60퍼센트. 사물이나 보통 물질을 전송기를 통해 다른 곳으로 이동하는 장치야. 지금까지는 중성자 몇 개를 옮긴 정도이긴 한데, 돌아오지 않은 중성자가 6년 뒤에 다른 실험에서 확인됐어. 그러니까 중간계든, 이계든 우리가 모르는 어떤 '계'가 있을지도 몰라. 네 몸이 반물질화가 되면 넌 실제로 다른 시간으로 육화되어 이동하는 거야. 맞지 내 말?"

"맞아요. 다른 시간으로 가서 물건을 만져봤어요. 건드릴 수도 있고 그랬어요."

"그럴 경우, 절대로 하면 안 되는 게 있어."

"뭔데요?"

"과거로 이동한 후에, 과거에 있는 네 몸을 만지면 절대로 안 돼."

"어떻게 되는데요?"

"반물질의 쌍이 만나면 물질은 붕괴돼. 엄청난 에너지를 가지고 폭발할 거야. 그 규모가 어느 정도인지는 아무도 몰라."

진우 샘이 말했다. 그는 정말로 그런 일을 본 적 있는 사람처럼 아주 무거운 표정이었다.

"한번 해볼게요. 그래도. 에스더한테 가서, 어떻게든……."

"치훈아, 그리고 또……."

그 일은 아주 순식간에 일어났다. 경희 누나가 뭔가 말을 덧붙이려는 순간, 순식간이라고 말할 수도 없었다. 치훈이는 진우 샘이 앉아 있는 의자 뒤에 서 있었다. 그가 어떻게든, 이라는 말을 끝내기도 전에 눈앞에서 사라졌다.

아니, 사라진 게 아니었다. 이쪽에서 저쪽으로 순간이동을 한 거라고 봐야 한다. 좀 전에 여기 있던 치훈이는 아이들 뒤쪽에 가 있었다.

그러나, 순식간에 뒤에서 나타난 치훈은 어디 먼 곳으로 여행을 다녀온 사람 같았다. 모두들 치훈이 앓는 소리를 듣고 뒤로 돌아섰다.

옷은 다 해어져 있었고, 코피를 흘렸다. 약간씩 손발을 떨기도 했다.

"도망치라고, 알려줬는데……, 막을 수 없었어요. 너무 무서웠어요."

"왜, 왜 그래, 치훈아?"

"에스더는, 에스더는……."

"일단 숨 좀 돌리자. 얘들아, 저기 휴지 가져와."

경희 누나가 치훈을 부둥켜안고 코피를 닦아냈다.

"에스더는……."

치훈이 물을 한 컵 들이켰다.

"에스더는……, 괴물로 변했어요. 괴물, 괴물……."

치훈은 똑같은 말을 반복하면서 몸을 떨었고, 눈물과 피가 섞인 물을 눈에서 흘렸다. 거기 있던 모든 아이들이 말할 수 없는 공포에 휩싸였다.

양쪽 눈에서 피눈물을 흘리고 있는 그의 얼굴은 마치, 악몽에서 튀어나온 유령 같았다.

"변기태, 뭐해! 어서 가서 수건이라도 좀 갖고 와!"

겁을 먹어서 떨고 있는 내게 진우 샘이 소리쳤다. 정신이 하나도 없었다.

어른들은 우리가 겪은 일을 믿지 못할 것 같다. 치훈이 갈아입을 옷과 수건을 가지러 안채로 달려가면서 나는 생각했다.

어른들은 아이들이 제때 말하거나 걷지 못하면 불안에 빠진다. 적당한 나이가 되면 인간이 가진 고유한 능력이 드러나야 하기 때문이다. 유전자 속에 심겨진 씨앗이 발아하기를 그들은 기다린다. 적당한 나이가 돼, 키가 크고, 털이 나고, 가슴이 튀어나오고, 그러면 만사 오케이다.

하지만 아이들이 너무 많은 능력을 보여주면 어른들은 더 큰 걱정을 한다. 가령, 노래를 불러서 유리를 깨트리거나, 맨손으로 무쇠를 구부리고, 염력으로 집을 무너뜨리면. 혹은 시공간 이동을 하거나, 감마선을 쏘면 말이다. 그런 일들이 걱정되기는 나도 마찬가지다.

고스트 4

'네 시작은 미약하였으나 네 나중은 심히 창대하리라.'

궁서체로 성경 구절을 새겨 넣은 나무 현판에는 시멘트 가루가 하얗게 묻어 있었다. 환풍구에 낀 담뱃진 때문에 풀 썩는 냄새가 났다.

야적장에 쌓아놓은 2개 동의 컨테이너 박스에서는 배달 갔다 온 예닐곱 기사들이 '섰다판'을 벌였다. 컨테이너 바깥에는 모래와 자갈이 산처럼 쌓여 있고, 수십 대의 레미콘 트럭이 세워져 있었다.

바가지, 폭탄, 초똥팔삼, 돼지 먹고, 흔들고, 광 팔아대는 판이 제법 컸다.

"사임당 누님, 옷 벗겨먹어 죄송해요!"

최 씨가 5만 원 지폐를 두둑한 다발로 긁어 갔다. 낄낄거리는 웃음소리 사이로 전화벨이 울렸다. 방금 돈을 잃은 박 주임은 앉은뱅이 의자를 툭 차고 걸어가 전화를 들었다.

"네, 한국의 미래를 건설하는 창대 시멘트입니다."

그가 시원한 목소리로 응대했다.

"네, 가능합니다. 지금 당장 쓰시게요?"

기사들이 박 주임 쪽으로 고개를 돌렸다. 박 주임이 시계를 보았다. 오후 2시 15분.

"보통 25짜리* 쓰죠. 철근 배근이 어떻게 되는데요? 사장님도 참, 그런 게 어딨어요? 규격을 알아야 차가 나가죠. 일반적으로 25짜리 많이 써요. 몇 대나? 네? 그렇게 많이요? 지금 당장은……."

돈을 딴 최 씨는 슬그머니 손가방을 들었다. 옆에 섰던 돈 잃은 기사들은 주문 받으라고 간곡하게 손짓했다.

"당장 보내드릴 수 있는 차는 열여섯 대고요, 다 동원하면 마흔여섯 대까지 가능합니다. 레미콘 적재하는 데 두 시간 정

---

*   시멘트에 혼합되는 자갈의 크기. 굵은 골재를 말한다.

도 걸립니다. 그렇게 빨리는 힘든데, 사장님, 거기 어디 사고 났어요?"

박 주임의 미간에 주름이 잡혔다. 그가 책상 안쪽으로 걸어가 자리에 앉았다. 섰다판을 벌이던 기사들이 군용 침대에서 담요를 걷었다.

"저런! 거길 다 메운다고요? 그러면 많이 가야겠는데. 우리 쪽 말고 중부 시멘트에도 연락해보시고, 아니, 제가 해드릴게요. 급하시니까. 지불은요? 그래요, 좋네. 보증은요? 규모가제법 되니까 보증도 있어야 돼요. 그러면 지불 보증서하고 일단 팩스로 넣어주시고, 나중에 인감하고 같이 원본으로 주세요. 팩스 번호는……."

박 주임이 기사들더러 시멘트 적재하라고 손짓했다. 기사들이 바삐 나갔다.

"주소 불러주세요. 네, 대전 유성구……."

박 주임이 전화기를 내렸다. 그가 폰을 열어 주소록을 뒤졌다.

"중부죠? 여기 창대. 거기 지금 당장 몇 대 가능해? 최대한. 비번 차들 다 동원해서 몇 대? 우리 지금 46대 다 부르려고. 30대? 오케이, 원자력밸리 쪽에 사고가 났대요. 시멘트로 빨리 메워야 한다고……."

팩스가 수신됐다. 박 주임이 그쪽으로 걸어가 문서를 들고 자리로 돌아와 앉았다. 그리고 팩스를 들여다보며 말했다.

"얼추 200대는 필요하다네. 어? 잠깐만, 잠깐만요⋯⋯. 이거 행정부잖아? 여기, 저, 김 실장. 정부 어음 준대요. 확실하네. 보증은⋯⋯, 보증은 국방부에서 서고. 가보지, 머. 그래요, 수고해요. 최대한 빨리! 폰으로 주소 날릴게."

그가 기사 명단을 뽑았다. 오랫동안 전화기를 붙들 생각으로 의자를 당겨 앉았다.

아이들이 걸레를 가져와 바닥의 피를 닦았다. 철산이 양손에 들통 두 개씩, 네 개의 들통을 들고 계단으로 날랐다. 외계에서 얻은 힘은 저런 데 써먹는 거다. 인아와 도윤이 고무장갑을 끼고 걸레질을 했다. 강화마루 이음새에 피가 스며들어 조금씩 물을 부어 닦아냈다.

약간의 두통을 호소했지만 치훈은 병원에 갈 일은 아니라고 말했다. 진우는 굳이 말리지 않았다.

"그래도 혹시 뇌출혈이라도 있으면⋯⋯."

김경희가 누워 있는 치훈의 이마를 손으로 쓸면서 걱정

했다.

"괜찮을 거예요. 치훈이는."

이상했다. 이진우는 아주 소심한 남잔데. 게다가 아이들 일이라면 깐깐한 구청 직원처럼 꼰대짓을 할 사람인데. 그는 뭔가를 기다리는 것 같았다. 계속 서성거렸다. 고무장갑도 끼지 않고, 청소도 하지 않고, 치훈을 보살피지도 않았다.

"여보세요?"

벨이 울리자마자 그가 통화 버튼을 눌렀다. 마치 전화가 올 것을 미리 알고 있던 사람 같았다.

"네, 아버님. 기다리고 있었습니다. 그런 건 아니고, 어쩐지 전화 주실 것 같아서. 그래요? 지금은 어떤 걸 쓰고 있나요? 네? 저 혹시……. 아니에요. 아버님, 전화 주셔서 감사합니다. 좀 있다 다시 전화 드리겠습니다."

"누구예요?" 경희가 물었다.

"서연이 아버지예요."

"그가 왜?"

"아이가 이상한 걸 쓰고 있대요."

"뭘?"

"아."

짧은 한 음절의 대답에 긴장이 실렸다. 아이들이 고무장갑을 낀 채로, 들통을 손에 들고 진우에게 다가왔다.

"네?" 경희가 되물었다.

"아아아아아아아아. 계속 그거만 쓰고 있대요."

"다른 건요?"

"어어어어어어. 아 하고 어, 두 가지만 쓴대요."

"언제부터요?"

"점심 때부터."

"무슨 일이 생긴 거죠? 에스더한테?"

"제 생각에 그건……, 비명 소리예요."

"비명?"

"에스더가 지르는 비명 소리."

아이들의 얼굴은 금방이라도 비명을 지를 것처럼 사색이
되었다.

"의원님한테 다시 연락해야 하는 거 아니에요?"

"아뇨. 그럴 필요 없어요."

"왜요? 비명을 지르고 있다면 그 사람들이 에스더한테 무
슨 짓을 하고 있는 거잖아요. 어떻게든 해야 하는 거 아니
에요?"

김경희는 경찰과 군대와 정치를 신뢰하지 않았다. 그러나
당장에 무슨 일이 생긴 거라면 그걸 할 수 있는 사람들은 거

기밖에 없다. 게다가 진우의 추측이 맞다면 에스더는 경비가 삼엄한 국가 시설에 감금돼 있을 것이다. 누가 그 문을 열 수 있을까?

경희는 모든 것을 의심하는 사람이었다. 그녀가 찾던 진실은 믿음을 통해서는 도달할 수 없는 곳에 감추어져 있었다. 그녀는 생각했다.

'진실은 하나의 함정이다. 그것에 사로잡히기 전에는 그것을 잡을 수 없다.'

그러므로 그 문을 닫은 자들은 결코 그 문을 열지 못한다. 그 문을 열고 들어갈 힘은 다른 데 있다. 누가 그 문을 열 수 있을까? 그녀도 그것을 알지 못한다. 그때 진우가 그것을 말했다.

"우리가 거길 가야 해요."

"뭐라고요?"

함정에 빠진 사슴처럼 떨리는 눈으로 경희가 진우를 바라보았다.

"어떻게요?"

"지금 당장?"

아이들이 물었다. 걸레에서 분홍색 물이 바닥으로 똑똑 떨어졌다.

"거기 가면 우리가 에스더를 구할 수 있어."

"그걸 어떻게 아세요?"

경희는 의심이 많은 사람이었다. 여기 있는 아이들은 고등학생이지 슈퍼맨이 아니다. 설령 초능력을 가졌다 해도 그걸 어떻게 사용하는지 아이들은 모른다. 이제 겨우, 노래 부르면서 플라스틱 컵을 깨뜨리는 '초심자'가 아닌가. 믿음을 갖기 위해 끝까지 의심했던 예수의 제자 토마스처럼 경희가 의심하는 눈으로 물었다. "그걸 어떻게 확신하죠?"

"난 믿어."

진우가 짧게 대답했다. 믿음에는 이유도 없고 목표도 없다. 부천의 미개인들을 보지 않았나. 믿음은 사로잡힌 자의 것이다. 진우가 무언가에 사로잡힌 사람처럼 다시 말했다.

"난 믿어. 너희들을."

그가 아이들을 보며 믿음을 말했다. 그녀는 자신의 의심을 믿기 시작했다.

"예지력이군요. 선생님은 예지력을 가진 거예요!"

경희가 자신의 의심을 말했다.

"아뇨. 그게 아니에요."

진우가 부인했다. 아이들이 진우의 이글거리는 눈동자를 바라보았다.

"전 믿음을 얻었어요."

"바로 그거예요. 미래를 볼 수 있기 때문에 믿음이 생긴 거라구요!"

"그런 거 없어요. 전 미래를 볼 수 없어요. 하지만 그냥……"

그가 아이들을 돌아보았다.

"아이들을 믿어요. 우리가 함께 가면 에스더를 구할 수 있어요. 가야 해요. 지금 당장! 최대한 빨리!"

맹목적인 믿음을 가진 광신도 같았다. 아이들은 한 번도 진우 샘의 그런 눈을 본 적이 없었다. 무섭고 오싹한 눈이었다.

"하지만 선생님 차로는 다 못 가는데. 게다가 지금 일요일이라 차도 많이 밀릴 거고. KTX 타러 갔다가 차표 끊고 하는 것도 변수가 너무 많고."

고인아가 말했다. 맞는 말이다. 그 아이는 꼭 필요할 때, 아무도 하기 싫어하는 말을 잘한다. 지금 당장 가자는 진우의 말에 최동훈과 변기태와 김철산은 두 손을 우두둑거리며 내공을 모았다. 심지어 겁쟁이 우도윤도 설레는 마음이었다. 그런데 인아가 김을 팍 뺐다. 일요일이니까, 차가 밀린다, 맞는 말이다.

"차가 있으면 좋겠는데, 봉고차 같은 걸로. 가기 전에 부천에도 들러야 해."

"부천에? 서연이?"

김경희가 고개를 갸웃거렸다.

"그 아이도 데려가야 해요."

"걘 왜요? 그 아이도 믿어요?"

"실시간 통신이라고 생각하면 돼요. 에스더 상황을 파악하는 유일한 방법은 그거밖에 없어요."

"가려고 할까요? 부적 장사에 맛 들린 사람이?"

"그 사람도 믿음이 있으니까. 어제 봤죠? 제 손 잡고 믿고 싶다고 할 때 그 간절한 눈빛."

김경희가 불가능한 미래를 장담하며 고개를 저었다. 당장 이동할 방법도 없잖은가.

"기다려봐요."

잠자코 앉아 있던 기태가 말했다. 그가 어딘가로 전화를 걸었다. 몇 마디 얘기를 하더니 폰을 진우에게 넘겼다. "우리 아빠, 차 빌려달라고 해요." 진우에게 전화를 건네주면서 기태가 속삭였다.

"네, 아버님. 저 기태 학교 과학 선생입니다. 아, 네, 갑자기 학습 과제가 생겼어요. 아이들한테 천문 과학관을 구경시켜

주려고요. 대전에 가야 하는데, 봉고차 한 대 빌릴 수 있을까요? 금방 다녀올 거예요. 제가 같이 갈 거니까 염려 마시고요. 네. 차 좀 빌릴 수 있을까요? 아뇨. 몰아본 적은 없지만 그래도 면허는 1종 보통이에요. 네, 네, 알겠습니다."

"뭐라셔요?" 기태가 물었다.

"기다려보래."

차라리 KTX를 타자, 진우 샘을 어떻게 믿냐, 아니면 진우 샘 차하고 경희 누나 차하고 두 대로 가자, 어느 세월에? 지금 차 꽉 밀렸어. 버스전용차로 아니면 안 돼……. 아이들이 지금 당장 대전까지 이동할 방법을 놓고 논쟁을 벌였다.

빵빵, 아래층에서 경적 소리가 들렸다.

"어? 차다!"

소리가 나자마자 아이들이 가방을 챙겼다.

"진우 샘, 정말 자신 있으세요?" 동훈이 물었다.

"믿는다잖아!"

철산이 대신 대답했다. 모두 짜바 타워 계단을 급히 내려갔다.

"와아아아!"

차를 보자마자 아이들이 소리를 질렀다.

입구 바로 앞에 검은색 스타크래프트 밴 한 대가 대기 중이었다. 불가능한 상륙 작전을 진두지휘하는 항공모함 같았다. 차는 스르렁거리며 낮은 소리로 꿈틀댔다.

검은 선글라스 같은 창문이 쥐이잉, 소리를 내며 열렸다. 그 안에 검은 선글라스를 낀 뚱뚱한 남자가 앉아 있었다. 그가 일행을 보며 씩 웃었다.

"야, 타!"

기태 아빠가 말했다. 차 문이 스르르 열렸다.

고스트5

서에서 동쪽 방향으로, 유성대로에는 레미콘 차량 100여
대가 긴 줄을 서 있었다. 공회전하는 차량에서 나온 매연이
시커먼 연무를 만들었다.

일요일에 반대가리(반나절 임금) 하자고 나갈 수는 없다는
기사들이 많았다. 결국 박 주임도 운행에 나섰다. 차량의 열
기가 도로를 찜통으로 만들었다. 저녁때가 다 돼 허기진 기사
들이 쌍욕을 뱉으며 인도에 죽치고 앉아 담배를 피웠다.

"급하다고 빨리 오랄 때는 언제고, 이게 뭐여? 벌써 6시가
다 됐구먼."

통통. 밖에서 누가 문을 두드렸다. 박 주임이 창을 내렸다.

"전화라도 해봐. 이러고만 있을겨?"

"수십 번도 더 했어요. 안 받아요."

"안 그라믄 앞에 가보든가. 아, 언제까지 이러고 있을 거여?"

"가보기도 했죠. 앞에 바리케이드 못 봤어요? 아예 출입이 안 돼요. 민간인 출입 금지. 군인들이 총 들고 있다고요."

"누군 군대 안 갔다 왔간디? 군대에서 총하고 삽하고 다를 게 뭐여? 그거 다 빈총이야. 가서 책임자 오라고 혀서 기사들 밥때 됐슈, 말이라도 혀보라고. 배고파 죽겄고만."

"알았어요."

박 주임이 차에서 내렸다. 더운 열기가 훅 하고 얼굴을 때렸다. 원자력연구원으로 들어가는 입구에는 이중 삼중으로 바리케이드가 설치됐다. 군인들 수십 명이 근처에서 경계를 섰다. 병력 수송 차량으로 보이는 군용트럭 대여섯 대가 열을 지어 안으로 들어갔다.

경계가 더 강화된 것 같았다. 바리케이드는 유성대로 양쪽 1킬로미터 지점에도 설치되었다. 원자력연구원 근처에는 어떠한 민간인도 출입할 수 없다는 엄중한 경고문이 나붙었다.

연구소 단지 쪽에서 나오는 차들도 있었다. 한 시간 전에는 구급차 두 대가 그곳을 빠져나와 사이렌을 울리며 달려가기도 했다. 안에서 무슨 일이 단단히 벌어진 것 같았다.

박 주임은 위병사관으로 보이는 군인에게 다가갔다.

"여기 접근하시면 안 됩니다. 통제선 밖으로 물러나주십시오."

그에게 다가가기도 전에 살벌한 말이 터져 나왔다.

"언제까지 기다리라는 거예요? 빨리 오라고 해서 왔구먼, 온 지가 벌써 두 시간이 다 됐는데. 기사들 배도 고프고. 날도 덥고. 차 돌린다고 난리들인데."

"잠깐만 기다려주십시오."

그가 군용 전화기로 통화를 했다. 그가 박 주임더러 오라고 손짓했다. 전화기를 건네주었다.

— 뭐? 차 돌린다고?

다짜고짜 욕지거리 같은 말로 상대가 위협했다. 전화기에서 나는 소리는 아주 작았지만 저쪽에서는 큰 소리로 말한 것 같았다.

"지금 두 시간째 공회전하고 있지 않습니까. 기사는 사람도 아뇨? 뭔 말이라도 해줘야……."

— 야, 이 새끼야, 작업이라는 게 순서가 있는 거 아냐? 콘크리트 부을 때가 돼야 부를 거 아니냐고!

"왜 욕하고 그려요? 누군 욕 못 혀서 가만히 있는 줄

아슈?"

— 너, 이 새끼. 거기 가만히 있어. 대가리를 확, 박살을 내야 정신을 차리지.

"그려요. 그렇게 허쇼. 차 돌려서 가면 그만이지. 누가 아쉬운가 보더라고."

박 주임이 전화기를 내던졌다. 어이 싯팔, 그가 침을 투악 뱉고는 기사들 쪽으로 씩씩거리며 걸어갔다. 어이, 어이, 하며 기사들보고 오라고 손짓했다. 기사들이 박 주임 주변으로 몰려들었다.

"한바탕 뒤집어놨어요. 차 돌린다고 했으니까 한번 꺾어보자고. 어떻게 나오나."

그의 작전을 알아들은 기사들이 재빠르게 차에 올라탔다. 앞줄에 서 있던 레미콘 차량들이 부릉거리며 '후까시'를 넣었다.

위병사관이 자기 폰을 들고 차량 쪽으로 달려왔다. 그럴 줄 알았다. 박 주임이 간사하게 웃으며 기어를 빼고 차에서 내렸다.

"연대장님이 잠깐 통화 원하십니다."

"뭐요?" 박 주임이 뚱하게 물었다.

— 아까는 제가 말이 좀 심했습니다. 일단 죄송하고…….

"일단 죄송하고?"

— 아, 아니. 이쪽 사정이 그래서 그래요.

"뭔 사정? 밥이라도 줘야 할 거 아뇨?"

— 아, 식사! 그것 때문이라면 염려 마시고요. 안쪽에 상황 정리되는 대로 콘크리트 사출 작업 들어갈 겁니다. 조금만 더 시간을 주세요.

"언제까지? 약속을 허소!"

— 한 시간. 한 시간 이내로요. 그사이 식사 차량 추진할 테니까 식사들도 좀 하시고.

"알았슈."

머리 위로 헬리콥터 한 대가 낮게 날았다. 박 주임이 고개를 들었다. 그가 다시 고개를 내렸을 때 위병사관은 사라지고 없었다. 위병사관은 통제선을 향해 뛰어가고 있었다.

"상황은?"

헬리콥터에서 내린 자가 물었다. 그의 어깨에 별 세 개가 반짝거렸다.

"계속 방출 중입니다. 프레임 용접은 거의 끝났습니다. 콘크리트 사출은 이미 준비 완료 상태입니다."

그의 뒤에서 별 하나가 대답했다. 그 뒤로 20여 명의 군인들이 서열대로 줄을 서서 따라갔다. 그들은 복도를 걸어 중앙 통제실로 들어갔다. 수십 명의 군인들, 요원들이 통제실을 가득 채우고 있었다. 그들은 합참본부에서 나온 삼성장군의 위세에 눌렸다.

"위원회 쪽은?"

"위원회에서 섹터 별로 방호 수준을 결정했습니다. 현재까지 반경 2킬로미터 이내 등급 II 방호 수준입니다. 30킬로미터 이내로 등급 III, 건물 내부는 계측하자마자 등급 I 수준으로 설정했습니다. 매뉴얼대로 진행하고 있습니다. 작전 시간은 1900시 정각입니다."

"DOE(미국 원자력 기구) 애들은?"

"아직입니다."

"걔들, DOE 아닐 거야."

"그럼?"

"CIA. 위에서 잡았을 거야. 인공위성. 그쪽 애들 오기 전에 때려 부어. 작전 시간이고 뭐고 없어. 당장 조치해."

"하지만 참모장님, 실험 개체가 피해동 내부에 아직 생존해 있습니다. 구출 경로를 확보한 후에 사출 작업하더라도……"

"그런 건 애초부터 여기에 없었어. 무슨 말인지 알지?"

"네, 알겠습니다. 사출 시작!"

별 세 개가 명령하자, 두 개가 다시 이를 반복했다. 저기 밑에 있던 대령이 무전기를 들었다.

"그라운드 제로, 콘크리트 사출 시작하라!"

펌프카가 출력을 올리는 소리가 났다. 빨간색 호스가 꿈틀거리기 시작했다. 각종 계급들이 말없이 화면을 지켜보았다. 20분 후, 펌프카의 출력이 떨어졌다. 연대장이 무전기를 들었다.

"야, 왜 멈춰? 뭐?" 연대장이 무전기를 내리고 별 세 개를 쳐다보며 말했다. "3번 진입구에 민간인이 출현했습니다."

"사출 중지!"

여러 단계를 거쳐 다시 명령이 아래로 내려갔다.

"보고해."

별 세 개가 무겁게 말했다. 여러 계급들이 수선을 떨면서 움직이기 시작했다.

한 시간 전.

— 속보입니다. 대전시 유성구 원자력밸리의 한 연구동에서 방사능 유출 사고가 발생했다는 소식입니다. 자세한 소식, 그쪽에 나가 있는 취재기자를 연결해보겠습니다. 지금 그쪽 상황은 어떻습니까?

— 네, 저는 지금 원자력밸리 근처 민간인 출입 통제선에 나와 있습니다. 이곳은 반경 5킬로미터 이내에 등급 Ⅲ 수준의 방호 경계령이 발동된 상황입니다. 경찰과 군 병력이 원자력밸리로 들어가는 모든 차량 및 민간인의 출입을 통제하고 있습니다. 오늘 오후 2시경, 원자력밸리 한 연구동에서 방사능 유출로 의심되는 사고가 발생했습니다. 사고가 발생하자마자 원자력안전위원회가 구성되어 각계의 전문가가 그곳 상황을 점검하고 있습니다. 다행히 그리 심각한 수준의 사고는 아니지만 정부에서는 만일의 사태에 대비하여 방사능 방호 경계령을 발동했습니다. 등급 Ⅲ은 사고 지역 내의 민간인 출입을 차단하고 검문검색을 강화하는 조치를 뜻합니다.

— 구체적으로 어떤 사고인지는 발표되지 않았나요?

— 사고가 발생한 실험동에서는 국방부 산하 국방연구소 연구원들이 민간 위탁 실험을 진행하고 있던 것으로 알려졌습니다. 실험 내용은 저준위 방사능 물질의 폐기와 관련된 것으로만 언급했습니다. 국방부에서는 긴급회견을 통해, '차분

하게 매뉴얼대로 사고 복구를 진행하고 있으므로 시민 안전과 관련해서는 아무 문제가 없다'고 밝혔습니다. 지금 이곳에는 사고 지역 매립에 사용될 시멘트 운반 레미콘 100여 대가 대기 중이며 계속해서 차량이 진입하고 있습니다.

— 아무쪼록 큰 피해 없이 사고 복구가 완료되기를 기원합니다. 방송에 귀를 기울여주시고 또 다른 소식이 들어오는 대로 알려드리겠습니다.

기태 아빠가 선글라스를 벗었다. 그의 눈은 잠자리 눈처럼 커진 채로 깜빡이지 않았다.

"지금……, 저길 가자는 거예요? 사고 현장에?"

스타크래프트는 천안 휴게소 주차장에서 더 이상 앞으로 나아가지 않았다. 아이들은 얼어붙은 실내에서 숨소리를 죽였다. 부천에서 데려온 여중생 무당은 얼음왕국 엘사 공주가 그려진 스케치북에 미친 듯이 똑같은 글자를 적고 있었다. '엉, 엉, 엉, 엉, 엉……'

진우에게는 그를 설득할 말이 더 이상 없었다. 그는 뒷좌석 서연이 옆에 앉아서 에스더의 울음소리일 것 같은 글자만 내려다보고 있었다.

"기태 아버님?"

아주 우아한 목소리였다. 김경희 기자는 기태 아빠 옆에 앉아 있었다.

천안 휴게소까지 오는 동안은 진우가 조수석을 맡았다. 그는 거기 앉아 기태 아빠가 운전하는 동안 그를 놀라게 하고, 어리둥절하게 만들었으며, 수시 위주의 대학 입학제도에 대한 불신과 종교에 대한 회의까지 들게 만들었다. 나중에 두 사람은 아무 말도 하지 않았다.

결국 휴게소에서 작전을 바꾸기로 했다. 김경희 기자가 조수석에 올라앉았다. 그녀가 다리를 꼬고 몸을 꼬았다. 목소리는 더욱 꼬여들었다.

"전, 늘 이런 차 타보는 게 소원이었는데, 참 좋은 차를 가지고 계시네요."

그녀의 길쭉한 손가락이 대시보드를 섬세하게 쓰다듬었다.

"그러니까 제 말은……, 이런 차를 가지려면 꽤 돈이 많이 들겠죠? 기름도 엄청 많이 먹고……(여기서 그녀의 목소리가 매우 촉촉해졌다), 힘도……, 엄청, 좋겠죠?"

입술을 동그랗게 오므린 채로, 그녀가 기태 아빠를 쳐다보았다. 기태 아빠의 얼굴은 의혹의 눈과 긴장한 숨결, 그리고 뜨거운 입김을 내뿜는 입술로 어지러웠다. 그는 말하자면, 암사자의 유혹에 넘어간 한 마리의 누(gnu) 같았다.

"전 기자예요. 기자는 발로 뛰는 사람이죠. 아주 와일드하
게. (그녀가 와일드하게 자신의 종아리 선을 드러냈다.) 아이들이
취재 과정을 보고 싶어 해요. 기자는 어떤 일을 하는 사람인
지, 나중에 미래 직업 탐구 보고서를 쓰고 싶대요. 그렇지 않
니, 애들아?"

네에~! 아이들이 콧노래를 부르는 목소리로 톤을 높여 대
답했다.

"마침 사건이 하나 터졌지 뭐예요? 방사능 유출 사고, 얼마
나 숨 막히고 짜릿해요! 세상에 방사능이라니…… 몸이 근
질근질하고 후끈 달아오르는 거죠! 요즘 대입 전형이란 게
아이들 활동에 따라 결과가 다르거든요. 학생부 종합전형, 입
학사정관제, 아시죠? 기자가 취재하는 걸 옆에서 본다면 그만
한 활동이 어디 있겠어요. 안 그래, 애들아? (네에!) 글쎄 저도
잘 모르겠는데 아이들이 거기 꼭 가야 한다네요. 우리, 일단
가보는 게 어떨까요? 드라이브 삼아, 차 성능도 한번 보고, 또
기회가 된다면……. 더 많은 걸 보여줄 수도 있지 않겠어요?
기태 아버님?"

"더 많은 거요?"

"예를 들면……, 힘과 능력과 그리고…… 혹시 알아요? 아
주 '팬터스틱'한 장면을 보게 될지?"

그는 거의 다 넘어온 듯했지만 여전히 망설이고 있었다. 그때 그녀가 아주 충격적인 말로 그에게 접근했다.

"전 이혼한 지 오래됐어요. 그동안 아주—, 많이 외로웠죠. 이런 멋진 차를 타고 여행 가본 지가 얼마만인지 모르겠어요. 기태 아버님이 이렇게 절 태워주시니까, 전 꼭 연예인이 된 거 같은 거 있죠!"

그녀가 까르르 웃었다. 방금 그 말은 2급 국가기밀보다도 더 큰 충격을 진우에게, 그리고 아이들에게 던져주었다. 그러나 기태 아빠에게는 근원을 알 수 없는 희망과 확신을 심어준 것이 분명했다. 마지막으로 그녀가 그를 설득한 말은 대단히 짧으면서도 위력적이었다. 그녀가 말했다.

"으응?"

기태 아빠가 다시 선글라스를 썼다. 가슴을 쫙 펴고, 한 손으로는 단단한 기어봉을, 그리고 다른 한 손으로는 유연하게 돌아가는 핸들을 돌리며, 거대한 우주선을 조종하는 우주비행사처럼 스타크래프트를 발진시켰다. 검은 우주선 같은 차가 다시 고속도로를 달리기 시작했다. 김경희는 가끔씩 다리를 이쪽저쪽으로 꼬며 그에게 지속적으로 동기부여를 했다.

한 시간 후, 그들은 민간인 통제선이 보이는 도로에 차를 세웠다.

"꼭 저길 들어가야겠소?"

1980년대 한국 방화(邦畫)의 남자 주인공 같은 목소리로, 인천 상륙 작전을 지휘하는 맥아더 장군의 눈빛을 하고서 그가 그녀에게 물었다.

"꼭이요!"

그녀가 떨리는 눈동자로 그를 쳐다보며 가슴에 손을 모아 알차게 대답했다. 그리고 물었다.

"방법……, 없을까요? 능력, 좋으실 것 같은데…….'

"기다려봐요."

기태 아빠가 말했다. 거칠게, 하드보일드 투로. 아주 짧고 강렬한 메시지였다. 그가 어딘가에 전화를 걸었다.

"어, 송 사장, 오랜만이야. 나야, 대영건설 변양훈이. 나 대전 왔어. 그래. 애들 잘 크고 있지? 내가 아주 잘 아는 분이 언론사 기자야. 그런 건 아니고 그런 게 있어. 여기 사고 현장에 취재를 하고 싶으시다는데 들어갈 방법이 없네. 당신, 레미콘 많잖아. 어때, 가능할까?"

그 모든 일은 예정돼 있었던 거라고, 나중에 진우가 말했다. 기태 아빠는 중형 건설기업의 대표였다. 그가 이 나라 강토에 건설한 아파트만 수백 채에 달한다. 당연히 전국의 건설

업계에 발이 뻗어 있었다. 창대 시멘트 송 사장은 그길로 레미콘 한 대를 변 사장에게 내어주라고 직원에게 전화를 걸었다. 박 주임에게. 가능하면 앞줄에 있는 차로 주라고.

30분 후, 창대 시멘트 배차 담당인 박 주임이 몰고 있는 레미콘에 진우와 네 명의 아이들이 올라탔다. 조수석에는 진우가, 좌석 뒤 벤치에는 최동훈, 김철산, 이치훈 그리고 우도윤이 머리를 납작하게 숙인 채 앉았다. 아이들은 머리 위로 담요를 덮어 가렸다.

"이제 안으로 들어갈 거예요." 박 주임이 핸들을 꺾으며 말했다.

"얘들아, 고개 팍 숙여!" 진우가 낮게 소리쳤다.

아이들이 더 납작하게 엎드렸다. 그들이 탄 차는 일곱 번째로 사고 현장을 향해 진입했다.

"에스더는 어때요?"

진우가 폰 스피커를 향해 말했다.

— '날 내보내줘요, 나가게 해줘, 아빠, 얘들아.' 이런 말들을 적고 있어요. 가까이 오니까 더 분명하게 트랜스포트 되나 봐요.

김경희가 대답했다.

"인아야, 인아 듣고 있니?"

— 네, 선생님. 말씀하세요.

"에스더한테 말해. 우리가 곧 갈 거니까 걱정하지 말라고."

— 그걸…… 어떻게……?

"넌 할 수 있어."

뒤에 남은 스타크래프트 안에는 김경희 기자, 변기태와 고인아, 서연 아빠와 서연이, 그리고 기태 아빠가 타고 있었다. 기태 아빠는 007 작전을 방불케 하는 취재 과정을 지켜보며 긴장했다. 그러나 그들이 나누는 대화는 도통 이해할 수 없었다. 저 아이가 스케치북에 적고 있는 말들은 무엇이며, 저 여학생(고인아)은 왜 아까부터 기도하듯이 손을 모으고 있는가?

"에스더가 어떤 소리를 듣고 겁을 먹었어요."

인아가 말했다. 서연이가 기계음을 묘사한 듯한 글자를 적었다. 쿠르르르르…….

펌프카에서 콘크리트 사출을 시작했다. 연구동 지하 2층 실험실 전체를 콘트리트로 매립하는 작업이었다. 동쪽과 서쪽, 1번과 3번 출입구 쪽에서 커다란 펌프카가 출력을 올려 시멘트를 뿜어댔다. 노란 방호복을 입은 공병대 기술자들이 지하로 호스를 끌고 들어가 시멘트를 뿜었다. 특별히 경계 병력은 보이지 않았고 대부분 작업자와 기술자로 보였다.

진우와 아이들이 탄 레미콘은 3번 출입구에서 대기했다. 박 주임과 진우는 입구에서 나누어준 방호복을 입었다.

"선생님, 어떻게 하죠?" 뒤에서 동훈이 물었다.

"저걸 막아야 해."

"그러니까 어떻게요?" 철산이 물었다.

"내가 내려서 어떻게든 해볼게. 너희들은 여기 꼼짝 말고 있어."

"선생님, 선생님!"

아이들이 불렀지만 진우는 대답 없이 차에서 내렸다. 그가 펌프카 쪽으로 걸어갔다. 주변에 서 있는 군인들이 그를 가로막았다. 다툼을 벌이는 모습이 보였다.

"나가자."

머리 위에 쓰고 있던 담요를 걷어내며 동훈이 말했다.

"저 옷도 없잖아?" 철산이 말렸다. "총 맞으면 어쩌려고?"

"그럴 일 없어. 선생님 봤지? 나가자. 할 수 있어."

"너무 무모한 짓이야. 가서 뭘 어쩌려고?" 치훈이 그들을 말렸다.

"펌프카를 멈춰야지. 그리고 에스더를 구해야지."

동훈이 앞좌석으로 기어올랐다. 에라 모르겠다, 하며 철산
도 그를 뒤따랐다. 둘은 차에서 내려 진우가 말다툼을 하고
있는 펌프카를 향해 뛰어갔다.

동훈과 철산이 방호복도 없이 진우 곁에 다가갔을 때, 멀리
서 사이렌이 울렸다.

주변에 있던 군인들이 다가와 진우와 두 아이들을 가로막
았다. 진입로 쪽에서 경계 병력을 태운 수송 차량이 빠르게
달려왔다.

차에서 내린 군인들이 진우와 아이들을 부채꼴 모양으로
에워쌌다. 실탄을 장전한 총이 그들을 위협했다.

펌프카가 다시 시멘트 사출을 시작했다. 펌프 끝에서 뿜어
져 나오는 자갈 섞인 시멘트가 지하로 계속 흘러들었다. 경계
병력의 지휘관으로 보이는 사람이 확성기를 들고 소리쳤다.

"여기는 민간인 출입 통제 구역입니다. 지금 즉시 군의 지
시를 따라 차량에 탑승해주십시오. 다시 한 번 알려드립
니다……."

진우와 아이들이 서로를 쳐다보았다. 그들 뒤쪽으로 3번 출
입구에 세워진 펌프카까지는 100여 미터 떨어져 있었고, 앞
에는 경계 병력 서른 명이 총을 들고 서 있었다.

"얘들아, 가자!"

진우가 아이들에게 말했다. 그리고 그가 먼저 뒤를 향해, 펌프카를 향해 걸어가기 시작했다. 동훈과 철산이 그 뒤를 따라 걸어갔다. 진우가 방호복을 벗었다. 하늘색 반팔 와이셔츠와 양복바지를 입은 진우가 앞을 향해 걸었다.

방호복을 입은 기술자들이 앞에서 그들에게 다가왔다. 그들 뒤에서 경계 병력이 달려왔다.

"동훈아."

진우가 말했다. 동훈이 걸어가면서 숨을 크게 내쉬었다. 그가 주먹을 꼭 쥐었다.

순간 군인들은 공기가 자기들 앞쪽으로 쏠리는 느낌을 받았다. 일제히 몸이 앞으로 움찔거렸다. 약 2초 후, 그들은 자기 앞에서 풍선 같은 둥근 물체가 미는 힘을 느꼈다. 처음 그것은 부드러운 공기의 팽창처럼 느껴졌지만 곧이어 폭발하는 듯이 강한 힘으로 터졌다.

세 명의 침입자들 뒤에서 달려가던 경계 병력들은 일제히 사방으로 튕겨났다. 몸이 3미터 정도 떠올라 곡선을 그리며 바닥으로 떨어졌다. 침입자들 앞에 있던 군인들도 마찬가지였다. 그들은 입구 계단에 처박히거나 정원수에 부딪혔다. 서너 명은 유리문 쪽으로 떨어졌다. 유리가 터지면서 작은 유리 조각이 바닥으로 퍼졌다.

펌프카 주위의 사람들은 어정쩡한 자세로 서 있었다. 그들은 펌프카를 지키지도 못하면서 도망가지도 않았다.

중앙통제실에서 이 광경을 모니터로 지켜보던 별 세 개가 무전기를 들었다.

"발포해!"

그가 지시했다. 쓰러졌던 병력들이 일어나 일제히 총을 들었다. 현장의 지휘관이 신호했다. 타타타탕, 수십 발의 총성이 울렸다.

침입자들이 움찔거렸다. 총은 침입자들을 겨냥했지만 그들을 맞추지는 않았다. 공포탄이었다.

— 발포!

별 세 개가 다시 명령했다. 모니터 속의 현장 지휘관이 잠깐 망설였다. 그때였다.

"사격 중지!"

연대장이 끼어들었다. 대령 계급을 단 공병 연대장이 무전기를 들고 외쳤다. 중앙통제실의 모든 별들이 하찮은 노비 같은 그를 노려보았다. 별 세 개는 눈 하나도 깜빡이지 않았다.

"민간인들입니다. 두 명은 고등학생으로 보이고요. 감당할 수 있으십니까?"

공병 연대장이 명령불복종의 오명을 뒤집어쓸 각오를 하고 끼어들었다.

"48시간 안에 수십 킬로미터가 피폭될 거야. 그것도 감당할 수 있겠나? 나도 알고 있어, 공병 연대장. 이게 최선이야."

별 세 개가 침착하게 그를 타이른 다음, 다시 무전기를 들었다.

"발포해!"

다시 명령했다. 경계 병력들이 조준 사격 자세를 취했다. 총구가 세 명의 침입자들을 향했다. 지휘관이 발포를 명령했다. 망설이던 손가락들이 방아쇠를 당겼다. 수십 발의 총성이 원자력 연구 시설 입구에 울려 퍼졌다.

첫 번째 총성이 울렸을 때, 진우가 뒤를 돌아보았다.

26화
Omen

징후 1

"이런 게 다 과대망상 때문이죠."

미국 CIA 파견 요원 스티브 초이(Steve Choi)는 어제까지 마닐라에 있었다. 그의 주된 임무는 '북한 핵 동향 첩보 수집'. 그가 피로에 찌든 어깨를 돌리며 말했다.

"무슨 말씀?"

함께 동석한 미군 정보과장이 되물었다.

스티브는 전날까지 마닐라의 한 숙박업체를 조사 중이었다. 거기서 대북 송금용 돈세탁이 이루어진다는 거였다.

시나리오는 탄탄했고 배우들도 연기력이 좋았다. 액션 맵(Action map, 행동 강령)까지 다 확보된 상황이었다. 남은 건 적절한 때에 그곳을 급습하고, 상부에 보고한 후, 승진하는 절차였다.

그런데 어제 오후, 즉시 한국으로 이동하라는 명령서를 받았다. 스티브는 처음에는 좌절했다가 나중에는 분노했고 지금은 냉소주의자가 되었다.

아주 시니컬한 CIA 요원을 태운 미군 험비 차량이 원자력 밸리로 접어들었다. 스티브는 1급 비밀과 3류 음모가 뒤섞인 농담을 지껄이며 미군 정보과장을 놀려댔다.

"북한의 핵 개발이 사실은 남한의 비밀스런 사주와 공모에 의해 이루어진다든지, 남북한은 이미 정치적으로 통일이 되었지만 강대국들 눈치 보느라 연극하면서 숨기고 있다든지, 뭐 그런 첩보들 말이오."

"그게 전부 거짓말이라고요?" 정보과장이 일부러 과장된 표정을 그렸다.

"유머 감각이 있으시군." 흐흠, 스티브가 교활하게 웃었다.

"그럼, 이것도 과대망상인가요? 남한에서 핵탄두를 개발하고 있다는 얘기나, 수십만 명이 살고 있는 주택가에서 핵 실험을 하고 있다는 얘기도? 그러면 코로나*도 과대망상에 걸

*　코로나/디스커버리 시리즈(KH-1). 매우 정밀한 미국의 영상 정찰 첩보위성. 원래는 러시아의 전략미사일 현황을 파악할 목적으로 출발했다. 지금은 환경감시

린 건가?"

미군 정보과장이 선글라스를 코 아래로 내려 창밖을 살피면서 말했다. 험비가 레미콘 대열을 지나치고 있었다.

"심지어 이런 얘기도 있죠. 남극의 두꺼운 얼음 밑에는 인간의 손이 닿지 않는 천연 호수가 있는데 거기를 일본의 한 생수 개발 업자가 몰래 뚫었다는 거요. 거기서 뭐가 나온 줄 아시오?"

스티브 초이가 실실거리며 물었다.

"뭐가 나왔는데?"

정보과장이 되물었다. 시답잖은 정보를 흘리고 있는 CIA 요원의 말장난에 미군 정보과장이 놀아나고 있었다.

"외계생명체! 거기에 외계인 기지가 있었다나, 어쨌다나!"

스티브가 깔깔거리며 웃었다. 정보과장은 그제야 자기가 놀림당했다는 사실을 이해했다. 그가 교활한 CIA 요원을 아래위로 훑어보며 가볍게 욕설을 뱉었다. 스티브는 그 말을 들었지만 모른 체하고 계속 지껄였다.

"또 얼마 전에는 말이오, 네안데르탈인의 미토콘드리아 DNA를 가진 어느 인간 집단이 변이를 시작했다는 정보도 있

위성으로 활용된다는 주장이 있다. 5 시리즈까지 개발됐으며 코드명은 계속 바뀌고 있다. 코로나는 1 시리즈의 코드명.

었소. 1500페이지짜리 보고서였소. 웃기지 않아요? 그런 정보를 캐내느라 수백만 달러의 예산을 집행하는 걸 보면."

사실 스티브는 자기 자신을 놀리고 있었다. 그는 한국계 미국인이다. 승진은 개뿔……. 1년 반 동안 마닐라의 뒷골목을 뒤져서 다 잡아놓은 먹이를, 상관이 가로챈 것이다. 그리고 갑자기 한국의 시골로 전출시켜버렸다. 아무런 이유도 말해주지 않았다.

미군 정보과장은 말문을 닫아버렸다. 시건방진 CIA 요원 나부랭이, 아가리를 확, 하는 심정이었지만 어쨌든 연줄이라도 만들어놓는 것이 좋겠다, 그런 생각을 했다.

"소규모의 감마선 폭발이 있었소. 코로나가 잡았지. 지상에서 터졌다면 반경 수십 킬로미터가 초토화됐을 거요. 다행히 밀폐동에서 터진 것 같소."

정보과장이 브리핑하듯이 진지하게 설명했다.

"그래요?"

사진과 그래프를 들여다보며 스티브가 대답했다.

"예리코 성이 왜 무너진 줄 아시오?"

무성의하게 파일을 넘기면서 그가 정보과장에게 물었다.

"예리코? 성경에 나오는 고대 도시? 그거야……, 여호수아가 이끄는 이스라엘 군대가 예리코 성 주변을 일곱 바퀴 돌면서……, 나중에는 소리를 지르자 성이 와르르 무너졌다. 주일 학교에서 배웠던 기억이 나긴 하는데. 갑자기 그건 왜요?"

"감마선 폭발. 예리코 성은 감마선 폭발로 함락된 거요. 이 것도 보고서에 나오는 내용이지. CIA는 주로 그런 일을 한 다오."

정보과장은 다시 놀림당하는 기분이 들었다. 저 느끼하게 생긴 동양인 놈이 하는 말마다 말도 안 되는 소리를 지껄이며 미8군 정보과장을 농락했다.

"그러니 이게 다 과대망상이 아니고 뭐겠소. 감마선 폭발 이라니……." 스티브가 고개를 설레설레 흔들었다. "CIA는 전 세계의 과대망상이 집결되고 응축되는 깔때기 같은 곳이 아 닐까……. 요즘 난 그런 생각을 하고 있는 중이지요. 이번 일 끝내면 사직서를 낼까 말까, 신중하게 고민하고 있어요."

그것은 진지한 신세한탄에 가까웠다. 스티브 초이는 그런 일에 진절머리가 났다. 쓰레기 같은 정보를 캐내는 일들. 더러 운 걸레를 모아 차곡차곡 개키는 것 같은, 엿 같은 기분이 들 었다. 이것이 좌천이 아니면 무엇인가.

미8군 정보과장은 얼마 전까지 CIA 차출에 대한 약간의 열망이 있었지만, 냉소주의에 빠진 그쪽 요원을 보면서 지금 막 마음을 접었다.

갑자기 우직하고 단순한 사람들이 모여 있는 군이라는 조직이 자랑스럽게 느껴졌다. 힘내요, 하는 의미로 정보과장이 스티브의 어깨를 한 번 툭 쳤다.

스티브는 그의 살가운 제스처에 깜짝 놀라기는 했지만 그리 기분 나쁘지는 않았다. 어쩐지 그와 속내를 털어놓고 온천에 가서 사우나를 하고 싶은 생각이 들었다.

차가 중앙통제실 건물 앞에 멈추었다. 장교들이 달려와 두 사람을 맞았다. 한국군 장교들은 빠른 걸음으로 그들을 재촉했지만, 스티브 초이는 일부러 천천히 걸었다.

"하, 공기 좋네!"

잔뜩 각 잡고 버둥거리는 한국군 장교들을 보며, 그가 한국말로 비아냥거렸다.

박 주임은 아이들을 말리지 못한 걸 후회했다. 아니, 다시 생각해보니, 차에서 내리지 않은 게 참 다행이라는 생각이 들었다.

아이들 둘이 펌프카 쪽으로 뛰어갔다. 아이들이 선생님이라 부르던 남자가 군인들과 몸싸움을 벌였다.

사이렌이 길게 울렸다. 뒤이어 군 수송 차량이 나타났다. 수십 명의 군인들이 총을 들고 차에서 뛰어내렸다.

군인들이 선생님과 아이들을 포위했을 때, 그는 급하게 스마트폰을 열어 녹화를 시작했다. 손 떨림 보정 기능이 소용없을 만큼 그의 손이 떨렸다. 혹시나 녹화가 제대로 안 되는 건 아닌가, 그가 다시 폰을 확인했다.

녹화 시간 58초가 지났을 때, 경고 방송이 나갔다. "여기는 민간인 출입 통제 구역……."

"얘들아, 저거 보여? 군인들이야! 총을 들었어!"

박 주임이 뒤에 있는 아이들에게 말했다. 아무 대답이 없었다. 그가 뒤를 돌아보았다.

아이들이 없었다. 좀 전까지 좌석 뒤 벤치에는 키 큰 남학생 한 명(이치훈)과 여학생 하나(우도윤)가 타고 있었다. 그런데 언제 내린 거지? 아이들이 없었다.

그가 뒤로 몸을 돌려 바닥을 살폈다. 아이들이 없었다. 그때 앞에서 무언가 와장창 무너지는 소리가 들렸다.

"앗!"

그가 짧은 비명을 지르며 앞을 보았다. 군인들이 바닥에 쓰러져 있었다. 현관 유리문이 박살나고 몇 명이 나뒹굴었다.

무슨 일이 있었지? 녹화를 중지하고 영상을 보고 싶었지만 그보다 더 위험한 상황이 앞에서 벌어졌다.

총성이 울렸다.

"엄마야!"

박 주임이 엄마를 찾으며 가슴 졸이는 심정으로 아이들을
보았다. 다행이다. 아이들은 쓰러지지 않았다. "이를 어째!"

뒷줄에 차를 대고 있던 기사가 박 주임 차로 달려왔다. 방
금 저거 봤어? 창밖에서 그가 물었다.

그리고 잠시 후, 다시 총성이 울렸다.

사이렌이 길게 울렸을 때, 치훈이 우도윤의 손을 잡았다.

"지금까지 한 번도 안 해봤는데……." 치훈이 말했다.

"뭘?"

도윤의 손이 달달 떨렸다. 그녀가 맹한 눈으로 치훈을 보며
물었다.

"동반 도약."

"그게 뭔데?"

"함께 뛰는 거."

"어디르……"

'ㄹ'의 울림소리가 미처 발음되기 전에 치훈과 도윤은 차에서 사라졌다. 아무 소리도 없었고 진동도 없었다.

"얘들아, 저거 보여? 군인들이야! 총을 들었어!"

박 주임이 좌석 뒤 벤치에 있어야 할 아이들에게 물었다. 아이들은 아무 대답이 없었다.

도윤의 입에서 떨어진 '을' 소리의 반향이 어두운 실내에 울렸다. 을, 을, 을…….

어두운 지하. 형광등 불빛 몇 개가 천장에서 깜빡거렸다.

"여긴 어디야?"

다시 도윤의 물음이 여러 번 울렸다.

"나도 몰라."

"모르다니. 갇힌 거 아냐? 4차원 같은 데?"

4차원을 의심할 만했다. 길게 이어진 복도에는 철제 빔이 어지럽게 얽혀 있었다. 바닥에서 천장까지 H빔과 철골 구조물이 빼곡했다. 앞으로 나가기도 힘들어 보였다.

"에스더가 있는 지하인가 봐." 치훈이 말했다. "에스더야, 에스더야!" 그가 에스더를 길게 불렀다.

에에에엥, 밖에서 사이렌이 울렸다.

좀 전에 사이렌이 우는 소리를 들으며 도약했다. 사이렌이 울리기 바로 전으로 온 것일까? 하지만 그들이 도약해 온 시간이 정확히 언제인지 분간할 수 없었다. 사이렌은 아까도 여러 번 울렸다. 복도로 내려온 사이렌 소리가 철골들 사이로 퍼져나갔다.

"이제 어떻게 할 거야?"

도윤이 치훈의 손을 꼭 잡고 물었다. 퍼덕거리는 형광등 불빛이 희미한 실루엣만을 만들고 있었다. 둘은 앞으로 나아가지도 못하고 뒤로 돌아갈 수도 없었다. 철제 기둥들이 그들을 막았다.

그리고 잠시 후, 철제 빔을 세게 때리는 소리가 들렸다. 타타타탕!

"총소리야!"

도윤이 울음 섞인 목소리로 말했다.

"다시 뛰어! 과거로 가서 가지 못하게 말려. 군인들이 총을 쏜다고 말해. 치훈아, 어서!"

치훈이 망설였다. 그때 다시 한 번 총성이 울렸다. 이번에는 더 많은 총소리가 계단을 타고 내려왔다. 둘은 그제야 자신들이 있는 시간을 분간했다. 진우 샘과 친구들이 총에 맞았을까? 어떻게든 해야 했다. 다시 한 번 도약하기로 했다. 치훈이 도윤의 손을 잡고 깍지를 꼈다. 그의 숨소리가 몇 번의 숫자를 헤아리듯이 들어가고 나왔다. 도윤이 지그시 눈을 감았다.

통, 통.

무슨 소리가 들렸다.

통, 통, 통.

도윤이 눈을 떴다. 치훈도 소리 나는 쪽으로 고개를 돌렸다.

통, 통, 통, 탕, 탕, 탕……

총소리가 아니었다. 무언가가 두꺼운 물체를 두들기는 소리였다. 소리는 점점 크게 울리고 있었다.

"에스더야!"

치훈의 메아리가 복도를 파고들었다. 통통거리던 소리들이 콩콩거리는 소리로 바뀌었다. 누군가 철제문을 두드리는 소리였다.

"에스더야. 에스더가 갇힌 방에서 나는 소리야. 저쪽 복도 끝인 것 같아. 우리 소리를 들었나 봐. 그런데 여길 어떻게 뚫고 가지?"

치훈이 자기 앞을 가로막고 있는 철제 빔을 올려다보며 물었다.

"밖에 있는 진우 샘하고 애들은? 총은!"

도윤이 혼란스럽게 물었다. 어디로 도약해서 무엇을 할 수 있을까? 치훈은 분신술을 갖지 못한 게 아쉬웠다.

그때, 복도 끝에서 또 다른 소리가 들렸다. 무언가가 무너지거나 우그러지고 있는 것 같았다. 기이이잉, 쿵쾅쾅, 그런 복잡하고 파괴적인 소리였다. 도윤이 치훈의 팔을 꽉 붙잡았다.

장교들이 재촉하는 발걸음을 따라 스티브 초이가 건물 안으로 들어섰다. 사이렌 소리가 들렸다.

"What happened?" 정보과장이 장교들에게 물었다.

"뭔 일 났소?" 스티브가 물었다.

"그라운드 제로에 민간인이 출현했습니다."

중령 계급을 단 자가 말했다. 옆에서 누군가가 영어로 다시 말했다.

"민간인 클리닝도 안 하고 군사작전을 지휘한다고?"

기가 찬다는 표정으로 스티브가 물었다. 일행이 엘리베이터 앞에 이르렀을 때, 총성이 들렸다. 일행이 고개를 두리번거렸다. 엘리베이터 문이 열렸다. 올라타자마자 중령이 문 닫힘 버튼을 여러 번 눌렀다.

엘리베이터가 2층에서 멈추었다. 문이 열렸다. 총성이 다시 울렸다. 일행들이 통제실 입구를 향해 뛰었다.

이번에는 스티브 초이도 여유를 부리지 않았다. 그는 본능적으로 움직였다. 그의 감각기관들이 사건과 정보를 향해 꿈틀거리기 시작했다. 그가 가장 먼저 통제실 입구로 달려갔고 문을 열어젖혔다. 엘리베이터 문에서 통제실 문까지 달려가는 데 16초의 시간이 흘렀다.

수십 명의 군 장성과 장교들이 일제히 고개를 들어 커다란 모니터를 보고 있었다. 스티브 초이도 보았다. 150인치 크기의 LED 모니터가 실시간으로 그라운드 제로의 상황을 보여주었다.

해가 지고 어스름한 저녁이었다. 그라운드 제로 지구를 비추는 거대한 불빛이 현장에 작렬했다.

"저게 뭐지?"

"저들이 어떻게 갑자기?"

"말도 안 돼."

"어떻게 나타났지?"

"어떻게 된 거야?"

온갖 말들이 터져 나오고 있었다. 그들은 미8군 정보과장 및 CIA 특수 요원의 출현에 아무런 관심을 기울이지 않았다.

"현장 지휘관 연결해."

삼성장군이 낮게 말했다. 그가 스티브 쪽을 보았다.

그나마 갖고 있는 예절을 떠올리며 스티브 초이가 그에게 인사했다.

장군은 그를 향해 고개를 까딱했다. 네가 누군지 안다, 조금만 기다려라, 그런 뜻이었다.

"사격 중지. 상황 보고해."

그가 한동안 무전기를 들고 가만히 있었다.

"생포해."

그가 짧게 지시했다. 그리고 다시 모니터를 보았다.

좀 전까지 사고 현장에 기습적으로 나타난 민간인과 대치 중이던 군인들은 어찌할 바를 몰라 어정쩡한 경계 자세로 서 있었다.

군인들이 실탄을 발포하자마자 타깃이 움직였다. 마치 순식간에 공간을 이동한 것 같았다. 민간인들은 처음 걸어가던 위치에서 사라졌다가 지하 출입구 쪽에서 나타났다.

그리고 민간인의 수가 더 불어났다. 그들은 아무런 피해도 입지 않았다. 군인들이 발포한 민간인 대상자는 3명이었다. 그런데 지금은 6명의 민간인이 군인들 앞에 서 있었다.

"자, 어떻게 된 일인지 설명해보실래요?"

스티브 초이가 허리에 양손을 얹고서 매우 어색한 한국말로 건방지게 말했다.

징후 2

"안 돼!"

진우가 외쳤다.

그는 첫 번째 총성이 울렸을 때 뒤를 돌아보았다. 아니, 총성이 울리기 전에 진우는 이미 고개를 뒤로 돌렸다. 그가 안 돼, 하고 말한 순간 서른 명의 군인들이 진우와 두 아이를 향해 실탄을 발사했다.

공이가 탄환의 뇌관을 때리고 장약이 폭발했다. 그 폭발이 엄청난 압력으로 탄두를 밀어냈다. 납으로 된 탄두가 총신을 빠져나가면서 스핀을 받아 공기를 갈랐다. 아직 뜨거운 열기를 품은 회색 탄두가 허공을 가르며 관성의 힘으로 앞으로 나아갔다.

진우가 오른손을 앞으로 뻗었다. 바로 그때, 진우와 아이들은 아주 작은 변화를 느꼈다.

아직 더운 열기가 뒤덮인 6월의 초저녁이었다. 일교차가 큰 날의 저녁, 바람이 불었다. 풍속 8m/s의 바람이었다. 바람이 멈추었다. 얼굴에서 열기가 사라졌다.

어스름이 들기 시작할 무렵이었다. 밝은 백색 조명이 건물 전체를 비추었다. 조명이 만들어낸 시커먼 그림자가 바닥을 어지럽혔다. 그런데 갑자기 그림자가 사라졌다.

총소리는 공기를 진동시키면서 초속 340미터로 확산되고 있었다. 총구와 목표물까지의 거리는 102미터. 총소리의 파동은 최초 격발 시 발생한 음향이 공기의 매질을 파도처럼 일렁이게 만들었다. 격발음은 0.0013초 만에 멈추었다. 파동과 잔향이 갑자기 뚝 끊어지면서 소리가 잘려나갔다. 아이들이 들은 것은 매우 어색한 소리의 단절이었다. 그것은 TV의 전원을 순간적으로 차단한 것과 같았다. 결국 아이들의 귀로 들어온 소리는 '탕—슉'과 비슷했다.

수도꼭지 방향을 제대로 돌려놓지 않아 갑자기 샤워기에서 물벼락을 맞은 것처럼, 아이들이 우뚝 서서 위로 고개를 들었다.

둥근 빛이 그들 머리 위에 떠 있었다. 계란 모양이었다. 영화에서 보던 UFO와는 좀 달랐다. 좀 다른 게 아니라 비슷한 구석이 아예 하나도 없었다. 하늘에 떠 있으려면 엔진 같은 걸 달고 있거나 하다못해 반중력 조명 장치라도 달고 있어야 하는 거 아닌가?

그런데 이 황당한 빛 덩어리는 그냥 커다란 계란 모양으로 붕 떠서 빛을 낼 뿐이었다. 심지어 다소 지루해 보이기도 했다. 그러다 가끔씩 뱀처럼 구불거리는 빛 가지(가뭄이 들어 갈라진 호수 바닥 모양이었다)를 불규칙하게 뻗곤 했다. 그럴 때마다 이진우와 아이들이 움찔하며 머리를 바짝 낮추었다.

그 외에는 없었다. 3층 건물 크기의 계란 말고는. 이 계란 빛 덩어리가 매우 놀라운 능력을 갖고 있다는 것이 그다음 순간 밝혀졌다.

'아까 그 총소리는 어떻게 됐지? 총알은? 이게 지금……, 죽은 건가?'

진우가 머리 위에 떠 있는 거대한 '빛-달걀'에서 시선을 거두어 사방을 돌아보았다.

"선생님!" 동훈이 진우를 불렀다.

"시간이 멈췄어."

진우가 말했다. 철산이 주변을 걸어 다녔다. 총구를 빠져나온 납 탄두가 허공에 떠 있었다. 철산이 탄두 하나를 손으로 잡았다. 허공에 있던 탄두는 작은 납덩어리에 불과했다. 철산이 씽긋 웃으며 납덩어리를 주머니에 넣었다. 진우는 허공에 떠 있는 탄두 가까이에 눈을 댔다.

"멈춘 게 아니야. 천천히 가고 있어."

진우가 앞의 말을 수정했다. 철산도 탄두를 살폈다. 8밀리미터 크기의 원뿔 모양 탄두는 세 명의 민간인이 서 있던 곳을 향해 날아가는 중이었다. 아주 미세하게 회전하면서. 진우가 수백 개의 탄두를 모두 바닥으로 밀어 떨어뜨렸다. 작은 납 탄두가 바닥에 떨어졌다.

군인들을 보았다. 총알이 날아가는 동안의 시간만큼 그들은 움직이고 있었지만 그것은 거의 무의미한 움직임이었다. 진우가 하얀 이를 드러내며 웃었다.

"얘들아, 가자!"

진우가 다시 한 번 머리 위의 빛-달걀을 보며 외쳤다. 아이들이 3번 출입구의 콘크리트 사출 파이프를 헤치며 지하로 내려갔다.

강철 빔을 용접해 만든 프레임이 지하로 내려가는 입구를 가로막았다. 철산이 강철 프레임을 어깨로 밀어 쓰러뜨렸다. 프레임이 떨어져나갈 때마다 기이잉, 쿵쾅 하는 소리가 났다.

진우와 아이들의 시간으로 10여 분 정도, 철산이 복도의 프레임을 밀어내며 앞으로 나아갔다. 그들이 앞으로 나아갈 때마다 빛이 그들의 앞을 비추었다. 어디서 들어오는 빛인지 알 수 없었다.

"선생님!"

도윤의 목소리가 앞에서 들렸다.

"도윤이니?"

진우가 물었다. 철산이 더 빨리 철골을 쓰러뜨리며 앞으로 나아갔다. 철골 무너지는 소리가 멈추었을 때, 앞에 치훈과 도윤이 보였다.

"어떻게 들어왔니?" 진우가 물었다.

"같이 도약했어요!" 도윤이 말했다.

"에스더는?"

"저쪽 복도 끝에서 소리가 나요. 통통 문 두드리는 소리예요."

"그럼, 빨리 가자!" 무적의 힘으로 철제 빔을 쓰러뜨리며 걸어온 철산이 말했다.

"아직 안 돼." 진우가 그를 말렸다. "도윤아, 노래를 불러."

"노래를요?"

"에스더는 아직 감마선을 방출하고 있을 거야. 밀폐 벽을 뚫고 들어가면 위험할 수도 있어. 네가 노래를 하면 될 거야."

"무슨 노래를……. 갑자기 부르라니까, 뭘 불러야 할지 잘 생각이……."

"뽀로로 노래라도 불러." 동훈이 재촉했다.

"가만있어봐. 생각났어. 뭘 불러야 할지."

도윤이 그들 앞에 섰다. 뒤에서 따라온 빛이 2~3미터 앞을 비추었다. 철골들이 밀림처럼 어지럽게 얽혀 있었다. 도윤이 그 철골 사이를 조심조심 피해 가며 앞장섰다. 그리고 그녀가 노래를 부르기 시작했다. 노래는 복도를 타고 어둠 속을 앞서 나갔다.

어디선가 노랫소리가 들렸다. 에스더는 원자력 실험동 지하 2층 격리 구역에 있었다. 콘크리트에 납을 섞어 둘러싼 겹겹의 방호벽이 에스더와 세상을 갈라놓았다.

에스더는 그 방에 갇힌 후로 어떠한 소리도 들어보지 못했다. 음식은 바깥에서 안으로 들어오는 레일을 통해 주입되었다. 침대와 세면대, 변기 외에는 아무것도 없었다. 깨끗하고 황량한 지옥 같았다. 얼마나 시간이 지났는지도, 에스더는 알지 못했다.

얼마 전부터 천장의 전등이 나갔다. 하지만 방은 어둡지 않왔다. 이상한 빛이 방 안에서 꿈틀거렸다(그 빛은 에스더의 몸에서 나왔지만 에스더는 그걸 몰랐다). 그녀는 더 이상 울지도 소리 지르지도 않았다.

노랫소리가 들리는 쪽으로 그녀가 고개를 들었다.

"엄마가 섬 그늘에 굴 따러 가면……."

자장가가 들려왔다. 포근하고 따뜻한 음성이었다. 에스더는 그것이 죽음일 거라고 생각했다. 죽음은 따뜻한 거구나, 죽음은 노래가 들리는 거구나, 죽음은 누가 자장가를 불러주는 거고, 죽음은 엄마를 생각하며 잠이 드는 거구나. 에스더는 잠이 왔다.

"아기는 혼자 남아 집을 보다가……."

에스더는 늘 혼자였다. 언제부터 혼자였는지 모른다. 기억이 시작될 때부터 에스더는 혼자 집에 있었다. 아빠가 먹을 걸 잔뜩 쌓아놓고 집을 나가면, 에스더는 혼자 남아 사료 같은 음식을 먹었다. 지금은 두꺼운 콘크리트로 가로막힌 방에서 레일이 달린 배식구로 들어오는 음식을 먹으며 혼자 있었다.

"바다가 불러주는 자장 노래에 팔 베고 스르르르 잠이 듭니다."

어디서 들려오는지 알 수 없는 자장가에 잠이 들 뻔했다.

몸에서 힘이 스르르 빠져나가는 느낌이 들었다. 에스더가 침대 시트에 얼굴을 대고 누웠다. 방 안을 휘젓던 빛이 천천히 꺼졌다(에스더의 몸에서 빛이 사라졌다).

사방이 벽으로 돼 있어 어디가 문인지 알 수 없었다. 한쪽 벽이 부서지는 소리가 들렸다. 사방으로 돌 튀는 소리가 났다. 에스더가 침대에서 일어나 소리가 나는 벽에 귀를 갖다 댔다. 무언가 크고 단단한 것이 벽을 부수고 있었다. 귀를 간질이는 진동이 점점 커졌다. 더 이상 귀를 거기에 댈 수가 없었다. 벽에서 콘크리트가 무너져내렸다.

'지옥의 문이 열리는 건가?'

에스더는 겁을 먹고 뒤로 물러섰다. 콩알만 한 구멍이 뚫렸다. 그 구멍으로 빛이 새어 들었다. 거대한 수압으로 미는 것처럼 빛이 어둠을 뚫고 들어왔다.

빛의 구멍이 점점 커졌다. 주먹만큼 커졌다. 그리고 정말로 그 주먹만 한 구멍으로 주먹이 들어왔다.

"에스더, 에스더야!"

진우 쌤의 목소리였다. 에스더는 벌벌 떨면서 울었다. 울음소리가 들리자 더 애타게 목소리가 에스더를 불렀다.

"에스더야, 거기 있니? 대답해! 에스더야!"

지금까지 에스더는 자기 몸을 보지 못했다. 그녀는 자신이 발가벗고 있다는 것도 몰랐다. 볼링공만 한 크기로 구멍이 커졌을 때, 비로소 에스더는 자기 몸을 보았다.

"선생님, 들어오지 마세요!" 에스더가 말했다.

"아니야. 이젠 괜찮아. 도윤이가 노래를 부르고 있어. 괜찮아. 괜찮을 거야. 걱정하지 마!"

"그게 아니에요. 들어오지 말라고요!"

"쫌만, 기다려, 이제, 거의 다, 부쉈어. 에스더야, 이제 곧 안으로 들어갈게!"

철산이 주먹을 휘두르는 리듬에 맞추어 말했다.

"안 돼! 그만!"

에스더가 꽥 소리를 질렀다. 철산이 벽을 내리치던 주먹질을 멈추었다. 사방으로 콘크리트 먼지가 날렸다.

"나 벗고 있단 말이야!"

갑자기 모두가 움찔했다. 오옷, 옴마, 읍쓰……

동훈이 셔츠를 벗었다. 진우가 구멍으로 셔츠를 밀어 넣었다. 건강해 보이는 팔이 만져졌다.

"에스더야, 괜찮니? 다친 데 없어?" 진우가 물었다.

"바지는요?"

에스더가 검은 구멍에 대고 말했다. 진우가 아이들을 돌아보며 대충 사이즈를 훑었다. 치훈이는 너무 키가 크고, 철산은 뚱뚱하고, 도윤이도 여자니까 안 되고, 그럼 동훈과 진우만 남는다. 진우가 동훈을 쳐다보았을 때.

"샘, 바지……, 벗으셔야겠는데요. 전 하나 벗었잖아요."

녀석이 선수를 쳤다. 진우가 혁대를 풀러 바지를 벗었다. 회색 양복바지를 구멍으로 밀어 넣었다.

철산이 다시 콘크리트를 때렸다. 콘크리트 안에도 철골 뼈대가 박혀 있었다. 그걸 다 부수느라 30분 정도 시간이 흘렀다.

철산의 몸은 땀과 시멘트 가루로 범벅이 되었다. 늙은 호박만 한 크기로 구멍이 뚫렸을 때, 철산이 더 이상 못하겠다고 뒤로 나자빠졌다.

"못하겠어요. 더 이상은, 더 이상은 힘들어요. 죄송해요."

철산이 헉헉거렸다.

그 구멍으로 헝클어진 머리가 나오려고 했다. 텅 비고 무너진 에스더의 눈을 보자마자 도윤이 입을 가리고 뒷걸음질 쳤다. 유령 같은 여자의 머리가 구멍으로 들락거렸다. 하지만 그녀는 그곳을 나올 수 없었다. 에스더가 어둠 속에서 울었다.

"치훈아, 도약해봐."

"안 돼요. 저도 여러 번 시도해봤는데, 안 돼요."

"철산아, 조금만 더 힘을 내. 다시, 힘을 내봐!"

진우가 철산을 일으켜 세웠다. 그의 뺨을 때리고 어깨를 주물렀다.

철산이 끄응, 용을 쓰며 일어섰다. 손과 팔은 상처투성이였다. 팔뚝은 피와 땀으로 붉게 물들어 있었다. 의식이 가물거리는지 그의 머리가 휘청거렸다. 철산이 어깨를 벽에 갖다 댔다. 헉헉, 숨소리가 길고 거칠었다.

"비켜요, 다들."

힘 빠진 소리로 그가 말했다. 진우와 아이들이 뒤로 물러났다.

"에스더야, 벽에서 떨어져!"

철산이 숨을 헐떡이며 말했다. 그가 벽에 손을 얹었다. 그리고 눈을 감았다. 숨을 골랐다. 바닥에 발을 굴렀다. 바닥의 콘크리트가 부서지며 홈이 생겼다.

거기에 발을 박고 철산이 벽을 두 손으로 짚었다. 여전히 숨 고르는 소리가 들렸다. 흐엉, 흐엉, 숨소리가 힘겨웠다. 이윽고 그가 숨을 깊이 들이마신 뒤, 숨을 멈추었다. 으억, 하며 기합이 들어갔다. 근육이 터질 듯이 부풀어 올랐다. 파직, 파직하며 콘크리트가 균열하는 소리가 났다.

철산이 숨을 한 번 내쉬고 다시 들이쉬면서 엄청난 기합을 넣었다. 순간 콰지직 하는 소리와 함께 벽에 금이 갔다. 그리고 그가 손을 짚고 있는 부위의 콘크리트가 안쪽으로 떨어지면서 부서졌다. 그 구멍 안으로 철산의 상체가 들어가버렸다.

빛과 먼지를 뒤집어쓴 철산의 몸뚱어리가 어둠 속으로 들어왔다. 먼지가 날렸다. 철산아, 철산아, 에스더가 그를 불렀다. 그는 꼼짝하지 않았다. 몸의 반은 이쪽 어둠에, 그리고 반은 저쪽 빛에 걸치고 있었다.

"버블……." 철산이 엎드린 채로 말했다.

"뭐? 철산아, 뭐?" 에스더가 어둠 속에서 물었다.

"버블티 사줘."

에스더가 눈물을 흘리며 웃었다. 철산도 껄껄거리며 웃었다.

진우와 아이들이 계단을 뛰어 올랐다. 진우가 팬티 바람으로 에스더를 업고 뛰었다.

"그게 아직 거기 있을까요?" 동훈이 물었다.

"나도 몰라. 가보자." 진우가 말했다.

거대 빛-달걀은 아직 거기 있었다. 그것은 여전히 밝은 빛을 토했다. 달걀이 회전을 멈추었다. 그리고 달걀 주위로 뻗어나오던 빛 가지가 사라졌다. 달걀은 날아가거나 이동하지 않았다. 그것은 갑자기 머리 위에서 사라졌다.

총구를 겨누고 있는 군인들 앞으로 달려 나갔을 때, 달걀이 사라지면서 다시 시간이 흐르기 시작했다. 초여름의 열기가 느껴졌다. 소리가 들렸다. 사고 현장의 어수선한 긴장감이 다시 감돌았다.

군인들은 총을 쏘자마자 타깃이 순식간에 이동한 것을 발견했다. 그들은 가늠쇠에서 눈을 뗐다. 그리고 어리둥절한 표정으로 눈을 깜빡거렸다.

그들 앞에는 처음 서 있던 세 명의 민간인이 아니라 여섯 명의 민간인이 서 있었다. 그리고 아무도 총에 맞은 사람이 없었다.

거기다 저건 뭔가? 아이 하나는 웃통을 까고서, 어른 한 명은 팬티 바람으로 여자아이를 업고 서 있다. 저건……, 도대체 뭔가?

좀 전에 비장한 각오로 실탄을 발사했던 군인들의 몸에서 긴장이 풀렸다. 그들은 이상하게 나른하고 평화로운 기운을 느꼈다.

"다시 쏠까요?"

지휘관 옆에 있던 병사가 멍한 얼굴로 물었다.

대위 계급을 단 지휘관은 1분 전에, 어쩌면 자신이 민간인 사살의 오명을 쓰고서 역사의 회오리에 말려들지도 모른다는 비장한 각오로 최후의 발포 명령을 내렸었다. 지금 그는 얼떨떨한 표정으로 병사에게 대꾸했다. "으, 응?"

그때 무전이 들어왔다. "그라운드 제로, 사격 중지!" 무전기가 다시 울렸다. "생포하라!"

대위가 정신을 차렸다. 무전으로 날아온 명령을 그가 반복했다.

"생포해!"

군인들이 아이들 쪽으로 달려갔다. 진우와 아이들이 손을 높이 쳐들었다.

"자, 어떻게 된 일인지 설명해보실래요?"

CIA 요원이 장군에게 물었다.

"지금은 설명할 시간이 없소." 장군이 고개를 돌렸다. "방사능 수치는?"

"자연 방사선 수치보다 약간 높습니다. 거의 정상입니다."

"지휘 차량 대기시켜. 현장으로 이동한다." 그가 부하들과 함께 통제실을 빠져나갔다. 스티브도 그들을 따라 나갔다.

그라운드 제로는 여전히 어수선했다. 진우와 아이들은 차량에 올라타 서로를 끌어안았다. 생포 명령이 떨어지고 5분 후, 지휘 차량 세 대가 현장으로 달려왔다. 그 뒤로 험비 차량 한 대도 따라왔다. 현장 지휘관이 참모장에게 달려가 거수경례를 붙였다.

"어떻게 된 거야? 본 대로 말해. 설명 붙이지 말고." 참모장이 물었다.

"발포 즉시 목표물이 눈앞에서 이동했습니다."

"또?"

"민간인 3명이 추가되어 총 인원 6명이 3번 출입구 쪽에서 식별됐습니다."

"그리고?"

"1명은 속옷 바람으로 여자아이를 업고······."

"됐어. 인원들은 어디 있나?"

"병력 수송 차량에 태웠습니다. 아직 대기 중입니다."

현장 지휘관이 차량 쪽을 가리켰다. 머리 위에 밝은 불빛 하나가 나타났다. 경계 병력들이 장군 쪽으로 달려와 호위했다. 참모장은 흔들림 없이 자리를 지켰다.

거센 바람이 불었다. 타타타탓, 프로펠러 소리가 들렸다. 참모장이 서 있는 곳에서 멀찍이 떨어진 곳으로 헬리콥터가 내려앉았다. 헬기에서 사람들이 내렸다. 양복 입은 사람 네 명이 장군 쪽으로 달려왔다.

"어이고, 최필호 장군. 오랜만이오!"

앞서 오던 자가 그를 보고 아는 체를 했다. 참모장이 인상을 쓰고 그를 노려보았다.

"사고 현장 수습에 노고가 많소."

양복 입은 놈들, 정치인들이다. 야당 불독 이정진 의원, 저 새끼가 여길 어떻게?

웃는 건지, 화내는 건지, 있는 대로 인상을 쓰며 이정진 의원이 최필호 장군 쪽으로 다가왔다.

"의원님, 오시느라 고생하셨습니다."

최 장군이 예를 갖추어 그를 맞았다. 오른손에 들고 있던 황금색 홀을 왼손으로 바꾸어 잡았다. 오른손으로 이정진 의원과 악수를 나누었다.

"헬리콥터 오랜만에 탔더니, 멀미할 뻔했구마. 그래, 현장은 좀 정리가 됐소?"

"네. 걱정해주신 덕분에 차분히 마무리되고 있습니다."

"세멘트 때려 부을라칸다면서요?"

"지금 막 콘크리트 사출 시작하려던 참입니다."

"아, 그래? 내가 방해가 됐다면 죄송합니다. 그나저나 저기 저, 그 뭐야, 민간인들 몇 명 데꼬 있다면서요?"

장군은 꿈쩍도 하지 않았다. 이정진 의원이 현장 쪽으로 고개를 돌려 살폈다. 그가 수행원들에게 가보라고 눈짓했다. 수행원들이 흩어졌다.

험비에서 내린 자가 한밤중에 선글라스를 낀 채 현장 주변을 어슬렁거렸다.

"씨아에이도 왔네. 아따, 사건 꽤 큰갑다. 담배 한 대 태시겠십니꺼?"

이 의원이 담배를 내밀었다. 장군이 사양했다.

"그 민간인들 말인데……."

이 의원이 담배를 깊게 빨면서 말했다.

"그 여자애 공개된 장소로 옮기소."

최 장군이 움찔했다. 간 큰 정치인의 무쇠 같은 말이 그를 얼어붙게 만들었다.

"17세 여고생 데리고 생체 실험했다고 언론에 내보낼까, 아니면 독성 화학물질 유출 사고가 났지만 군 지도부의 발 빠른 대응으로 대형 사고를 미연에 방지할 수 있었다고 할까? 최 장군이 선택하이소."

"데려가시지요. 방사능 주의하시고."

최필호 장군이 경고 조로 말했다.

"안즉꺼정 방사능 나오능교?"

"현재는 정상 수치입니다. 허나 언제 다시 방출될지 예측할 수 없습니다."

"그래서 아이를 세멘트 더미에다 생매장할라 캤소? 누가 알믄 우짤라꼬. 내 같은 사람이 알믄……."

필터 끝까지 담배가 빠른 속도로 타 들어갔다. 이 의원이 담배 한 개비를 더 꺼내 입에 문 채로, 담배를 달랑거리며 말했다.

"최 장군, 군 생활 오래 하셨지요?"

최필호 장군의 어깨가 수그러들었다. 고개를 약간 숙이고 이정진 의원 쪽으로 몸을 돌렸다. 그가 주머니에서 라이터를 꺼내 이 의원의 담배에 불을 붙였다. 이 의원이 뻑뻑거리며 연기를 빨았다.

"그라고, 씨아에이 저 씹새끼 저거! 절반짜리 미국노무 새끼. 절마 저거는 내가 처리해주꾸마요. 어데서 깝쭉거려, 쪼멘한 기. 최 장군은 정치 같은 거 잘할 사람이 아인께. 걱정 마소! 최 장군님, 자주 보입시더. 정권 바뀌믄……, 기다리 보소."

"네, 이 의원님. 잘 부탁드립니다."

이정진 의원이 어이, 어이, 하며 야간에 선글라스를 끼고 현장을 쑤셔대는 CIA 요원을 향해 손짓하며 걸어갔다.

최필호 장군이 수하들을 불렀다.

"실험 개체는 민간인 병원으로 옮겨. 나머지 5명 인원은 신원조회 후에 내보내. 최대한 빨리. 그리고 지금 즉시 콘크리트 사출 시작해."

"하지만 장군님. 아직 실험동에 실험 개체 1명이 있습니다. 아직 생체신호도 잡히고……."

"사출 시작해!"

"하지만……."

"너, 이 새끼!"

최필호 장군이 눈썹을 치켜세우며 공병 연대장을 노려보았다.

"네, 알겠습니다!"

공병 연대장이 짧게 대답하고 펌프카 쪽으로 달려갔다.

오후 10시 23분 현재. 기태 아빠 변양훈이 모는 스타크래프트 승합차가 서울 요금소를 막 지났다.

에스더는 군에서 마련한 헬리콥터에 실려 서울 쪽 병원으로 이송되었다. 철산은 현장에서 팔과 몸에 입은 상처를 치료

받았다.

대전을 출발한 지 3시간, 이진우와 아이들은 깊이 잠들었다. 김경희는 기태 아빠 옆에 앉아 그와 계속 담소를 나누었다.

잠들어 있던 서연이가 일어나 스케치북을 찾았다. 서연 아빠가 아이에게 다시 펜을 쥐여주었다. 아이가 짧게 뭔가를 끄적거렸다.

[미안해아가야늘혼자있게해서 많이사랑해밥잘챙겨먹어]

서연이는 누군가가 보낸 문자 내용 같은 글을 스케치북에 썼다.

"뭐 좀 마실래?"

서연 아빠가 물었다. 휴게소에서 사 온 음료수를 뒤져 우유를 내밀었다.

"나 흰 우유 싫어. 아빠, 딸기 우유 없어?"

그 말에 서연 아빠가 코를 벌름거렸다. 아이가 싫다는 말을 했다. 아이가 무언가를 선택했다. 서연 아빠가 아이를 조용히 끌어안고 눈물을 흘렸다.

"아빠, 왜 그래? 아빠?" 아이가 아빠의 품속에서 물었다.

"아니야. 아무것도. 딸기 우유 사줄게. 많이 사줄게."

서연이 목소리를 듣고 인아가 잠을 깼다. 어두운 창밖을 바라보았다. 길게 꼬리를 문 차들이 줄을 서서 기어갔다.

도로 가장자리에 누군가, 침울한 표정의 남자 하나가 가로등 아래에 서 있었다. 고속도로에 웬 사람? 인아가 그쪽을 보았다.

그 남자는 무언가를 잃은 사람 같기도 했고, 자유를 얻은 사람 같기도 했다. 그가 인아에게 고개를 까딱했다. 고맙다고 인사하는 것 같았다.

인아가 눈을 비비고 다시 밖을 보았을 때, 그 남자는 사라지고 없었다.

징후 3

빨간 불이 들어왔다. 3, 2, 1, 큐!

그녀는 머뭇거렸다.

"다시! 쌤, 긴장하지 마시구요. 간단한 거니까, 그냥 평소에 수업하던 대로 하시면 돼요."

"알았어. 다시 해!"

오현미 선생이 옷을 매만지며 말했다. 아이들이 키득거렸다. 방송반 아이가 다시 큐 사인을 넣었다.

병원에 입원해 있는 에스더를 위해, 아이들이 '인강'을 찍기로 했다. 교실 뒤에 삼각대를 세우고 카메라를 달았다.

"한국사에서 가장 극적인 사건이 뭐라고 생각해요?"

홍보용 영상에 출현한 북한 주민처럼 과장되게 웃으며 그녀가 물었다. 휑하니, 아이들은 아무런 반응이 없었다.

"그건 바로 조선의 건국이에요!"

음, 그렇군, 하는 눈들. 계속해보라는 뚱한 표정들.

"고려의 몰락은 예정돼 있었어요. 왕조는 힘을 잃었지, 귀족들은 부패했지, 중국에서는 원나라가 몰락하고 명이 들어섰죠. 그때 등장한 사람이 삼봉 정도전이라는 명석한 책사와 이성계라는 영웅이었어요."

벌써 다섯 명이 졸기 시작했다. 이성계가 위화도 회군을 해서 개경을 포위할 때 그 다섯 명이 잠깐 깨어났으나 삼봉 선생의 『불씨잡변』과 『조선경국전』에서 그보다 많은 수가 쓰러졌다.

결국 복잡한 집안 문제가 얽혀 들어간 왕자의 난에서, 아이들은 거의 다 전멸했다.

40분이 지나갔다. 그녀의 등이 땀으로 젖었다. 그리고 마무리 멘트.

"다음 주에 뭐가 있죠?"

그 질문에 아이들이 기적처럼 깨어났다.

"수련회요!" 아이들이 외쳤다.

"맞아요. 수련회가 있어요. 얼마나 좋아! 다들 기대되죠?"

다시 북한 사람처럼 웃으며 오 선생이 물었다. 아이들이 부패한 고려 말의 귀족들처럼 비밀스럽게 웃으며 자기들끼리 속삭였다.

"고등학생 돼서 처음 가는 단체 활동이죠. 친구 사귀기에도 좋은 시간. 아주 쌈빡한 코스를 잡았으니까 다음 주에 봐요."

"네!"

"특히 마지막 날 코스는 내가 짠 거예요. 강화도에 있는 강화 역사박물관!"

고려가 멸망할 때, 충신이었던 정몽주는 이방원의 간계에 흔들리지 않았다. 아이들이 야유를 퍼부었지만 오 선생은 흔들리지 않고 말했다.

"거기서 우리 선조들의 역동적인 역사와 지혜를 볼 거예요. 강화도는 우리나라 역사에서 아주 중요한 곳이라는 거 다들 알죠? 얼마 전에 배웠던 몽골항쟁도 강화도에서 벌였고, 1876년 강화도 조약도 있어요. 특히 강화도에는 전북 고창과 더불어 고인돌이 아주 유명해요. 우리나라 고인돌은 세계문화유산으로 등재돼 있어요. 고인돌을 영어로는 돌멘(dolmen)이라고 하는데, 전 세계 고인돌의 60퍼센트가 우리나라에 있어요. 와, 정말 놀랍죠?"

아이들이 선죽교에서 맞아 죽은 정몽주 같은 표정을 지었다.

"좋아, 오늘은 여기까지! 다들 안녕, 다음 주에 봐요!"

강의가 끝나자 오 선생은 다리가 풀려버렸다. 한참 시간이 지난 것 같았는데, 수업 종료까지 10분이 더 남아 있었다. 그녀는 이마의 땀을 닦았고 아이들은 어수선했다.

"선생님!"

뒤에서 누가 손을 들었다. 최동훈. 아이들이 그쪽으로 고개를 돌렸다.

"왜 우리나라에만 고인돌이 그렇게 많은 건가요?"

"흠……, 그러게? 왜 우리나라에만 그렇게 많지?"

역시 똑똑한 아이는 질문부터 다르다. 그 단순한 질문을 오 선생도 해본 적이 없었다.

"고인돌은 거석문화의 상징이야. 인류는 한때 거대한 돌로 뭔가를 만들었어. 가장 유명한 게 이집트의 피라미드하고 영국의 스톤헨지 환상열석(둥글게 세워놓은 돌기둥)이야. 고인돌은 전 세계에 약 6만여 기가 있대. 우리나라에만 4만여 기의 고인돌이 있고. 끝내주지? 유네스코 세계문화유산, 코스 잘 잡았지?"

아이들이 그런대로 수긍했다. 피라미드, 스톤헨지와 비교

할 정도라면, 뭐. 어쨌든 거기에 뭔가가 있지 않겠는가. 하다
못해 고인돌 기념 돌조각이라도.

"고인돌은 청동기 시대부터 만들어지기 시작했어. 고조선
때. 그러니까 지배 계급의 권력과 위세를 상징하는 무덤의 일
종으로 볼 수 있어. 의식을 치르는 제단으로 활용되었다는 설
도 있고."

"우리나라처럼 좁은 지역에 지배자가 그렇게 많았다고
요?" 동훈이 물었다.

"고조선이 세력을 확장하면서 그걸 만든 거니까 일종의 국
경선으로 볼 수도 있겠지. 또 세월이 지나면서 많이 만든 걸
수도 있고. 고인돌은 곡창 지대에서 주로 발견되니까 큰 권력
자들이 많이 출현했을 거야."

"제 생각에는 그건 UFO와 관련 있는 것 같아요."

오 마이 갓……. 아이들이 길게 한숨을 내질렀다. 또 UFO
타령이다. 지겨워, 그만 좀 해, 광신도 같아, 갖가지 비난이 최
동훈에게 날아갔다.

보리밭 사건은 학교 아이들도 모두 알고 있었다. 동훈은 그
때부터 UFO 전도사가 돼버렸다. 저 똑똑한 아이가 왜 저 지
경이 됐을까.

학교 아이들은 '슈퍼 쎄븐'의 능력에 대해서는 알지 못했

다. 일주일 전, 대전에서 있었던 일도 몰랐다.

"고인돌은 생긴 게 꼭……."

"UFO처럼 생겼다고?" 오 선생이 동훈의 말을 받았다. "그런 걸 변상증(pareidolia)이라고 해. 자기가 보고 싶은 걸 보는 거. 이번에 강화도 가서 확인해봐. 혹시 고인돌이 이륙한 흔적이 있는지 말이야."

아이들이 와하하 웃었다. 고인돌이 하늘 위로 날아오르는 장면을 생각해보라. 미래의 우리 후손이 땅속에서 찾아낸 귀뚜라미 보일러를 보고 과거의 로켓 엔진이라고 우기는 것만큼이나 우스운 꼴이다. 멍청한 놈, 아이들이 동훈을 놀렸다.

종이 울렸다. 오 선생은 꽉 끼는 정장을 벗고 트레이닝복으로 갈아입을 때처럼 큰 해방감을 느끼며 교실을 빠져나갔다. 최동훈은 창 쪽으로 고개를 돌려 하늘을 쳐다봤다. 어느 날 갑자기 공부에 싫증을 느낀 우등생의 얼굴이었다. 그의 얼굴이 수천 년 된 석상처럼 딱딱하게 굳었다.

카메라의 녹화 종료 버튼을 누르지 않았나 보다. 강의 후의 어수선한 교실 풍경이 이어졌다.

동훈의 굳은 표정도 보였다. 철산과 함께 죽음의 지하실에 박혀 있는 쇠기둥을 쓰러뜨리며 그녀를 구하러 왔던 멋진 남학생. 그의 얼굴이 스칠 때 에스더가 정지 버튼을 눌렀다.

반듯한 이마를 자연스럽게 덮은 반곱슬머리, 황야의 먼지를 뚫고 지평선을 보는 듯 몽롱한 눈빛. 그는 빼앗긴 걸 되찾으러 온 무법자처럼 보였다. "헤이, 내 여잘 돌려주지 않으면 여길 싹 쓸어버리겠어!" 그런 가시 돋친 말을 던지고선 악당을 무찌른다. 황금빛 노을을 등진 채 그가 여자를 안고 터벅터벅 걸어간다…….

내가 미쳤나? 에스더가 고개를 세차게 가로저었다. 다시 영상을 플레이했다. 친구들 떠드는 소리, 교탁 두드리는 소리, 익숙한 잡담과 딴짓들……. 아이돌에 미친 친구들의 수다가 그리웠다.

납골당 같은 지하 감옥을 빠져나와 헬리콥터를 타고 날아온 곳은 삼성병원 특실 병동. 한 개 층을 혼자 쓰는 이곳도 지하 감옥과 비슷했다. 다만 창문으로 햇살이 비쳐 들고 친절한 언니들이 우주복 같은 방호복을 입고서 밥을 가져오는 것만 다를 뿐이었다.

의사는 앞으로 2주 정도 더 경과를 지켜보고 퇴원 여부를 승인하겠다고 했다. 이정진 의원의 거침없는 조치 덕분에 진료비 전액은 국방부에서 지급하는 걸로 마무리됐다.

"방사선 수치는 거의 정상입니다. 특별한 질병 증후도 없고 신진대사도 원활하지만 스트레스와 우울증에서 회복되려면 시간이 더 필요합니다. 아이 보호자와는 연락이 안 되나요? 입원 후 학교 친구들 말고는 찾아오는 가족이 없는 것 같던데."

의료진이 박에스더의 학교 담임교사와 면담을 하고 싶다고 요청해 왔다.

"에스더 아버지는……, 지방 출장 중이라고 들었습니다. 저희 쪽에서도 계속 연락을 드렸지만 안 되네요."

진우가 대답했다. 그도 에스더 아버지의 행방을 몰랐다.

삼촌(이정진 의원)은 에스더 아버지가 밀폐실에 함께 갇혀 있었을 거라고 말했다. 하지만 그때 그의 흔적은 없었다. 에스더 역시 그곳에서 아빠를 본 적이 없었다고 말했다.

에스더를 구출하자마자 군에서는 실험동 지하 전체를 콘크리트로 메워버렸다. 만약 에스더의 아버지가 거기 갇혀 있었다면……, 진우는 그 생각을 할 때마다 큰 두려움을 느꼈다.

"디룩디룩, 살찌는 소리 들린다!"

진우가 병실 문을 열고 들어왔다. 그는 반짝거리는 은색 방호복을 입고 우주인처럼 걸었다.

"선생님!"

에스더가 반갑게 맞았다. 그녀는 귤을 까서 먹고 있는 중이었다.

"좀 어때? 공부도 하고 그래?"

안면부의 넓은 플라스틱 시야창 안에서 그의 목소리가 답답하게 울렸다.

"잘 안 돼요. 빨리 나가고 싶어요."

"그래. 공부는 나중에 해도 돼. 하기 싫음 안 해도 되고. 건강한 게 최고지!"

에스더가 선생님에게 귤을 건네려다가 말았다. 진우는 두꺼운 장갑을 낀 손으로 귤을 집었다가 내려놓았다.

"수련회……, 가고 싶지?"

수신이 잘 안 되는 무전기 같은 소리로 진우가 물었다.

"아뇨."

한참 후에 에스더가 대답했다.

진우는 왜 그러냐고 묻지 않았다. 지금 저 아이는 아빠 생각만 하고 있을 것이다. 주변에 아무리 많은 친구가 있어도, 아빠가 없다면 아이는 혼자다.

"혹시 아빠 친구분들하고는 연락해봤니?"

"네. 제가 거기 납치됐던 날, 그 다음 날부터 현장에 나오지 않으셨대요."

"공사 현장을 다른 데로 옮기신 건 아니고?"

"아빠 소지품들 다 챙겨서 집으로 보냈다고 했어요. 거기 공사 끝났어요, 선생님. 많이 생각해봤어요. 아빠도 혹시……"

"에스더야." 진우가 불길한 말을 막았다. "우선은 네가 안정을 취하는 게 가장 중요해. 아무 생각하지 말고 푹 쉬고 놀고 그래라. 아빠는 내가 찾아보마."

"어떻게요? 샘 학교 나가셔야 하잖아요? 퇴원하면 제가 공사 현장에도 가보고 하려고요."

"수련회 빠지기로 했어. 교장 선생님께도 보고했고. 그러라고 하시더라. 내가 마산 내려가서 찾아볼게. 거기 주소랑 아빠 친구분들 연락처랑 나한테 보내줘."

"고마워요, 샘……. 정말로."

"별말 다 한다. 퍼지게 누워서 놀고먹고 그래. 이런 것도 다 추억이야. 어이구, 여기 먹을 거 좀 봐. 이거 다 먹으면 한 10키로는 붙겠다."

진우가 병실 냉장고를 열었다. 먹다 만 과자, 치즈 케이크, 아몬드, 요플레 같은 먹을 것들이 가득했다.

에스더는 비쩍 마르고 피부가 군데군데 벗겨져 흉측해 보였다. 머리카락도 숭숭 빠져나가 공포영화에 나오는 끔찍한 유령 같았다. 그 상태로 학교에 가면 친구들이 옆에 앉지도 않을 것이다.

"이건 내가 주는 거 아니야."

진우가 방호복 가슴에 달린 주머니를 뒤졌다. 봉투 하나를 꺼내 에스더에게 내밀었다. 독수리 날개 모양의 국방부 로고가 인쇄된 봉투였다.

"국방부에서 너한테 미안하다고 주는 위로금이야."

거짓말이었다. 진우는 컬러프린터를 잘 다룬다. 봉투에 국방부 로고 하나 프린트하는 것쯤 일도 아니다.

"피자도 시켜 먹고 치킨도 시켜 먹고 그래. 나, 갈게. 나중에 아빠 친구분들 연락처 보내."

진우 샘이 몇 번이나 손을 흔들고 인사했다. 그가 나간 후 에스더가 돈 봉투를 열었다. 5만 원 지폐 넉 장이 나왔다.

우리나라 국방부는 참 가난한가 보다, 하고 에스더는 생각했다. 싸구려 봉투를 만지작거렸다. 그리고 피식 웃었다.

월요일 아침 변기태는 학교 앞 카페에 들어갔다. 밤새도록 한숨도 잠을 자지 않았다. 어차피 차에서 지루하게 자야 한다.

그는 짜바 타워에서 청소년이 할 수 있는 여러 가지 일들(?)을 하며 새벽을 맞았다. 대충 씻고 손에 잡히는 소지품을 챙겨 집을 나섰다. 운동장 집결 시간보다 한 시간이나 일찍 도착했다. 카페에서 시간을 때우며 기다리기로 했다. 잠을 안 잔 탓에 머리가 몽롱했다.

테이블에 앉아 뜨거운 커피를 마셨다. 폰을 들었다. 어지러운 게임 화면을 보자 갑자기 졸음이 밀려왔다.

땡그랑, 딸랑.

출입문 열리는 소리. 어, 내가 깜빡 졸았나? 기태가 눈을 비볐다.

"카라멜 마끼아또 하나요."

익숙한 목소리로 커피 주문하는 소리가 들렸다. 계산대 앞에 줄 선 사람들 틈에 오현미 선생님이 보였다. 그녀는 어딜 가나 티가 났다. 늘 분홍색 옷을 입고 다니니까. 오늘도 그녀는 분홍색 티셔츠에 분홍색 운동화를 신었다.

아는 체할까 말까, 기태가 폰을 들어 얼굴을 가렸다.

다시 땡그랑 딸랑.

후텁지근한 바깥 공기를 밀고 몇 사람이 카페 안으로 들어왔다. 기태가 힐끗 시선을 던졌다. 그가 갑자기 손에 든 휴대폰을 팍, 아래로 내렸다.

방금 문을 열고 들어온 사람은 오 선생이었다. 기태는 목을 길게 빼고 사람들을 살폈다.

'아까 분명히 봤는데, 선생님이 저기 서 있었는데……'

오 선생이 지금 막 줄 끝에 가 섰다. 청바지에 짧은 티셔츠를 입고서. 그녀의 트레이드 컬러, 분홍색 티셔츠다. 분홍색 운동화에.

'어떻게 된 거지? 기시감인가?'

오 선생이 폰을 열어 쿠폰을 뒤졌다. 폰에 비친 얼굴을 보고 머리를 만졌다. 기태는 자기 얼굴을 가린 채 그녀를 관찰했다.

"카라멜 마끼아또 하나요." 하는 소리가 들렸다. 그리고 케이크도 주문했다. 그럼 여기서 먹고 간다는 얘기? 기태가 슬며시 의자에서 일어섰다.

"얘, 너, 변(기)태!"

오현미가 기태를 불렀다. 그가 일어서려다가 멈추었다. 너무 빨리 발음한 탓에 '기' 발음이 묻혀 변태로 들렸다. 그건 기태가 무척 싫어하는 별명이었다. 차라리 짜바로 부르거나,

절름발이가 더 낫지.

기태가 인사를 건네는 사이, 오 선생이 기태가 앉은 테이블로 와 앉았다.

"수련회 간다니까 일찍 온 것 봐. 짜식!"

"저, 좀 전에도 샘 봤어요."

"어디서?"

"여기서요."

"그렇지. 좀 전에 들어왔으니까."

"아뇨. 샘 들어오시기 전에 샘을 봤다고요. 저기 카운터에서."

"무슨 말이야? 내가 유체이탈이라도 했다는 거야?"

"좀 전에도 그 옷 입고 계셨어요. 분홍색."

"아침부터 재수 없는 얘기하지 마."

오 선생이 정색을 하며 말했다. 진동벨 소리가 났다. 그녀가 일어나 커피를 가지러 갔다. 그녀의 굳은 말투에 기태는 약간 기분이 상했다. 별말도 아니었는데. 기태가 픽 하며 토라진 얼굴로 다시 폰을 들었다.

뉴스 화면을 열었다. 때 이른 무더위 소식, 동태평양의 라니냐, 해수 온도 어쩌고……. 아침부터 날씨가 더웠다. 에어컨도 안 틀어주나? 기태가 천장을 보았다가 창 쪽으로 고개를 돌렸다. 그리고 창밖을 보았다.

그가 벌떡, 자리에서 일어섰다. 그리고 창가 쪽으로 절뚝거리며 걸어갔다. 그가 앉은 곳은 벽 쪽에 있는 푹신한 안락의자가 놓인 테이블, 창가 쪽에는 연갈색 나무 테이블이 놓여 있었다. 복잡하게 뼈대를 엮어 만든 나무 의자를 헤치며 기태가 창가로 걸어갔다.

창밖으로 교차로가 보였다. 지금 막 보행신호가 파란색으로 바뀌었다. 사람들이 무심하게 횡단보도를 건넜다.

맞은편 교차로에 직진하는 차가 달려오는 중이었다. 운전자는 졸음운전을 했는지, 새벽까지 먹은 술이 덜 깬 건지 정지신호를 보지 못했다.

그 차의 진행 방향에서 빨간불이 들어오고도 3초가 지났다. 차가 정지선을 넘어 교차로를 가로질렀다. 교차로를 다 지나칠 때까지 그 차는 장애물을 만나지 않았다. 좌회전하는 차들이 그 차를 보고 경적을 크게 울렸지만 운전자는 그 소리를 지각하지 못했다. 시속 55킬로미터 속도 그대로 계속 직진했다. 아마도 눈을 반쯤 감고 뜨고 하면서.

기태는 횡단보도를 건너가는 오 선생을 보았다. 분홍색 티셔츠에 분홍색 운동화를 신었다. 한 손에 커피 잔을 들고 다른 한 손으로는 폰을 들여다보면서 길을 건너고 있었다.

기태는 맞은편 교차로에서 신호를 무시한 채 달려오는 차를 보았다. 차는 매우 빠른 속도로 달려왔다. 멈출 것 같지 않았다.

"선생님!"

기태가 카페 안에서 큰 소리로 오 선생을 불렀다. 카페 안의 사람들이 깜짝 놀라 기태를 쳐다봤다. 기태가 유리에 얼굴과 손을 대고 어쩔 줄 몰라 몸을 비틀었다.

횡단보도를 건너던 사람들이 걸음을 멈추었다. 차가 쏜살같이 교차로를 가로질러 지나갔다.

기태가 카페 밖으로 나가려고 몸을 돌렸다. 기태가 동작을 멈추었다. 아까 자신이 앉아 있던 테이블 앞에 오 선생이 쟁반을 들고 서 있었다.

"변(기)태, 너 왜 그래?"

기태가 고개를 돌려 창밖을 보았다. 거리에는 아무 일도 없었다. 구름을 뚫고 나온 광선 몇 줄기가 어른거렸다. 창밖의 거리와 자기 앞에 앉아 있는 오 선생을, 기태는 번갈아 쳐다보았다.

"이제 좀 서둘러야 할 시간이네. 안 되겠다. 이거 포장해달라고 해야겠다. 기태야, 뭐해? 가자!"

그녀가 카운터로 걸어가 케이크를 포장하고 커피를 일회

용 용기에 담아 넣었다.

그때까지 기태는 자신이 본 오 선생의 모습을 확신하지 못했다. 두 번이나 나타났지만 그것은 착시이거나 착각이거나 둘 중 하나라고 생각했다. 밤새 잠을 한숨도 자지 않은 탓에 헛것을 본 것이라 여겼다.

기태는 나중에야 그것이 오 선생의 '도플갱어'*였다는 것을 깨달았다.

오현미 선생이 사망하기까지 아직 이틀이 남아 있었다.

---

* doppelgänger. 이중 혹은 다중의 분신을 뜻하는 독일어. 하나의 존재가 같은 시간에 여러 공간에서 출현하는 것을 이르는 말.

징후 4

고대인의 능력은 놀라울 만큼 미련하다. 기원전 3천 년경에 지어진 이집트의 대피라미드를 보자.

2.5톤에 달하는 석회암 덩어리 230만 개를 밧줄과 통나무로 옮겨서 지었다. 수만 명의 노동자가 수십 년 동안 지었다고한다. 그걸 왜 지었을까. 아무도 모른다. 왜 그런 미련한 짓을했는지.

우리나라에도 그렇게 미련해 보이는 고대인의 건축물이 있다. 고인돌. 상석의 무게만 30톤에 달하는 고인돌이 수천 개. 그걸 왜 지었을까. 아무도 모른다. 그래서 그 미련한 고대인의발자취를 따라 온갖 전설과 신화가 태어났다.

전라북도 고창군에서 향토 사학자로 일하는 김미순 할머니도 그런 전설에 매료된 사람 중의 하나였다. 그녀가 고인돌 박물관을 찾은 중학생들에게 인사했다.

"학생 여러분, 안녕하세요?"

안녕하세요, 학생들이 큰 소리로 인사를 받았다.

"저는 향토 사학자, 김미순이에요. 반갑습니다. 오늘 여러분들에게 내 고장 문화유산, 고인돌에 대해 설명하려고 해요."

그녀는 허리에 작은 스피커를 달고 있었다. 헤드셋 마이크를 통해 말할 때마다 걸걸한 목소리가 스피커를 통해 나왔다. 백여 명의 학생들이 주위에 모여 앉아 그녀의 말을 들었다.

우리나라의 고인돌은 유네스코 세계문화유산으로 등재돼 있다, 세계 거석문화의 상징이다, 고창에만 1550여 기의 고인돌이 있다……. 어디서나 들을 수 있는 말이었다. 학생들이 하나둘 흩어졌다.

"여러분, 혹시 도깨비라는 말을 들어보셨나요?"

도깨비라는 말에 흩어지던 학생들이 다시 모여들었다. 호기심이 되살아났다.

"어렸을 때 전래동화 읽어본 적 있죠? 머리에 뿔이 달리고 장난치기 좋아하는 멍청한 도깨비. 그게 어디서 나온 말인 줄 알아요?"

아니요, 라고 대답하는 애들이 몇 명 있었다. 대부분은 그냥 무표정했다. 자판기 앞에서 코카콜라와 펩시콜라를 두고 망설이는 눈빛하고 비슷했다. 아무거나, 그냥 빨리 되는대로, 그러니까 도깨비가 뭐냐고?

"대학 교수님들이 도깨비의 어원을 연구했어. 내가 그걸 찾아봤는데, 이 말은 두 개의 단어가 모여서 만들어진 합성어래요. 합성어가 뭔지 학교에서 배웠죠?"

세상에, 합성어래. 저 할망구 완전히 맛이 갔구만. 고인돌 앞에서 합성어라니. 근데 참 도깨비는 어떻게 됐지?

"네, 맞아요. 완전한 두 개의 명사가 합쳐져서 하나의 단어가 된 거죠. 그럼 도깨비라는 단어를 두 개로 분리하면 뭐가 될까요?"

"도, 깨비!"

"도깨, 비!"

아이들이 질문에 대답했다. 그러고 보니 궁금하긴 했다. 어떤 말이 붙어서 도깨비가 됐지? 거기까지만 듣고 자리 뜨자. 아이들이 짝다리를 짚고 할머니 얘기를 들었다.

"앞에 말이 맞아. '도, 깨비.' 그럼 이게 무슨 뜻인지 아는 사람?"

아, 또 질문이야. 야, 가자, 하면서 아이들이 자리를 뜨려 했다. 가만있어봐, 누가 말렸다. 저 할망구 눈 좀 봐. 한 아이가 말했다. 아이들이 할머니 쪽으로 고개를 돌렸다.

마귀할멈처럼 음침한 눈으로 할머니가 살금살금 아이들 앞으로 다가갔다. 앞에 앉은 아이들이 겁먹은 시늉을 했다. 서스펜스를 가득 품은 눈으로 할머니가 아이들을 둘러보았다. 얼굴에 주름이 깊게 팬 늙은 여자였다. 그녀가 주름진 눈 사이로 눈동자를 이리저리 굴리며 마이크에 대고 속삭였다.

"도, 깨비는……, '독 애비'라는 말이야."

아이들이 숨소리를 죽였다. 어떤 아이들은 그녀를 처다보지 않고 귀를 기울였다. 그녀가 독, 이라고 발음할 때 목에서 성대가 달라붙는 소리가 났다. 마녀처럼 눈빛이 무섭게 빛났다.

"그럼, 독 애비라는 말은 뭐냐?" 그녀가 잔뜩 쉰 목소리로 낮게 말했다. "독 안에 든 애비, 독 안에 든 사람이라는 뜻이야! 자, 이제 누가 말해봐. 독 안에 든 사람이 무슨 뜻이게?"

독이 든 사과를 움켜쥐고 공주를 사로잡으려 달려드는 마녀 같았다. 날씨는 무더웠고 이마에 땀방울이 송골송골 맺혔다.

"옛날옛날 아주 먼 옛날에는 말이야. 비가 오지 않을 때 하늘에 기우제를 지냈어. 닭, 돼지, 소, 염소 같은 걸 잡아서

바쳤지. 그렇게 기우제를 올렸는데도 비가 오지 않으면 그때
는……, 사람을 제물로 바쳤어. 사람을 꽁꽁 묶어서 제단에
두고 그 사람을 잡아 제사를 지낸 거야."

여학생들이 꺅 하고 비명을 질렀다. 이 향토 사학자는 정말
사악한 마귀할멈 같았다. 금방이라도 염소 가죽을 벗겨낼 것
처럼 손을 공중으로 휘저었다.

"이제 알겠지? 고인돌이 뭘 하는 거였는지. 이게 바로 '독'
이야."

그녀가 자기 뒤에 있는 고인돌을 가리켰다. 미련한 고대인
들이 사악한 악령에 사로잡혀 모닥불 앞에서 춤추는 모습이
떠올랐다. 아이들이 서로 손을 잡았다.

"여기에 사람을 가두어놓고 그 사람을 산 제물로 바쳐 기
우제를 올린 거야. 도깨비는 독 안에 든 사람, 바로 고인돌 안
에 갇혀 있는 사람을 말해! 그래서 고인돌 주변에서 도깨비불
을 봤다고 하는 사람들이 나온 거야. 독애비, 독 안에 든 죽은
사람의 혼령이 고인돌 주위를 으으으, 으으으, 하며 어슬렁거
리는 거라고. 기우제는 주로 일 년 중 낮이 가장 길다고 하는
하지에 올렸어. 오늘이 바로 그날이지. 6월 21일, 바로 오늘 우
리 조상들은 사람을 제물로 바쳐서 기우제를 올린 거야."

조금만 더 나가면 19금 잔혹물이 될 것 같았다. 여학생들이

박물관 입장권으로 눈을 가렸다.

"고인돌 안은 어둡고 캄캄해. 저 그늘 속을 들여다봐."

시커먼 그늘이 진 고인돌의 상석 아래로 학생들이 고개를 돌렸다. 앞뒤가 뚫려 있었지만 고인돌 내부는 어두웠다. 그 안에서 서늘한 바람이 불었다.

"무슨 소리가 들리지 않아?"

주위가 고요해졌다. 모두들 숨소리를 죽였다.

"우리 조상들의 슬기와 지혜의 숨결이 들립니다. 감사합니다! 지금까지 내 고장 문화유산에 얽힌 전설이었습니다!"

갑자기 그녀가 큰 소리로 말하는 바람에 주위에 있던 학생들 전부가 비명을 질렀다.

등골이 서늘해질 만큼 무서운 이야기였다. 향토 사학자의 이야기는 학생들을 완전히 사로잡았다. 아이들이 있는 힘껏 박수를 쳤다.

"오옷, 저 할매 죽인다!"

싸가지 없게 굴던 사내아이들이 할머니를 향해 휘파람을 불었다. 그녀가 양팔을 이리저리 휘두르며 영국 신사처럼 크게 인사했다.

아이들이 고인돌 포토 존에 들어가 사진을 찍었다. 사진 찍는 줄이 길게 이어졌다. 포토 존은 진짜 고인돌 아래에 있었다. 넓이가 3미터는 될 만큼 크고 육중한 상석 아래였다. 방금 무서운 이야기를 들은 아이들은 얼른 사진을 찍고 밖으로 뛰어나갔다.

사진을 찍고 나오는 아이들이 불쾌한 표정을 지었다. 안에서 무슨 냄새가 난다며 몸서리를 치는 여자애도 있었다.

한 여자아이가 그 안으로 들어가 웅크리고 앉았다. 몸을 작게 돌돌 말아서 앞을 보고 환하게 웃으며 손가락으로 브이를 그렸다.

'독 애비' 전설을 들은 그 아이는 고인돌 안에서 죽은 사람처럼 누워보기로 했다. 아이가 고인돌 그늘 아래 다리를 펴고 반듯이 누웠다. 뭐해, 빨리 나와, 뒷줄에서 기다리는 아이들이 소리쳤다.

두꺼운 상석이 만든 그늘은 더할 나위 없이 시원했다. 앞뒤로 뻥 뚫린 공간을 지나는 바람이 차가웠다. 여자아이는 눈을 감았다. 그대로 몇 분만 눈 감고 있으면 잠이 들 것 같았다.

'이게 무슨 냄새지?'

아이는 이상한 냄새를 맡았다. 눈을 떴다. 그때 아이의 눈에 들어온 것은 섬뜩하고 불길한 어떤 형상이었다.

고인돌 상석 아래 면에, 그러니까 고인돌 안에 들어가 앉았을 때 천장 쪽에, 파리들이 새까맣게 붙어 있었다. 파리들은 사람들이 들락거려도 날아가지 않았다. 거기 딱 달라붙어 커다란 그림처럼 군집을 이루고 있었다.

'고인돌 안에 웬 파리 떼?'

그때 여자아이의 이마 위로 끈적거리는 액체가 한 방울 떨어졌다. 아이가 손으로 이마를 문질러 닦았다. 그리고 끈적거리는 손바닥을 옷에 문지르다가 자기 손을 보았다. 그것은 피였다. 시커멓게 썩은 피가 다시 그녀의 얼굴 위로 떨어졌다.

"악! 악, 악, 악, 아악!"

아이가 자지러지는 비명을 지르며 고인돌 밖으로 뛰쳐나갔다. 줄 서 있던 아이들이 그녀의 발작을 어리둥절하게 지켜보았다. 아이는 화장실 쪽으로 달려갔다. 고인돌 앞에서 사진을 찍어주던 그녀의 친구들도 화장실로 쫓아갔다.

그다음 차례가 된 남학생이 고인돌 안으로 들어갔다. 서늘한 바람이 불었고 그는 썩는 냄새를 맡았다. 그 역시 소리를 지르며 밖으로 뛰어나갔다. 사람들이 고인돌 주변으로 몰려들었다.

"왜, 왜 그래?" 사람들이 남학생에게 물었다.

"고인돌 안에 뭐가 있어요!" 남학생이 넌더리를 내며 대답했다.

"뭐가 있는데?"

김미순 할머니가 물었다. 그녀는 멀찍이 서 있다가 비명 소리를 듣고 달려왔다. 남학생이 대답 없이 손가락을 쭉 펴서 고인돌의 상석을 가리켰다.

김 할머니가 머리를 숙여 고인돌 안으로 들어갔다. 천장을 보았다. 피가 묻어 있었다. 셀 수 없이 많은 파리가 떼로 달라붙어 피를 빨아 먹고 있었다.

김 할머니의 얼굴이 사납게 일그러졌다. 그녀가 갑자기 고인돌 바닥을 손으로 긁어 파기 시작했다. 아이들이 공포영화를 볼 때처럼 어깨를 움츠리고 서로 끌어안았다. 흩어졌던 학생들이 다시 주변으로 몰려들었다. 아이들이 할머니의 기괴한 행동을 폰으로 찍었다.

반 뼘 정도 흙을 손으로 파내자 물컹거리며 뭔가가 만져졌다. 할머니가 더 빠른 속도로 흙을 팠다. 그녀가 물컹거리는 흙덩어리를 땅에서 건져냈다. 아이들이 계속 동영상을 찍었다. 저게 뭐야? 아이들은 자기들끼리 인상을 잔뜩 쓰고 기분 나쁜 물건을 쳐다보며 쑥덕거렸다.

할머니가 흙덩어리를 손으로 헤집었다.

"웩, 웩!"

맨 앞에 있던 아이 하나가 입을 가리고 뒤로 나자빠졌다. 뭔데, 뭔데 하면서 앞으로 몸을 기울인 녀석들도 마찬가지였다.

할머니가 그 흙덩어리를 얼른 손으로 모았다. 시뻘건 짐승의 내장, 잘려나간 닭 머리, 피 묻은 소의 뿔 같은 것들이 할머니의 손 안에 가득했다. 학생들이 토하는 시늉을 하며 저만치로 떨어졌다.

할머니는 자리에서 일어나 주위를 두리번거렸다. 그녀는 저벅저벅 걸어가더니 미친 노파처럼 피 묻은 손을 흐느적거리며 사람들 사이로 파고들었다. 사람들이 양옆으로 갈라졌다. 할머니는 저만치 떨어진 쓰레기통을 찾아가 뒤졌다. 정말 악령이 들린 마귀할멈 같았다. 할머니는 검은 비닐봉지 한 장을 팔랑거리며 들고 왔다.

그녀가 고인돌 아래로 기어 들어갔다. 짐승의 내장과 닭대가리 같은 것들을 봉지에 퍼 담았다. 파리들이 어지럽게 주위로 꼬였다.

할머니가 다시 흙을 덮었다. 그리고 잔뜩 열 받은 얼굴로 일어나 이를 꽉 깨물고 급히 달려갔다.

"내 이 작자를 그냥!"

그녀의 이빨 사이로 누군가를 작살내겠다는 다짐이 터져 나왔다.

"이거이 먼 짓거리여!"

썩은 닭대가리가 가득 든 비닐봉지를 내던지며 김미순 할머니가 소리쳤다. 봉지가 터지면서 짐승 내장이 바닥으로 쫙 퍼졌다. 서너 명의 사람들이 깜짝 놀라 자리에서 벌떡 일어섰다.

그녀가 찾아간 곳은 근처에 있는 판소리 전수관. 이름이야 그럴싸한 '전수관'이지만 반세기가 다 된 건물 꼭대기에 자리한 창고 같은 사무실이었다.

늙은이들이 모여 대낮부터 막걸리를 퍼마시고 있었다.

"김 여사 오셨소? 한 사발 할 테요?"

관장이 능글맞게 웃으며 태연하게 앉아 막걸리 사발을 들어 보였다.

"아, 제발 좀 이런 짓거리 하지 말라고 몇 번을 일렀소? 요즘이 어떤 세상인데 안즉 이 지랄이요? 거그 아그들 들어가서 사진도 찍고 뻔지르르한 관광지 된 지가 언젠디, 도시 와 그라는 것이요? 미쳤소? 썩은 염소 염통 파묻고 상판에 피 칠갑을 해놓으믄……, 아그들이 올메나 놀랐것소!"

그녀는 거의 목이 메어 울음이 터질 것처럼 북받치는 소리로 말했다. 관장은 봉지에서 빠져나와 날아다니는 파리를 손으로 쫓았다. 그리고 막걸리 한 사발을 쭉 들이켰다.

"이 사람아, 그것도 수천 년 동안 해오던 전통 아닌가! 하짓날 제사는 못 드릴망정, 혼령들 끼니 거리를 파 갖고 오믄 어쩌자는 것이여? 깨끗하게 마련한 제수음식이여. 다시 갖다 놓구려. 부정 탈까 무섭네!"

그 말에 김 할머니는 약간 겁을 먹은 것도 같았다. 그녀가 바닥에 내팽개쳐놓은 봉지를 내려다보았다. 푹 하고 한숨을 쉰 후에 입을 열었다.

"그라믄 이렇게 합시다. 내가 문화재 위원회에 전통 행사로 하자고 건의할 테니까 이리 하지 좀 마소. 절기 때마다 소 잡고 염소 잡고 하믄 될 것 아니겠소."

타협이 될 법도 한 제안이었지만 관장은 바닥을 보며 중얼거렸다.

"거 될 소리를 해. 거기 피 바르고 내장 뿌린다고 하면, 얼씨구나 좋아들 하겠네!"

"그걸 아는 양반이 그 짓거리를 했소?"

관장은 그녀의 말에 더 이상 대꾸하지 않았다. 함께 있던 늙은이들은 담배만 뻑뻑거렸다. 할머니가 씩씩거리면서 뒤돌아 문을 홱 열어젖히고 나갔다.

판소리 전수관 관장은 어릴 적부터 그걸 보면서 자랐다. 하짓날이면 동네 어르신들이 모여 짐승을 잡고 고인돌에 피를 발랐다. 기우제로 사람을 바치지는 않았으나 마을에서는 매년 정성을 들여 제를 올렸다.

제수용으로 쓰는 가축들에게는 사람 먹는 음식을 먹이고 존댓말을 쓸 만큼 정성을 들여 키우는 걸 관장은 어렸을 때부터 보았다. 그는 언젠가부터 사라진 하짓날 고인돌 제사를 자기가 도맡아 올렸다.

함께 그곳에 모여 있던 늙은이들은 그날 새벽, 관장과 함께 있었다. 그들은 첫 울음을 우는 닭의 모가지를 잘라 고인돌에 피를 발랐다.

그리고 오랫동안 그렇게 해왔듯이 오래된 제문을 읽고 낮은 소리로 노래를 불렀다. 선인이 찾아와 땅에 복을 주고 잡귀를 물리쳐 영생의 복을 준다는 내용의 노래였다. 관장이 소리를 할 동안 함께 제를 올리던 제사장들이 염소의 목을 따고 뜨거운 내장을 들어낸 다음 고인돌 바닥에 파묻었다.

늙은이들이 말없이 막걸리를 마셨다. 휴대용 조리 기구 위에서 고기가 지글거렸다. 앞에 앉은 노인이 젓가락으로 고기를 휘저었다. 관장이 물컹거리는 잘 익은 염소 고기를 잘근잘근 씹어 먹었다.

그날 밤, 김미순 할머니는 깊은 잠에 빠져 들었다. 얼마나 깊이 잠들었는지 다음 날이 되어서도 그녀는 깨어나지 않았다. 그녀는 해가 뜨면 일어나는 부지런한 사람이었다.

아침 식사 때 며느리가 방문을 두드렸다. 평소 같으면 벌써 몸단장을 끝내고 향토 사학자로서 빛나는 자부심을 느끼게 하는 관청 모자를 쓰고 집 안을 돌아다니며 왁자하게 떠들고 있을 분이었다.

"어머님." 며느리가 방문을 노크하며 불렀다. "어머님!" 다시 불렀다.

대답이 없자 아들이 방문을 열고 안으로 들어갔다. 어머니는 반듯이 누워 있었다. 아들이 깜짝 놀라 그녀를 흔들었다. 그녀는 일어나지 않았다.

코에 귀를 갖다 댔다. 숨이 들락거렸다. 그러나 어머니는 흔들어도 깨어나지 않았다. 아들은 즉시 구급차를 불렀다.

전북 명문 전주여고를 졸업하고 뼈대 있는 가문에 시집와 2남 3녀를 훌륭하게 키운 김미순 할머니는 깨어나지 않는 깊은 잠에 빠진 채 편안히 숨을 쉬고 있었다. 6월 22일 수요일 오전, 태양의 황경이 90도를 조금 넘어가고 있었다.

징후 5

　김미순 할머니가 깊이 잠들어 깨어나지 못하던 그 시각, 강화도 하점면 지석리의 고인돌 근처에는 새암고등학교 1학년 학생들이 견학 중이었다.

　2박 3일, 짧은 일정으로 다녀가는 수련회 마지막 날이었고, 고인돌을 먼저 둘러본 후 강화 역사박물관 견학으로 이어지는 일정이었다.

　그곳에는 우리나라에서 가장 큰 고인돌로 알려진 강화지석묘가 자리하고 있다. 강화도에도 수백 기의 고인돌이 있었지만 전북 고창만큼 거창하게 꾸며놓은 건 아니었다. 지석묘(고인돌) 주변에 둘러 쳐진 철제 울타리가 그 돌덩이의 가치를 말해줄 뿐이었다. 그 앞에 발판처럼 작게 세운 표지에 이런 글자가 박혀 있었다. '유네스코 세계문화유산'. 뭐, 이 돌덩이가?

조랑말 태워주는 관광 코스가 있어 그나마 다행이었다. 15분 동안 역겨운 말똥 냄새를 맡으며 올라타는 데 5천 원이었다. 펑퍼짐한 엉덩이가 어찌나 큰지, 녀석의 등과 엉덩이를 구분하기가 어려웠다. 짓궂은 남학생 하나가 말 엉덩이를 손바닥으로 탁 치자 말몰이꾼이 성질을 냈다. 남자아이들이 킥킥댔다.

대형 버스 주차장에 자전거 대여소도 있었다. 아이들은 주로 그쪽에서 놀았다. 간이음식점에서 싸구려 인스턴트식품을 사 와 나무 그늘에 앉아 먹으며 폰으로 게임을 했다.

안타깝게도 유네스코 세계문화유산은 그다지 인기가 없었다. 아이들은 고인돌 앞에서 10초 정도 포즈를 취하고 사진을 찍은 다음, 말을 타거나 자전거를 타거나 싸구려 음식을 사 먹었다.

고인돌에 관심을 갖는 아이들은 주로 여학생들이었다. '울타리 안으로 들어가지 마시오.' 이런 경고 문구가 있긴 했으나 말 엉덩이에 손대지 말라는 말몰이꾼의 경고보다 약했다. 살짝 다리만 들어 올리면 가뿐히 들어갈 수 있었다. 아이들은 고인돌 그늘 아래 앉아 사진을 찍었다.

기태가 절뚝거리는 걸음으로 오현미 선생 주변을 맴돌았다. 그제 아침, 불길한 모습을 본 후로 그는 오 선생에게 무슨 일이 생기면 어쩌나 걱정이 되었다.

"기태야, 이리 와! 같이 사진 찍자!"

오 선생이 울타리 밖에 서 있는 기태를 불렀다. 그녀는, 그녀를 따르는 여학생들 틈에 묻혀 있었다. 벌써 수십 장째 사진을 찍어댔다.

"아뇨. 괜찮아요. 고인돌이나 보려고요."

기태가 대답했다. 카메라를 손으로 잡으면 안 된다. 전자기기들이 기태를 멀리하기 시작한 지 벌써 한 달이 넘었다. 그는 외로웠다. 기태는 전기로 작동하는 모든 기계들을 사랑했다. 그러나 그날 이후 기태는 자신이 사랑하는 것들과 이별해야 했다.

때로는 고통스러웠다. 담배를 끊을 때 느끼는 금단 현상이 이럴까? 소리 내어 울고 싶기도 했고, 내가 뭘 잘못했을까 하며 참회하는 마음으로 창문에서 뛰어내릴 생각도 했다.

그런 대로 전자기기 없이 버틴 한 달이 지나자 그는 안 하던 짓을 하기 시작했다. 기태가 책을 읽었다. 초등학교 4학년 이후로 처음이었다. 그렇다고 무슨 대단한 고전은 아니었다.

회로 설계나 주파수 관련 책들이 대부분이었다. 그래도 공학 관련 책을 읽다 보면 전자기기에 대한 사랑을 조금은 달랠 수 있었다.

"그럼 이리 와서 사진 좀 찍어줄래?"

오현미 선생이 집요하게 기태를 불렀다. 됐어요, 하고 다시 말할까 하다가, 미안한 마음이 들어 고개를 끄덕이고 울타리를 넘었다. 카메라가 망가지면 어쩌나 하는 생각도 들었지만, 내 것도 아닌데 뭐, 하며 얼렁뚱땅 넘기기로 했다.

오 선생은 고인돌 아래에 여학생들 다섯 명과 함께 앉아 있었다. 오 선생이 건네주는 카메라를 받아 들고 그녀들 앞에서 3~4미터 떨어진 거리에 섰다.

작은 DSLR 카메라였다. 캐논 100D, 작고 반응이 빠른 카메라다. 기태는 카메라에 대해서도 잘 알았다. 드론의 동영상 촬영 장비를 다루면서 광학 기술도 많이 익혔다.

장착된 번들 렌즈는 간편한 광학 줌이었다. 적당히 거리를 잡고 줌을 뒤로 당겨 고인돌 전체를 광각으로 잡았다. 그리고 불편한 다리를 접어 바닥에 쭈그려 앉았다. 그렇게 하면 웅장한 고인돌의 모습이 쏟아질 듯 앞으로 쏠리는 효과가 있었다. 조리개 우선 모드에서 조리개 값을 11로 설정했다. 기태가 빠른 속도로 셔터를 눌렀다. 찰칵, 찰칵, 찰칵 하며 미러가 오르

내리는 소리가 났다.

"빨리 찍어!" 오 선생이 말했다.

"찍고 있어요." 기태가 셔터를 누르면서 대답했다.

"하나둘셋 해야지!"

"이게 더 자연스러워요." 하면서 기태는 계속 셔터를 눌렀다.

"그래? 그럼 많이 찍어줘."

그녀들이 온갖 교태를 부리며 고인돌 앞에서 포즈를 잡았다.

기태는 접안렌즈에 눈을 갖다 대고 프로 사진작가처럼 다양한 자세로 셔터를 눌렀다.

'괜찮네. 이제 만져도 되는 건가?'

그렇게 생각한 순간, 잠깐 눈앞이 일렁거렸다. 화면이 이상했다. 그가 눈을 깜빡거렸다. 기태 별명은 '짜바'다. 눈을 깜빡이는 아이, 그가 계속 눈을 깜빡였다. 렌즈 안의 화면이 가로로 퍼져 보였다.

'역시……, 고장 난 건가?'

기태가 렌즈에서 눈을 뗐다. 여전히 화면이 일렁거렸다.

'왜 이러지?'

눈앞에서 일렁거리는 것은 카메라의 액정화면이 아니라 그

냥 시야 자체였다. 방해 전파를 받는 화면처럼 눈앞에 가로선
이 나타났다.

"기태야, 독사진 좀 찍어줘."

오 선생이 다른 여자아이들을 물리고 왕비처럼 고인돌에
몸을 기대어 섰다.

"네에……."

기태가 렌즈를 들여다보며 다시 셔터를 눌렀다. 정상적인
화면이 나타났다.

'현기증이었나?'

기태가 좀 더 과감하게 각도를 잡았다. 오 선생은 애교 본
능을 마음껏 발휘했다. 고인돌을 감싸 안고 고인돌에 뽀뽀하
고 하면서 독사진에 빠져들었다. 기태가 웃으면서 수십 방을
찍었다.

그가 오 선생 앞으로 점점 다가갔다. 기태가 오 선생과 1.5
미터의 거리를 두고 광각 렌즈 효과를 통해 그녀 가슴의 곡선
을 극대화시키는 구도를 잡았을 때, 주변이 일렁거리는 느낌
이 들었다.

기태가 카메라를 내리고 허리를 폈다. 그건 느낌이 아니라
감각이었다. 땅이 일렁이고 눈앞에 가로선이 지속적으로 나
타났다. 하지만 머리가 어지럽거나 울렁증이 일지는 않았다.

그것은 마치 전파의 흐름처럼 보였다. 오 선생이 서 있는 자리 주변으로, 촘촘한 가로선이 있는 전파의 기둥들이 보였다. 기태가 깜짝 놀라 오 선생을 쳐다보았다. 오 선생은 고인돌 앞에 서 있었고 기태 눈에만 보이는 전파의 한가운데에 자리하고 있었다. 기태가 오 선생 주변의 허공을 손으로 휘저었다.

"왜 그래, 기태야?"

오 선생이 큰 눈을 더 크게 뜨며 물었다.

기태는 대답하지 않았다. 계속 손을 저어보았다. 그의 손이 지나가는 공간을 따라 전자장이 물결치며 파동을 그렸다.

그 순간, 오 선생이 눈의 흰자위를 드러내며 바닥으로 쓰러졌다. 주변에 서 있던 여자아이들이 놀라서 뛰어왔다. 오 선생은 마치 동력을 잃어버린 전자기기처럼 그 자리에서 힘을 잃고 넘어졌다.

나중에 주변에 서 있던 여자아이들은 기태가 오 선생 앞에서 몇 번 손을 휘젓자 오 선생이 최면에 걸린 사람처럼 바닥에 쓰러졌다고 말했다.

그녀는 기절한 후 깨어나지 않았다. 여자아이들이 생수로 손수건을 적셔 그녀의 얼굴을 닦았다.

그사이 1학년 부장이 달려왔다. 다른 아이들도 몰려들었다. 누군가는 휴대폰을 들고 119를 불렀다. 부장 교사가 주변을 두리번거리다가 검게 그늘이 진 고인돌을 보았다. 아이들과 함께 오 선생을 들어 그늘로 옮겼다.

기태는 카메라를 손에 들고서 어쩔 줄 몰라 그 자리에 서 있었다. 그러다가 고인돌 안으로 그녀를 옮기는 걸 보았다.

"안 돼요! 그리로 들어가면 안 돼요!"

자기도 모르게 기태가 소리를 질렀다. 절뚝거리면서 그쪽으로 다가갔다. 눈앞에 폭포처럼 쏟아지며 일렁이는 전자장의 아지랑이가 보였다. 그는 더 이상 고인돌 쪽으로 다가갈 수 없었다.

"당장 나오세요. 선생님 데리고 당장 거기서 나와요!"

그가 실성한 사람처럼 소리 질렀다. 친구들이 그를 말렸다. 그가 들고 있던 캐논 카메라가 바닥으로 떨어졌다. 좀 전에 찍은 사진이 모니터 화면에 떴다. 기태가 손을 뻗어 카메라를 잡았다. 그리고 그 자리에 주저앉아 방금 찍은 사진들을 넘겨보았다.

마지막 화면에는 오 선생이 바닥으로 쓰러지는 순간이 찍혀 있었다. 손을 휘젓다가 실수로 셔터를 누른 것 같았다. 그녀는 두 눈을 까뒤집고 쓰러지는 중이었다. 무릎이 반쯤 구부러진 자세로 사진이 찍혔다. 기태가 화면을 확대했다. 그리고 여기저기를 이동시키면서 화면을 살폈다.

누군가 기태에게 다가와 뒤통수를 세게 후려쳤다.

"이 와중에 사진 보고 있냐! 미친놈아!"

부장 선생님이었다. 기태는 아랑곳하지 않고 화면을 뒤졌다. 그때 화면에 뭔가가 보였다. 고인돌 상석 아래에, 검은 그림자가 드리운 좁은 공간 속에 어렴풋한 사람의 실루엣이 눈에 들어 왔다.

'선생님?'

기태는 어쩌면 그것이 오현미 선생님의 도플갱어일 수도 있다는 생각을 했다. 그리고 엊그제 아침에 보았던 선생님의 모습도 도플갱어라는 확신이 들었다. 그가 재빨리 버튼을 눌러 화면을 확대했다. 고인돌 안의 형상은 흐리게 보였지만 그것이 사람임을 알 수 있었다.

오 선생은 분홍색 티셔츠에 분홍색 운동화를 신고 있었다. 아침에 보았던 도플갱어도 그랬다. 그런데 사진 속의 인물은 달라 보였다. 작고 뚱뚱해 보였다. 그것은 어떤 할머니의 모습이었다.

기태가 눈을 들어 다시 고인돌 안에 누워 있는 오 선생 쪽을 바라보았다. 일그러진 화면의 자장 같은 것은 더 이상 보이지 않았다.

오 선생이 비실대며 깨어났다. "선생님, 괜찮으세요?" 동료 선생들이 물었다. 오 선생의 표정이 이상했다. 일그러지고 찌그러진 표정이었다. 그녀는 허리를 구부정하게 굽히고 앉아 주변을 두리번거렸다.

그녀가 적의에 차 경계하는 눈으로 주변 사람들을 돌아보았다. 점점 손을 바들거리면서 떨더니 떨고 있는 자기 손을 내려다보며 자지러지듯 놀랐다. 혐오에 찬 눈동자, 떨면서 얼어붙은 입술, 어쩔 줄 몰라 주변을 두리번거리며 사람들을 향해 울먹이는 소리로 오 선생이 신음했다.

"오 선생, 왜 그래? 이봐, 오 선생. 정신 차려! 왜 그래?"

부장 선생이 그녀의 어깨를 흔들었다. 오 선생은 하얗게 표백된 얼굴로 감전이라도 당한 듯 파르르 떨었다. 낯선 남자를 보듯 부장 선생을 보더니 입을 열었다.

"여긴 어디요? 당신들 누구요?"

매우 촌스럽고 푸석한 말이었다. 그 말씨는 젊은 여자가 아주 나이 든 노인의 말투를 흉내 내는 것처럼 웃기게 들렸다.

기태는 고인돌 앞에서 잠깐 기절했다가 깨어난 그녀가 더 이상 오현미 선생이 아니라는 것을 금방 알았다.

기태가 일어서서 고인돌에 앉아 있는 오 선생을 향해 천천히 걸어갔다. 허상을 만지기라도 하듯 손을 내저으며 그녀 앞에 가서 무릎을 꿇었다. 그리고 오현미 선생처럼 보이는 여자에게 작게 떨리는 소리로 물었다.

"선생님은 어디로 가셨죠?"

"나가고 싶어. 여기가 어디야? 제발……, 나가게 해줘!"

오 선생이 쉰 목소리로 대답했다.

프라그마 1

폭포수 같은 비가 내렸다. 사람들이 군홧발 소리를 내며 빗길을 뛰어다녔다. 척, 척, 척, 척……

소나기가 내리면서 차가 밀렸다. 걸어서 30분이면 갈 수 있는 거리를 택시는 30분 동안 기어갔다. 택시가 목적지에 도착했다. 싱가포르 선텍시티 컨벤션 홀 입구.

숙소를 나설 때는 비가 내리지 않았었다. 김경희가 택시의 뒷좌석 문을 열었다. 군중들의 함성 같은 빗소리, 화살처럼 날아드는 빗물, 비바람이 택시 안으로 들이쳤다.

"서둘러요, 아가씨!"

택시 기사가 점잖은 말로 그녀를 재촉했다. (방금 택시 기사

는 영어로 말했다. 지금 여기는 싱가포르다.) 어서 내리라는 말이
다. 10미터만 뛰어가면 된다. 김경희가 비바람 속으로 늘씬한
다리를 내밀었다.

'어?'

후두두둑, 빗소리가 들렸다. 그녀 주변으로 동그란 보호막
이 만들어져 있었다. 김경희 주위로는 비가 내리지 않았다.

"괜찮으시다면 저와 함께 가시죠. 레이디?"

잘생긴 신사가 동그란 손잡이가 달린 넓은 우산으로 김경
희를 에스코트했다. 올백으로 넘긴 머리에 딱 봐도 값비싸 보
이는 슈트를 입은 남자. 그가 그녀를 보며 부드럽게 웃었다.

"컨퍼런스에 가시나요?"

신사가 물었다. 그들은 입구 쪽을 향해 걸었다. 큰 우산이
었다. 어깨가 우산 밖으로 나가지 않았다.

"네. 그쪽도?" 김경희가 신사에게 물었다.

"그렇습니다." 그가 대답하면서 우산을 접었다. "이 비바람
에 여기서 슈트 입은 사람들은 둘 중 하나일 겁니다. 컨퍼런스
참석자이거나, 미녀에게 우산을 씌워주는 사람이거나."

'어? 작업 거네?'

김경희는 직감했다. 잘생긴 백인 남자다. 사막을 여행하고
온 사람처럼 얼굴이 검게 그을려 있었지만 그마저도 섹시해

보였다. 젊은 시절의 멜 깁슨을 보는 것 같았다. 발음은 영국과 미국을 혼합한 것처럼 복잡하게 들렸다. 영국식 영어에 가까운 프랑스 발음이 섞여 있었다. 아주 중후한 미남자였다.

"우산이 크네요. 슈트에 잘 어울리는 파라솔이에요."

그녀가 우아하게 말하면서 앞서 걸어갔다. 미남자가 턱을 당겨 고개를 숙이고 멋지게 웃었다. 그가 그녀의 걸음을 따라 잡았다.

"반갑습니다. 성함이 어떻게 되시나요?"

파라솔 남자가 물은 게 아니다. 로비에 마련된 안내 데스크에서 컨퍼런스 스태프가 물었다.

"한국에서 온 김경희 기잡니다."

김경희가 참석자 명단에 서명했다. 스태프가 인사와 함께 기자 출입증을 내주었다. 파라솔 신사가 데스크 앞에 섰다. 스태프가 똑같이 질문했다.

"빈센트 알토 교수입니다. 시카고 대학교."

스태프는 그의 이름을 듣자 깍듯하게 인사하고 예의를 갖추어 말했다. 즐거운 여행이셨는지요, 와 같은 질문까지 달아서. 스태프가 그의 파라솔 우산을 받아 명찰을 달아주었다. 빈센트 알토 교수는 시종 품위 있는 미소를 지으며 참석자 명단에 사인하고 출입증을 받았다.

둘은 그렇게 서로의 이름을 들었다.

"기자시군요. 미스……, 킴?"

'어? 미스에서 왜 망설이지? 오늘 화장 떴나? 유부녀처럼 보이나?'

둘은 대회의장으로 안내하는 동선을 따라 함께 걸었다.

"그쪽은 교수님이시군요. 빈센트 알토 교수님. 가족들과 함께 오셨나요? 싱가포르에는?"

김경희가 맞받았다. 파라솔에 이어 두 번째로 그를 놀렸다. 놀리면서 아주 요염한 미소를 그에게 흘려주었다.

"아, 파라솔은 양복점에서 빌린 겁니다. 가족용이 아닙니다." 그가 섹시하게 웃었다. "이번 회의는 처음인가요? 이렇게 젊은 미녀 기자분은 처음 뵙는 것 같은데……."

미스, 하며 망설인 걸 후회하는 눈빛을 김경희는 재빨리 읽었다. 가족용이 아니라고 힘주어 말하는 걸 보면, 작업 거는 게 맞다.

"기자들만 600명이죠. 또 1200명의 교수님들이 여기 있고요. 처음 보는 게 당연하겠죠." 그녀가 좀 더 편안하게 웃었다. "처음 뵙겠습니다. 알토 교수님."

그녀는 정식으로 손을 내밀어 그에게 인사했다. 알토 교수는 약간 허리를 숙여 그녀의 손을 받아 악수했다.

"시카고에서 온 빈센트 알토 교수입니다. 만나서 반갑습니다."

얘기가 좀 풀리는 것 같았다. 회의는 20분 후에 시작이다. 둘은 참석자들이 무료로 이용하는 카페테리아 쪽으로 자연스럽게 걸어갔다. 회의장을 표시한 동선에는 중요한 국제 회의임을 나타나는 고딕풍의 굵은 글씨가 씌어져 있었다.

김경희는 2주 전에 갑작스런 연락을 받았다.

"그쪽에서 자넬 지명했어."

국장이 회전의자를 돌리면서 말했다. 기분 좋은 일이 있을 때 그는 의자를 돌리는 습관이 있다.

"드디어 우리 잡지가 일류로 발돋움하는 거야!" 그는 약간 흥분한 목소리로 말했다. "그노시스 컨퍼런스야! 이거 봐. 싱가포르 행 비행기 표까지 보냈어. 자유 시간 왕복표로."

죽음을 앞둔 세계적 재벌이 있다. 이름 밝히기를 거부한 그 다국적 기업의 회장은 자신의 병을 알게 된 9년 전부터 하나의 국제회의를 조직했다. 초과학과 정상과학의 접점을 찾아 과학의 미래를 연다는 기치를 내세웠다.

이름하여 '그노시스 컨퍼런스(Gnosis Conference)'. 비밀스런 지식이 인간을 구원하리라 믿었던 고대 근동의 종교에서 이름을 따 왔다. 올해는 열 번째 회의가 열리는 기념비적인 해다. 어쨌든 회장은 10년 동안 살아 있었나 보다.

"나 같은 듣보잡을 왜 초청했대요?"

"듣보잡 수준의 질문을 받고 싶은가 보지!"

그 말은 국장 식의 칭찬이었다.

회의 참석자는 회장이 직접 지명하는 것으로 알려져 있다. 주최 측은 매우 비밀스럽게 움직인다. 회의가 개최되기 한 달 전까지는 참석자가 공개되는 일이 없었다.

"올해 주제는 뭐래요?" 그녀가 자리에서 일어나 국장에게 다가갔다. "그러지 말고 그거 이리 줘봐요." 국장의 손에서 초대장을 빼앗아 들었다.

"프시케? 영혼?" 초대장을 들여다보며 그녀가 말했다.

"죽을 때가 다 됐나 보지. 영혼이라……."

국장이 담배 피우는 시늉을 하며 볼펜을 입에 물었다. 그는 지금 금연하려고 노력 중이다. 몸에 밴 옥시크린 냄새를 지우기 위해.

그노시스 컨퍼런스가 처음 열렸을 때, 학계에서는 그 회의를 과학을 사칭하는 이단적 모임으로 치부했었다. 세 번째 회의에서 회장은 엄청난 돈을 뿌렸다. 돈이 개입되자 회의의 위상이 달라졌다.

교통 및 숙박비용을 제외하고도 참가자들 전원에게 3천 달러의 개런티가 지급되었다. 잘만 하면 수십만 달러의 연구기금을 한 방에 따낼 수도 있었다. 죽을 때가 되면 생전의 악행을 덮으려고 선행을 베풀지 않던가.

언론들의 찬사가 쏟아졌다. 과학의 발전은 불가능한 상상에서 비롯된다는 둥, 과학의 패러다임을 바꾸는 획기적인 과학회의라는 둥……. 〈내셔널지오그래픽(National Geographic)〉, 〈사이언스(Science)〉, 〈네이처(Nature)〉, 〈미국국립과학원회보(PNAS)〉 등 유수의 언론들이 이 회의의 공식 보도 매체로 선정되었다. 학계에서는 그곳에 초빙되거나 발표자로 나서기 위해 로비를 펼치기도 했다.

회장은 탐욕스럽게 진실을 구했다. 그가 찾고 있는 것이 무엇인지는 불확실했지만 회의 주제는 그 탐욕의 대상이 무엇인지 대충 보여주었다. 환생, 사이보그, 주술 치료, 역사적 예수, 냉동 수면 과학, 생명의 기원, 우주, 좀비, 다른 세계, 그리고 영혼.

"영생을 주제로 택하지 않아 그나마 다행이군. 별자리 사진 보면서 허블이 찍은 천국 사진이라고 떠드는 소릴 듣는 것보다야 낫지. 잘해봐. 가서 학자들 구워삶아 기고문 받아오고."

그 말은 국장 식의 격려였다. 국장이 빙그레 웃으며 30대 초반의 이혼녀를 유혹하는 눈빛으로 다정하게 바라보았다. 그가 웃음을 머금고 덧붙였다.

"개런티는 5 대 5야. 알지?"

국장이 음탕한 눈을 반짝이며 말했다. 김경희가 비행기 티켓을 국장 책상 위에 살포시 내려놓았다. 그녀가 삐딱한 자세로 팔짱을 꼈다.

"알았어, 알았어. 삐치지 마. 한번 해본 말이야."

"오늘 오전 회의 발표자가 누군지 혹시 아세요?"

김경희가 물었다. 그녀는 알토 교수와 마주보며 실내 노천카페에 앉아 있었다. 알토 교수는 시종 섹시한 동양인 여기자에게 작업을 걸었고, 여기자는 그에게 넘어가는 척하면서 거래에 나섰다. 잘만 하면 고정 칼럼 기고자로 구슬릴 수도 있겠다.

"글쎄요. 워낙 비밀스럽게 진행하니까…… 연단에 나서기 전에는 누가 무슨 주제로 강연을 하는지 아무도 몰라요."

알토 교수가 에스프레소 잔을 빙빙 돌리면서 말했다.

"회의 참가는 처음이 아니시죠?" 그녀가 물었다.

"올해로 네 번째입니다. 기금이라도 타낼까 싶어서……."

"얻은 건 있나요?"

"좀비에 대해 알게 됐죠. 좀비가 외계인 혼혈 실험에서 실패한 돌연변이라는 거?"

그가 허탈한 표정을 지으며 웃었다. 식은 에스프레소를 한 번에 들이켰다. 쓴맛 때문인지 진지한 표정을 지었다.

"아예 소득이 없다고 할 순 없죠. 다차원 우주론이나 거품 우주론 같은 건 그노시스 회의에서 심도 있게 다루었습니다. 지금은 학계에서도 어느 정도 진지하게 받아들이고 있어요. 돈을 퍼부으면 허무맹랑한 얘기도 진실이 되나 봐요."

그가 손목시계를 내려다보았다.

"이런! 시작할 시간이에요. 가시죠. 시작하면 안에서 문을 잠가요. 서둘러야겠어요."

알토 교수가 먼저 일어섰다. 그가 신사답게 그녀에게 손을 내밀었다. 그녀가 그의 손을 잡으며 친절한 미소로 웃었다. 걸어가면서 그의 팔에 살짝 팔짱을 꼈다.

그가 손목에 롤렉스를 차고 있었기 때문이 아니다. 그의 가방에 발표용 원고가 삐져나와 있었기 때문이다.

그녀의 예상이 적중했다. 그는 세 번째 발제자로 연단에 섰다. 사회자가 빈센트 알토 교수를 소개했다.

"시카고 대학교에서 고고인류학을 가르치는 알토 교수는 최근 중동 지역에서 과학계의 신기원을 열어줄 중요한 고대 문서를 발굴했습니다. 오늘 발표에서 그 문서를 처음으로 세상에 공개할 예정입니다. 여러분, 빈센트 알토 교수입니다."

영롱한 별빛을 연상시키는 음악이 홀에 울려 퍼졌다. 알토 교수가 연단 앞에 서서 약간 상기된 얼굴로 마이크 높이를 조절했다.

"영혼이 존재한다면 그것은 물질일까요, 아니면 비물질일까요?"

이번 그노시스 컨퍼런스의 주제는 영혼이다. 그렇다면 알토 교수가 발굴했다는 고대 문서 역시 그것과 관련이 있을 것이다. 사람들이 그의 말에 귀를 기울였다.

연단 뒤 대형 스크린에 흑백 사진 한 장이 떴다. 머리가 시원하게 벗겨진 백인 남성의 사진.

"1907년 3월 11일, 뉴욕타임스에는 이런 기사가 실렸습니다. 「영혼은 무게를 가지고 있다(Soul has Weight, Physician Thinks)」. 매사추세츠 하버힐에서 의사로 일하던 던컨 맥두걸 (Dr. Duncan MacDougall)의 과감한 주장입니다."

그러니까 화면에 떠 있는 대머리의 남자는 그 사람, 던컨 맥두걸이다. 진지한 눈빛, 긴장한 표정, 약속을 하면 반드시 지킬 것 같은 굳은 의지로 가득 찬 신사의 얼굴이 보였다.

화면은 복잡한 기계 장치가 달린 침대로 바뀌었다. 해부학 교실에서 쓰는 실험대 같았다.

"그는 1901년부터 몇 차례 반복된 실험을 통해 영혼의 무게를 쟀다는 논문을 〈미국 의학 저널(American Medicine)〉에 게재했습니다. 맥두걸은 임종 직전의 환자 6명을 대상으로 사망 과정에서 나타나는 신체의 무게 변화를 측정했습니다. 모든 환자를 사망하기 전, 사망하는 동안, 그리고 사망 후에 이르는 세 단계로 나누어 반복 측정했습니다. 두 명은 실험 상 부주의로 인해 측정값에서 제외했고 나머지 네 명의 환자에게서 미세한 무게 변화를 포착했습니다. 맥두걸은 네 명의 사망자에게서 나타난 무게 변화의 평균값을 구하여 영혼의 무게가 '21그램'이라고 주장했습니다. 그때나 지금이나 놀라운 얘기죠. 그러나 그의 실험은 부정확한 측정 장비, 불충분한 통제 상황, 해부학적 및 화학적 연쇄 반응에 대한 지식의 부족을 이유로 기각되었지요. 그에게는 미신을 좇는 과학자, 과학이 만들어낸 신앙이라는 꼬리표가 붙었습니다."

화면은 실제 실험 장면을 보여주는 몇 개의 사진으로 바뀌었다. 그리고 '미신을 좇는 과학자'라는 그의 말과 함께 찢어진 모자이크가 되어 화면에서 사라졌다.

"그러면 이런 주장은 어떨까요? 모든 물질은 아주 작은 단위 입자로 구성돼 있습니다. 눈으로 볼 수는 없지만 실험을 통해 밝혀냈죠. 우리가 소립자라 부르는 물질입니다. 소립자는 물질적 속성과 비물질적 속성을 모두 가지고 있습니다. 지금은 많은 물리학자들이 소립자 내부의 세계가 아주 작은 에너지의 진동으로 구성돼 있다고 생각합니다. '끈 이론'이죠. 이것은 계산하거나 측정할 수 없습니다. 왜 그럴까요? 물질의 속은 비어 있기 때문입니다. 존재하지만 존재하지 않습니다. 결국 모든 물질의 내부는 텅 비어 있다는 것이 우리 시대의 과학이 밝혀낸 진실입니다. 여러분, 이것도 미신일까요?"

'말 잘하는데?'

김경희가 입술을 살짝 벌려 미소 지었다. 그녀가 앉아 있는 기자석 쪽에는 약한 조명이 들었다. 알토 교수가 김경희에게 분명한 시선을 보냈다. 그녀가 다시 한 번 웃었다.

물질과 비물질, 영혼의 무게, 그의 발표에 사람들이 빨려들었다. 기자들은 열심히 노트북을 두드렸다. 그들은 중요한 고대 문서가 공개되는 순간을 기다렸다.

"영혼이라는 것이 터무니없는 얘기거나 믿음의 문제에 불과하다면, 소립자의 세계 역시 우리들에게 상당한 믿음을 요구합니다. 던컨 맥두걸의 실험은 거기서 끝난 게 아닙니다. 다시 화면을 보시죠."

맥두걸의 조잡한 생체 실험 장비와는 비교도 할 수 없을 만큼 복잡한 실험 장비가 나타났다. 이번에는 컬러 사진이었다.

"던컨 맥두걸은 1920년에 사망했지만 믿음의 증거를 찾는 과학적 민간 신앙은 사라지지 않았습니다. 맥두걸의 후예들은 보다 발전된 과학 장비를 동원해 영혼의 실재를 탐구했습니다. 이 실험은 1980년대 초반에 이르러 획기적인 발견을 하게 됩니다. 영혼의 실재를 찾기 위해서는 사람이 죽는 순간을 포착하는 과정이 필요합니다. 베트남 전쟁에 참전했던 상이군인들이 대거 실험을 위한 '임종 기증' 활동에 참여했습니다. 그들은 참혹한 전쟁을 보고 난 후 영혼을 믿게 된 사람들이죠. 이후 맥두걸의 후예들은 자신들의 단체를 '영혼을 찾는 사람들(Man in Search of Spirit, MSS)'이라고 불렀습니다.

MSS에서는 이들의 임종 과정을 통해 다양한 실험을 전개했습니다. 당시의 기술로 구현 가능한 모든 장비들이 동원됐죠. 진공 상태를 만들어 미세한 초음파 장비로 임종을 측정하거나, 임종자의 세포 내 자기장 변화 패턴을 밝히고, 폐기된 원자로 속으로 들어가 절대 암흑 상태를 구현한 후 임종 시 전자장의 변화 패턴을 측정했습니다. 그러나 그 패턴들은 자연계 어디에서나 볼 수 있는 흔한 형태로 여겨졌고 1999년 마지막 임종 실험을 끝으로 MSS는 활동을 멈추었습니다.

3년 전, 영국의 한 대학원생이 의심스런 논문 하나를 발표하면서 MSS의 실험이 다시 주목받기 시작합니다. 그 논문은 MSS에서 측정한 전자장의 패턴이 한 고대 문서의 그림과 유사하다는 놀라운 주장을 담고 있습니다."

그의 발표가 절정을 향해 가고 있었다. 몇몇 기자들이 자리에서 일어나 카메라를 들고 연단 앞쪽으로 이동했다. 객석에 앉아 있는 학자들도 긴장감을 느끼긴 마찬가지였다. 사람들이 목을 위로 빼며 그의 말을 들었다.

"그것은 바로 '보이니치 문서'(Voynich Manuscript)*에 나오는 식물들의 그림입니다. 잘 알다시피 보이니치 문서는 해독이 불가능한 글자 혹은 언어로 씌어져 있습니다. 문서의 모든 페이지에 등장하는 초록색과 자줏빛의 그림들은 영락없는 식물도감처럼 보이죠."

---

* 미국의 고서적상 윌프리드 M. 보이니치(Wilfrid M. Voynich)가 공개한 중세 말기의 기록물. 240여 쪽의 양피지 위에 글자와 그림이 있으나 그 의미는 지금까지 해독되지 않았다. 식물학, 생물학, 천문학 관련 내용일 것으로 추측하고 있다. 기록 연대는 15세기. 현재 예일 대학교 도서관에 소장돼 있다.

화면에는 그가 방금 설명한 보이니치 문서의 페이지가 나타났다. 2초 간격을 두고 문서의 페이지가 바뀌었다.

"손으로 그린 그림으로 보입니다. 그래서 대칭이 부자연스럽죠. 하지만 이 페이지의 일부는 자연계에서 흔히 볼 수 없는 패턴을 보여줍니다. 예를 들어, 이 그림의 경우에는……."

보이니치 문서의 페이지 한 장이 넘어가지 않고 정지된 채 스크린에 머물렀다. 둥근 원이 그려진 그림. 그 원 안에 방사형의 칸막이가 그려져 있고 각 칸마다 반짝이는 불꽃을 연상시키는 수십 개의 별 그림이 촘촘하게 박혀 있었다. 원의 중심부에는 날카로운 칼날같이 생긴 파란 막대기가 회전하듯 배열돼 있었다.

"제동방사* 시의 플라즈마 패턴과 유사합니다."

제동방사라는 말에, 와우 하는 탄성이 여기저기서 터져 나왔다. 사람들이 웅성거리기 시작했다.

화면에서는 하전 입자의 운동을 보여주는 플라즈마의 사진이 보이니치 문서의 그림 옆에 배열되었다. 누군가가 플라즈마의 사진을 그림으로 그린 것처럼 비슷해 보였다.

"어떤 사람들은 그러한 전자장의 흐름을 느낄 수 있습니다.

---

* 원자핵에서 전자가 분리될 때 나타나는 전자파. 플라즈마는 제동방사의 한 형태를 말함.

주로 사춘기 아이들에게서 그런 능력이 발현됩니다. 극소수의 사람들, 특히 영적으로 매우 민감한 예술가들은 머릿속에 그려지는 소리의 형태로 울림을 감지한다고 합니다. 그들은 그 형태를 그림으로 남겼습니다. 대표적인 사람이 빈센트 반 고흐죠."

고흐의 작품, '별이 빛나는 밤'이 나타났다. 화려하게 일렁이며 물결치는 별빛. 알토 교수는 보이니치 문서와 고흐의 그림, 그리고 전자파의 자기장 패턴을 비교해가며 설명했다.

학자들은 당혹스런 표정을 지었다. 무시할 수 없는 질서 혹은 무질서가 스크린 안에 있었다. 비웃는 표정을 감추느라 힘들게 몸을 비틀어대는 사람들도 있었지만 고개를 끄덕이는 사람들도 많았다.

"이 그림들은 율동적인 곡선을 보여줍니다. 플라즈마의 패턴과 매우 유사합니다. 그 외에도 잭슨 폴록의 액션 페인팅, 에드바르 뭉크, 이런 화가들도 머릿속을 휘젓는 전자장의 흐름을 그림으로 표현했습니다. 이러한 현상을 '프라그마(Pragma)'라고 부릅니다."

프라그마? 그게 뭐지? 어이, 그런 말 들어봤어? 청중들이 다시 웅성거렸다. 어떤 사람들은 급하게 메모지를 꺼내 받아적었다. 알토 교수는 잠깐 말을 멈추었다. 청중들이 그의 말에 집중했다.

"그리스어에서 프라그마는 '실제로 일어난 일'을 뜻하죠. 매우 급진적인 과학 용어로서 프라그마 현상은, 미세한 소립자 세계의 움직임을 빛과 소리의 형태로 감지하는 것을 말합니다. 확실한 것은 이것입니다. 사람이 죽음에 이르게 되면 전자장의 변화가 나타납니다. 그것이 영혼의 실재를 의미하는지는……, 글쎄요, 저도 잘 모르겠습니다. 하지만 어떤 사람들은 그 변화를 느낄 수 있습니다. 그리고 오랫동안 인류는, 오늘날 우리가 전자장의 개념을 발견하기 훨씬 전부터 그 패턴을 그림과 건축물을 통해 표현해왔습니다. 프라그마 현상이죠. 다시 처음 질문으로 돌아가봅시다. 영혼은 실재할까요?"

잠깐 침묵. 그가 어깨를 으쓱 들어올렸다. 대단한 연기력이다. 그는 목소리의 강약을 조절하며 긴장감을 끌어올렸다. 이번에는 목소리를 낮게 깔고서 이렇게 말했다.

"이 문서가 발견되기 전까지 저도 영혼의 실재를 믿지 않았습니다. 하지만 지금은 조금 생각이 바뀌었습니다. 이제 세상에 처음으로 하나의 문서를 공개하겠습니다. 저는 이 문서의 이름을 알토 도큐먼트라고 부르고 싶지만 그러면 소프라노 쪽에서 반발이 있을 것 같더군요."

사람들이 큰 소리로 웃었다. 그리고 웃음이 잦아들었다.

"여러분, 프라그마 도큐먼트입니다!"

화면 뒤로 수십 개의 문서들이 차례차례 떠올랐다. 양피지에 그려진 그림들, 글자들, 그리고 일부는 도장과 같은 것으로 찍어낸 그림들이었다.

"방사성 동위원소 연대측정 결과, 기원후 2~3세기의 문서로 추정됩니다. 발굴 지역은 고대 영지주의 문서*를 찾아낸 이집트 나그함마디에서 남서쪽으로 25킬로미터 떨어진 사막 지역입니다. 어떤 형태로든 영지주의 계열과 관계가 있는 것으로 보이며……."

여기저기서 손을 들고 질문하는 사람들이 있었다. 원본이 지금 여기에 있나요? 지금 당장 공개하실 의향은 없나요? 어떤 내용을 담고 있나요? 종교와 관련된 문서입니까…….

---

* 이집트 나그함마디 지역에서 발굴되었기 때문에 나그함마디 문서라고도 한다. 영지주의(Gnosticism)는 고대 근동 지방에 널리 퍼져 있던 종교적 사상, 운동, 공동체를 폭넓게 가리키는 말이다. 신비로운 지식, 윤회, 이원론 등의 교리가 알려져 있다. 영지주의는 고대 불교, 플라톤의 사상과 관련이 있으며, 기독교 교리, 중세 신비주의에 영향을 미쳤다. 1945년 12월, 이집트 중부 나그함마디에서 한 농민이 땅에서 여러 개의 항아리를 발견했다. 이 밀봉된 항아리 속에 2~4세기경에 작성된 것으로 보이는 파피루스 책자 12권이 보관돼 있었다. 초기 기독교 공동체의 성격을 연구하는 학자들이 이를 번역하고 있다. 그중 <도마 복음서>와 <요한의 비밀 가르침>, <세상의 기원에 대하여>, <영혼에 대한 해설> 등이 유명하다. 현재 나그함마디 문서 중 일부가 이집트 콥트 박물관에 있다.

사람들의 질문이 멎을 때까지 그가 기다렸다. 이윽고 침묵이 찾아들자 그가 입을 열었다.

"문서의 총 분량은 3책 15편에 해당하며 기록된 언어는 해독이 가능한 콥트어입니다. 이 문서에는 보이니치 패턴과 똑같은 패턴들이 나타나 있습니다. 다양한 형태의 플라즈마 전자장 패턴을 보여주는 것이 확실합니다. 일부 그림은 오늘날 우리가 '파인만 도표'(Feynman diagram)라고 부르는 양자장이론의 공식들과 일치합니다. 어떻게 해서 고대의 신비주의 문서가 현대물리학의 최첨단 이론을 반영하고 있는지에 대해서는 좀 더 면밀한 연구가 필요할 것으로 보입니다."

카메라의 플래시가 쉴 새 없이 터졌다. 사람들은 자리에서 일어나 스크린에 나타난 기하학적인 문양들을 보고 탄성을 질렀다.

"아직 전체 문서는 공개할 수 없지만 지금 여기 공개된 일부 문서에는 수학적 대칭이 아주 정확하게 묘사되어 있습니다. 원본 문서는 내일 저녁 특별 기자 간담회에서 공개할 예정입니다."

다시 질문들이 터져 나왔다.

"확실하진 않지만 제 생각은 이렇습니다. 고대인들 중 일부는 프라그마 능력을 갖고 있었습니다. 그들은 사자(死者)의 영혼을 보았고 그것을 그림으로 남겼습니다. 아직 학계에서는 프라그마 현상에 대한 본격적인 논의가 없습니다. 저는 여기 계신 과학자 여러분들께 프라그마 문서에 대한 학술적 연구를 촉구하고 싶습니다. 그것은 우리 세계의 본질을 이해하는 길임과 동시에, 정신과 물질을 철저하게 구분하고 가르는 우리 시대의 지독한 이분법을 극복하는 길이 될 것입니다. 여러분, 감사합니다!"

박수와 플래시, 사람들의 웅성거림이 뒤섞였다. 김경희는 연단에 서서 질문 세례를 받고 있는 그를 바라보았다. 그녀의 입가에 묘한 미소가 그려졌다.

엄청난 뉴스거리가 될 것이 분명했다. 원본 문서 전체를 사진으로 찍어 가기만 해도 잡지의 위상이 달라질 것이다.

'거기다 빈센트 알토 교수의 전격 인터뷰라면?'

그녀는 혼자서 쌩글쌩글 웃었다. 그리고 발을 까딱거리며 생각했다.

'어떤 옷을 가져왔더라? 멜 깁슨을 사로잡으려면 어떤 옷을 입어야 할까?'

프라그마 2

그녀는 숙소로 돌아와 기사를 정리했다. 기억에서 잊히기 전에 오늘 보았던 컨퍼런스의 분위기와 흥분을 차분하게 글로 옮겼다.

점심 후에 열린 학회에는 참석하지 않았다. 그날의 주인공은 단연 빈센트 알토 교수였다.

약속한 시간까지는 아직 3시간이 남아 있었다.

오전 회의가 끝날 무렵, 스태프 한 명이 기자석에 앉아 있는 김경희에게 다가와 메모를 전해주었다.

'혹시 원본이 보고 싶을지도 모르겠군요. 오늘 밤 10시……'

메모의 하단에 호텔 이름과 함께 객실 번호로 보이는 숫자가 적혀 있었다. 간단한 메모에서는 짙은 유혹의 냄새가 묻어났다. 아주 노골적인 유혹. 취재에 안달이 난 여기자를 호텔로 부르는 사람이 어디 있을까. 그것도 밤 10시에.

그는 아주 우연히 회의장 입구에서 김경희를 보았을 것이다. 탄탄하게 뻗은 종아리를 먼저 보았겠지. 그리고 그 파라솔을 들고 다가왔다. 다리뿐 아니라 얼굴도 괜찮으면 어떻게 해볼 심산이었을 것이다. 얼굴이 영 아니었으면 빗길에 선심 쓰는 신사가 되는 거고.

그는 처음부터 자신이 발표자라는 걸 밝히지 않았다. 친절히 우산을 씌워줬던 남자가 무대 위로 오른다면 반하지 않을 여자가 어디 있겠어.

'제법 쇼맨십도 있고……'

뜨거운 욕조에 몸을 담그고 맥주를 홀짝거렸다. 그녀는 그의 유혹과 프라그마 도큐먼트 원본 문서를 어떻게 거래할까 생각했다. 어쨌든 피부에 광을 내는 게 우선이다. 그녀는 로즈마리 향을 머금은 거품으로 부드럽게 피부를 쓰다듬었다.

'깊이깊이 배어 들거라. 마법의 향기들아. 이제 곧 특종을 잡으러 갈 귀한 몸이시다.'

하얀 김이 욕실에 가득했다. 대기 속을 부유하는 미세한 수증기 입자들이 그녀의 살갗에 파인 땀구멍을 메웠다. 그녀의 피부가 고급 실크처럼 번들거렸다.

그녀는 타월로 머리를 감싸 올리고 욕실에서 나와 화장대 앞에 앉았다. 길쭉한 목, 척추를 따라 길게 파인 등을 거울로 비추어 보았다. 움직일 때마다 등 근육이 탄력 있게 반응했다. 그녀는 호텔 매점에서 구입한 고급 바디 로션을 쭉쭉 짜서 온몸에 문질러 발랐다.

'어떻게 할 작정이야?'

김경희가 김경희에게 물었다.

'가서 유혹할 거야?'

— 벌써 넘어왔잖아.

'진우는 어쩌고?'

— 진우 씨가 내 애인이라도 돼? 지금 그 사람 얘기가 왜 나와? 그리고 나 이혼녀야. 몰랐어?

'이혼녀는 아무에게나 들이대도 돼?'

— 이건 취재야. 취재하러 가는 거라고.

'원본 사진만 찍고 나올 거야? 밤 10시에?'

— 그럼 뭐, 같이 치맥이라도 할까? 밤 10시니까. 축구 경기 보면서?

'그거 좋겠다! 양념 반 후라이드 반으로 주문하고(싱가포

르에도 그런 게 있나?), 하이네켄 사 들고 가!'

— 좋은 생각이야! 오징어도 꼭 사 가야겠어.

똑똑똑, 문 두드리는 소리가 났다. 그녀가 가운을 걸쳐 입고 입구로 가서 문을 열었다.

호텔 종업원이 검은 드레스를 들고 서 있었다. 경희는 옷을 받아 들고 팁을 건넸다. 파티에 가는 것처럼 화려한 드레스는 아니었지만 특별한 날에 특별한 사람을 위해서 입는 옷처럼 고급스럽게 보였다.

옷을 입고 거울 앞에 섰다. 머리에 말아두었던 헤어롤을 풀었다. 풍성한 머릿결이 어깨 위로 탄력 있게 늘어졌다. 그리고 쌩긋 웃어보았다. 귀네스 펠트로처럼 생기 있으면서 우아한 여자가 거울 속에 서 있었다. 작은 핸드백을 들고 왼쪽으로 한 번, 오른쪽으로 한 번 몸을 움직여보았다.

'됐어. 작업복 세팅 끝!'

그녀가 객실 문을 열고 방을 나갔다. 저녁 9시 30분이었다.

잠시 후 그녀가 다시 방문을 열고 들어왔다. 맨발이었다. 신발도 신지 않은 맨다리.

"어쩐지 허전하더라니!"

그녀가 가방을 뒤져 검은색 스타킹을 꺼내 신었다. 그리고 12센티미터의 높은 힐을 신었다. 귀네스 펠트로만큼 키가 큰 여자가 거울 앞을 스치며 객실을 나갔다.

잠시 후 그녀가 다시 들어왔다. 그녀의 손이 화장대 위에 있던 휴대폰을 집어 들었다.

그녀는 나초 칩 한 팩과 하이네켄 병이 든 비닐봉지를 들고 호텔로 들어섰다.

로비에 서 있는 종업원들과 눈이 마주쳤다. 그곳을 드나드는 직업여성을 감시하는 눈들이었다. 그녀는 아주 지적으로, 교양 있는 웃음을 보여주었다. 그들은 금세 착한 표정을 지으며 그녀에게 눈인사를 건넸다.

김경희는 주로 발로 뛰어다니며 취재했다. 지금까지 자신이 만난 취재원들을 생각해보았다.

가정집 수조에서 인어를 보았다는 알코올 중독자, 자신이 예수의 13번째 환생이라던 사이비종교 교주, 우주의 기운을 통제한다는 무당, 혹은 보리밭에서 UFO를 만난 고등학생들…….

그녀는 삼류 잡지 기자였다. 아무리 발로 뛰어 취재를 해도 그녀의 기사는 신문 가판대 옆에 있는 스도쿠 잡지와 함께 팔렸다. 월간 〈파라노말 미스터리〉는 〈낱말 맞추기〉나 〈틀린 그림 찾기〉 잡지와 경쟁하는 수준이었다.

그런 그녀가 시카고 대학의 고고인류학과 교수를 인터뷰하는 것은 정말 꿈같은 일이었다. 더구나 그 교수는 1945년 나그함마디 문서의 발굴 이후 최대의 고고학적 성과라 할 수 있는 프라그마 도큐먼트의 발굴대장이다.

좀 더 옆으로 길게 터진 치마를 입고 올 걸 그랬나, 그녀는 자기 몸을 보며 그렇게 생각했다.

엘리베이터가 내려왔다. 안내원이 층을 물었다. 그녀가 객실 넘버를 말했다. 안내원이 버튼을 눌렀다. 엘리베이터는 아무런 진동 없이 부드럽게 움직였다. 딩 하고 고전적인 종소리를 내며 엘리베이터가 23층에서 멈추었다.

"편안한 밤 되십시오."

안내원이 상냥하게 말했다. 그리고 오른쪽을 손으로 가리켰다. 김경희가 쌩긋 인사하고 복도를 걸어갔다. 두꺼운 양탄자가 깔린 복도에서는 아무 소리도 들리지 않았다.

복도에는 박물관에서나 볼 수 있을 법한 빅토리아풍의 고급 콘솔이 몇 개 있었다. 그녀는 걷던 걸음을 멈추고 거울을 보며 머리를 매만졌다. 핸드백에서 립스틱을 꺼내 살짝 덧칠했다. 뽁뽁거리며 입술을 가볍게 튕겼다. 콘솔이 복도 쪽으로 약간 기운 게 보였다. 그녀가 콘솔을 벽으로 밀어 반듯하게 정렬했다.

2314호실, 그녀는 문 앞에서 숨을 한 번 깊게 들이마셨다.

똑똑.

빈센트 알토 교수는 어떤 옷차림을 하고 있을까. 아까처럼 멋진 슈트를 입고 있지는 않겠지. 옥스퍼드 풍의 가벼운 면바지에 체크무늬 남방을 입고 있을지도 몰라. 해리슨 포드처럼 순박하게 웃을지도.

똑똑.

안에서 반응이 없었다. 그녀가 다시 노크했다. 시계를 보았다. 10시 12분. 약속을 잊었나?

다시 문을 두드렸다. 그러다가 그녀는 문손잡이를 살짝 돌려보았다. 크리스털로 만든 동그란 손잡이가 돌아갔다. 문은 열려 있었다.

'잠시 어딜 나간 건가? 맥주 사러 갔나? 룸서비스가 있잖아?'

그녀는 문을 살짝 열었다. 문틈으로 머리를 넣었다. TV 소리가 들렸다. 복도에서 현관문을 열면 한 번 꺾이면서 실내로 들어가는 구조였다. 문 위에 매달린 사자 모양 조각이 그녀를 노려보았다. 들어갈까 말까, 그녀는 망설였다.

역시…… 삼류 잡지 기자에게 그런 행운이 올 리가 없다. 혹시나 문을 열고 들어갔는데, 일류 잡지 여기자와 키스하고 있는 모습을 본다면.

'그런 〈선데이 서울〉 같은 일이 벌어지면 곤란하지.'

그녀는 소리 나지 않게 문을 도로 닫았다.

등을 돌려 닫힌 문에 기댄 채 훅 하고 숨을 뱉었다. 긴장이 풀렸다. 12센티미터의 힐이 그녀를 보고 비웃었다. 손에 든 비닐봉지 안에서 하이네켄들이 낄낄거렸다. 70달러를 주고 빌린 검은 드레스가 상처 입은 새처럼 나풀거렸다.

그녀가 엘리베이터를 향해서 걸었다. 손바닥 두 개만큼 작은 핸드백이 무겁게 느껴졌다.

엘리베이터 문이 보이는 곳에도 콘솔이 놓여 있었다. 그것도 비뚤게. 5성급 호텔도 별거 없군. 그녀가 콘솔을 바로 놓았다. 그리고 거울을 보았다. 30대 초반의 이혼녀가 거울 속에 있었다.

'이진우한테 전화할까, 좀 간사하긴 하지만……'

갑자기 따뜻한 이진우가 보고 싶어졌다. 그녀가 콘솔의 거울을 보았다가 핸드백을 본 후, 엘리베이터를 보았다. 마음이 여러 갈래의 길을 더듬었다. 그리고 힘없는 손으로 콘솔을 쓰윽 문지르며 엘리베이터 쪽으로 몸을 돌렸다.

그때 그녀의 손끝에서 뭔가가 느껴졌다. 끈적이는 액체. 그녀가 손가락을 눈으로 가까이 가져갔다.

그것은 피였다. 붉게 끈적이며 말라붙은 피. 그녀의 눈이 흔들렸다. 좌우로 고개를 돌렸다. 문이 열려 있던 호텔 객실, 객실 문에서 엘리베이터 쪽으로 이어진 복도에 비뚤게 놓여 있던 콘솔들. 그리고 그중 하나에 묻어 있는 피.

그 순간 어떤 다급한 상황이 그녀의 머리에서 그려졌다. 누군가가 비틀거리며 엘리베이터로 걸어갔다. 그 사람은 세 개의 콘솔 중 두 개의 콘솔에 손을 짚었다. 몸에 힘을 주고 기대었을 것이다. 그래서 콘솔이 흔들린 것이다.

그녀가 2314호실 쪽으로 고개를 돌렸다. 그리고 빠른 걸음으로 뛰다시피 해서 그쪽으로 갔다. 통통거리며 두터운 양탄자를 밟는 소리가 났다. 20여 미터를 걸어왔을 뿐인데도 가슴이 쿵쾅거리고 뛰었다.

문 앞에 선 채로 그녀가 숨을 골랐다. 크리스털 손잡이에 손을 갖다 댔다.

딩.

엘리베이터 쪽에서 사람 소리가 들렸다. 나이 든 백인 남자 하나와 그의 아내쯤으로 보이는 늙은 백인 여자가 엘리베이터에서 내렸다. 여자는 다리가 불편해 보였다. 한쪽 다리를 끌면서 절었다. 나이 든 남자가 그녀를 부축해 김경희 쪽으로 걸어왔다.

나이 든 남자가 김경희를 향해 눈웃음을 보냈다. 엉큼한 사인이 담긴 눈이었다. 김경희가 두 사람을 향해 어색하게 웃어 보였다.

노부부는 2314호 바로 옆의 객실 문 앞에 섰다. 늙은 여자가 자기 가방을 뒤지면서 김경희를 힐끗 쳐다보았다.

김경희는 괜한 의심을 사는 것 같아 불편했다. 그녀가 자기 앞의 문고리를 잡고 돌렸다. 문을 열고 안으로 들어섰다. 들어가서는 안 될 곳으로 떠밀리는 사람처럼 힘겹게 발을 안으로 옮겼다. 들어서기 직전에 다시 노부부를 보았다. 남자가 김경희를 보고 윙크했다. '잘들 놀아봐.' 그런 눈빛이었다.

그녀가 다시 숨을 골랐다. 시계를 보았다. 10시 25분. 현관에서 안쪽으로 꺾이는 복도, 복도로 들어서자 커다랗게 켜놓은 TV 소리가 들렸다. 따뜻한 공기가 얼굴을 덮었다. 불안하게 붕 떠 있는 공기였다.

다시 꺾어지는 복도에서 거실이 나왔다. 거실은 난장판이었다. 치명적인 증오와 폭력이 휩쓸고 지나간 흔적들이 보였다. 사람의 몸뚱이가 부딪힌 것처럼 보이는 조각상, 깨진 조각상의 얼굴, 패브릭 소파에 묻은 피, 흩어진 옷가지들, 파괴하고 부수어놓은 집요한 강탈자의 손길이 거실 전체에 퍼져 있었다.

김경희는 얼굴이 파랗게 질려 온몸을 떨었다. 손에 들고 있던 비닐봉지가 바닥으로 떨어졌다. 철없는 하이네켄 병들이 봉지에서 빠져나와 데구루루 굴렀다.

"알토 교수님?"

아무 대답이 없었다. 거실 양쪽으로 문이 나 있었다. 똑같이 생긴 문. 하나는 침실 문일 것이고 다른 하나는 욕실일 것이다. 오른쪽과 왼쪽을 번갈아 쳐다보다가 그녀는 왼쪽 문을 향해 조심조심 걸어갔다. 방문을 열었다. 그곳은 침실이었다.

침실에도 분노와 격앙이 휩쓴 흔적들이 보였다. 'V. Altoe'라는 명판이 박힌 고급 가죽 가방이 바닥에 내동댕이쳐져 있었다. 누군가가 방을 뒤진 것이다.

'프라그마 도큐먼트?'

그녀는 직감했다. 그 정도 유물이라면 대단한 가치를 지닌 보물이다. 그녀 자신이 보물 사냥꾼이라 해도 탐냈을 것이다. 고대 유물의 경우, 그걸 발견한 사람이 임자다. 알토 교수 역시 사막 어딘가에서 그 유물을 발견하고서는 이집트 당국에 유물 발견 신고 절차를 거치지 않고 몰래 빼돌렸을 테니까.

그런 유물들은 불법 경매를 통해 고가에 팔려나간다. 알토 교수는 내일 기자 간담회를 열어 문서를 공개하겠다고 말했다. 그렇다면 원본을 어딘가에 감추어두었을 것이다. 이를테면 자신이 머무는 호텔 방 어딘가에.

'설마 아무런 보안 장치도 없는 이런 호텔 방에 그런 보물을 두었을 리가……'

그럴 리가 없지만 냉정한 손길이 휘저어놓은 흔적들은 그런 미심쩍은 의심을 수긍하게 만들었다. 난폭하게 방을 들락날락거리며 무언가를 찾기 위해 뒤진 흔적들이었다.

경찰에 신고해야겠다고 생각했지만 그 전에 알토 교수의 생사를 확인해야 한다는 생각이 더 급했다.

그녀는 이제 아무 생각 없이 범죄 현장을 가로지르며 반대편 문으로 갔다. 그곳 문을 열었다. 뜨거운 수증기가 확, 안에서 밖으로 밀려 나왔다. 샤워기에서 쏟아지는 물줄기가 뜨거운 김을 내뿜었다. 앞이 안 보일 만큼 수증기가 가득했다.

그녀가 손을 뻗어 더듬거리며 앞을 향해 걸어갔다. 세면대 아래쪽에 열려 있던 서랍에 다리를 부딪혔다. 무릎 살갗이 벗겨지는 느낌이 들었다. 하지만 아픔을 느낄 수 없었다. 그녀는 장님처럼 손을 뻗어 앞을 향해 걸었다. 겨우 수도꼭지를 찾아 물을 잠갔다.

사악한 악마의 입김처럼 하얗게 실내를 가득 채우던 수증기가 조금씩 걷혔다. 그녀가 욕조를 내려다보았다.

그곳을 보자마자 그녀는 소스라치게 놀란 표정으로, 지치고 무너지는 슬픔이 뒤섞인 눈으로 바닥을 보며 숨을 삼켰다. 그리고 다리에 힘이 풀려 그 자리에 주저앉았다. 끄응 하는 신음 소리를 손으로 입을 가려 막았다.

욕조에는 빈센트 알토 교수가 알몸으로 누워 있었다. 하얗게 눈을 위로 치켜 뜬 채, 혀가 10여 센티미터 정도 밖으로 나와 있었다. 고개가 뒤로 젖혀진 채로, 목에 핏기가 밴 가느다란 가로줄이 나 있었다.

김경희는 욕조 밖으로 뻗어 나와 자기 얼굴 앞에서 대롱거리는 알토 교수의 손가락을 보며 비로소 공포를 느꼈다. 그녀가 짧게 비명을 질렀다.

그 손가락은 살아 있던 사람의 흔적을 보여주는 유일한 징표였다. 그녀는 낮에 자신에게 우산을 씌워주던 멋진 중년 남자의 손을 기억했고, 에스프레소 잔을 돌리던 손도 기억했다. 그의 재치 있고 박식한 강연과 푸근하게 웃던 얼굴……

그녀는 비명을 지르며 거실로 뛰어나갔다. 그녀가 두리번거리며 호텔 전화기를 찾았다. 그때 그녀의 핸드백 안에 있는 휴대폰이 짧게 진동했다. 문자가 들어오는 신호였다.

'그 전에 빨리 신고부터 해야 해.'

다시 폰이 디릭디릭 하면서 떨렸다. 그녀가 백을 열어 폰을 들었다. 수십 개의 톡이 들어와 있었다. 고인아의 카톡.

[경희 언니, 거기 가지 마세요! 가면 안 돼요!]

경희가 욕실에 있던 시간부터 인아가 계속 톡을 날린 모양이다. 왜 지금까지 한 번도 확인하지 않았을까.

그녀가 톡을 넘겨보고 있을 때, 다시 메시지 하나가 들어왔다.

[언니, 뒤로 돌아보지 마세요!]

뭐? 김경희는 깜짝 놀랐다. 왠지 끔찍한 비극이 일어날 것 같은 느낌이 그녀를 사로잡았다. 그녀는 올무에 붙잡힌 짐승처럼 바들바들 떨었다. 뒤로 돌아보지 마세요, 뒤로 돌아보지 마세요, 카톡으로 들어온 메시지가 그녀의 머리에서 소리쳤다.

기태와 아이들이 수련회를 떠난 지 이틀째 되는 날이었고 다음 날 오전에는 고인돌 답사가 예정돼 있었다.

그녀가 뒤를 돌아보았다.

프라그마 3

남자가 빵을 들추고 머스타드와 케첩을 뿌렸다. 그가 눈동자를 가운데로 모아 주먹만큼 큰 햄버거를 바라보았다. 그리고 입을 쩍 벌려 한 입 베어 물었다.

키가 190센티미터에 가까운 남자는 하와이언 셔츠를 입고 있었다. 60세 정도, 자신의 몸에 대해서는 포기한 것 같았다. 허리에 찬 벨트가 사타구니 쪽으로 둥글게 처질 만큼 남자는 뚱뚱했다. 그가 우적거리는 소리를 내며 햄버거를 씹었다.

한 여자가 문을 열고 매장으로 들어왔다. 여자 역시 남자만큼 나이 들어 보였지만 그만큼 친근해 보이지는 않았다. 단순한 모양의 레이스가 달린 아이보리색 숄을 어깨에 걸치고 까만 바지를 입고 있었다. 뉴발란스 운동화를 신었다. 얼굴에는 주름이 가득했고 가만히 있어도 인상을 쓰고 있는 것처럼 보였다. 여자가 다가와 남자 맞은편에 앉았다.

"안젤라예요." 여자가 말했다.

"그렇군. 당신은 안젤라로군. 난 로스요. 좀 들 테요?"

남자의 입안에 든 빵과 고기에 혀가 짓눌렸다. 발음이 뭉개졌다. 그는 고개를 들지 않고 햄버거를 씹으면서 말했다.

"농담할 생각 없어요. 진지한 얘길 좀 해볼까요?"

"그러지."

여자가 까다로운 표정으로 말하자 남자가 손에 든 햄버거를 내려놓았다. 그가 손에 묻은 소스를 빨아 먹었다.

"어둠은 없어요. 빛의 결핍만 있을 뿐."

"고통은 없소. 머리에서 나올 뿐."

"형상은 거짓이에요."

"실체가 진실이지."

"주인은 없습니다."

"공허가 우리의 주인이지."

"선은 목적 없는 세계의 환상."

"사악한 거짓을 멀리하고 무한을 받아들여라."

두 사람은 신앙고백 같은 말을 주고받았다. 결의를 다지는 눈으로 여자가 남자를 바라보았다.

"됐어요."

"좋소."

두 사람이 대답을 주고받았다. 그들이 자리에서 일어났다.

빈센트 알토 교수는 해 질 녘에 호텔로 돌아왔다. 저녁 만찬과 몇 개의 파티를 물리쳤다. 그보다 더 중요한 일이 기다리고 있다. 저녁 6시 20분. 시간은 넉넉하다.

그렇지만 그는 조급했다. 엘리베이터가 올라갈수록 하나씩 커지는 숫자를 계속 쳐다보았다. 그리고 다시 시계를 보았다.

"객실에서 중요한 약속이라도 있으신가 보군요."

키가 크고 뚱뚱한 남자가 친근한 표정으로 알토 교수에게 농담을 던졌다.

"유리 구두를 깜빡했지 뭡니까?"

알토 교수가 그의 농담을 받았다. 안내원이 웃었다.

"23층?"

"네. 그쪽도?"

"인연이군요. 우린 관광차 싱가포르에 왔소. 난 로스 짐머라고 합니다. 이쪽은 내 아내……, 안젤리나."

옆에 있던 나이 든 여자가 인상을 잔뜩 쓰고서 알토 교수에게 까딱하며 목례했다. 알토 교수가 신사다운 제스처로 인사를 받았다.

"빈센트 알토입니다. 만나서 반갑습니다."

엘리베이터의 문이 열렸다. 노부부가 먼저 내리기까지 알토 교수가 기다렸다. 그들은 오른쪽으로 걸었다. 알토 교수도 그 뒤를 따라갔다.

그들은 2313호실의 문을 열었다.

"옆방이시군요. 그럼 다음에 또 뵙겠습니다."

알토가 인사하며 그들을 지나쳤다. 그는 2314호실의 문을 열었다. 안으로 들어서면서 옆을 슬쩍 보았다. 아까 그 남자가 애처로운 눈으로 알토에게 눈인사를 하며 자기들 방으로 들어갔다. '당신도 나이 들면 이 신세가 될 거요.' 그런 눈빛이었다.

내겐 그런 일이 없을 겁니다, 하는 눈으로 웃으며 알토가 남자의 눈을 보았다.

그는 마흔여섯의 싱글이다. 평생 즐기며 살자는 보헤미안의 습성은 죽을 때까지 변함없을 것이다. 그를 우러러보는 여자들이 이제 곧 줄을 설 것이다. 이를테면 섹시한 동양인 여기자 같은.

알토는 구두를 가지런히 정돈하고 거실로 들어섰다. 슈트를 벗어 옷장에 걸면서 그는 옷에 묻은 미세한 먼지들을 손으로 일일이 떼어냈다.

그는 침착하고 섬세한 사람이었다. 성급하게 일을 하는 법이 없었다. 그날 당장 '프라그마 도큐먼트'의 원본을 공개할 수도 있었지만 그렇게 하지 않았다. 하루 정도 뜸을 들일 필요가 있다.

수백 명의 기자들이 본사에 연락을 했을 것이다. 국장급 간부의 특별 취재 명령이 떨어진다. 그사이 수습기자들은 빈센트 알토의 논문과 저술들을 수집하고 요약할 것이다. 거물급 기자에게 요약본이 전달되면 그들은 밤새도록 그걸 읽으면서 인터뷰를 준비할 것이다.

'똥줄들 타겠군!'

그가 컴퓨터를 켜고 자신의 홈페이지를 열었다. 하루 방문자가 수만 명이었다. 반나절 사이에 벌써 그의 이름이 알려지기 시작했다.

시카고 대학교 주소로 돼 있는 메일함을 열었다.

"와우!"

그가 손뼉을 치며 환호했다. 뉴욕타임스와 워싱턴포스트 주소가 가장 먼저 눈에 들어왔다. 16군데의 주요 언론에서 인터뷰 요청 메일이 도착해 있었다.

어제까지 그는 지루한 학문 분야로 알려진 고고인류학계의 이름 없는 학자에 불과했다. 교수라고는 하지만 내년에 재임용 계약을 해야 하는 처지였다.

'이 정도 매체면 가산점을 받을 거야. 논문 발표도 준비가 거의 끝났고……. 〈사이언스〉에 실리기만 하면 논문 피인용도도 껑충 뛰겠지. 내년쯤에는 정년 보장도 가능할 거라고!'

그는 가방을 뒤져 만년필을 꺼냈다. 그리고 주요 언론사 몇 군데의 전화번호를 메모지에 적었다.

그러고 나서는 혼자서 축배를 들었다. 미리 주문해두었던 맥캘란을 열어 연거푸 두 잔을 마셨다. 숙소에 들어온 후 한 시간이 지났다. 그동안 그는 언론들의 반응을 검색해가며 매우 흥분했다.

사막의 모래 먼지를 뒤집어쓰며 개처럼 땅을 파헤친 세월이 10년이었다. 연구기금이 끊어지면서 발굴팀이 해체된 경우만 세 번. 은행 대출도 더 이상은 어려웠다. 그의 처절한 신용 이력은 곰팡이처럼 그의 삶을 갉아먹었다.

시계를 보았다. 7시 30분. 동양인 여기자가 올 때까지 목욕도 하고 몸을 좀 풀자. 그런데 참, 이름이 뭐였더라? 미스 킴은 기억나는데, 킴 뭐였지?

아무럼 어때! 그는 손바닥을 탁 치면서 흥겹게 일어나 TV를 켜고 욕실로 들어가 욕조에 물을 받기 시작했다.

그는 침실로 들어가 문을 닫았다. 그리고 침실용 의자를 끌어당겨 한쪽 구석으로 가져갔다. 의자 위에 발을 올리고 천장에 손을 짚었다. 환기구 덮개는 맞물림 방식으로 덮여 있었다. 덮개에 손을 대고 위로 힘을 주면서 이쪽저쪽으로 비틀었다. 텅 하면서 덮개가 열렸다. 덮개를 떼어내 바닥에 떨어트렸다. 환기구 안쪽으로 손을 뻗어 더듬었다.

알토는 보안 시설을 믿지 않았다. 최첨단 보안 장치가 달려 있는 루브르 박물관에서도 도난 사고가 일어나지 않았던가. 침실 한쪽 벽에 장식처럼 달려 있는 비밀금고는 허술하기 짝이 없다. 그렇다고 이걸 누구에게 맡겨둘 수도 없다. 수백만 달러가 든 돈 가방을 맡기는 게 말이 안 되는 것과 같은 이치다. 결국 알토는 이걸 자기 수중에 보관해야 한다고 결론지었다.

머리에서 가슴 쪽으로, 프라그마 도큐먼트를 품고 있는 꾸러미를 조심조심 내렸다. 의자에서 내려와 침대 위에 꾸러미를 올리고 끈을 풀었다. 세 개의 두루마리, 낡은 양피지 뭉치는 단단한 오동나무 심지에 말려 있었다.

"안녕, 자기야?"

자신의 보물에게 그가 인사했다.

이 원본을 당장에 경매에 내놓는다고 해도 가치가 수백만 달러는 될 것이다. 그 돈으로 평생 놀고먹을 수도 있겠지만 그러면 명예가 사라진다. 종신교수 임용을 조건으로 대학교 박물관에 기증하는 것도 나쁘지는 않겠다.

똑똑. 똑똑똑똑…….

현관문을 노크하는 소리가 들렸다. 작은 해머 소리가 빠른 템포로 이어졌다.

'벌써? 지금은 8시잖아?'

그는 꺼낸 순서를 거꾸로 하여 보물을 환기구에 집어넣었다. 침실 문을 열고 현관으로 가려다가 멈칫, 입고 있는 옷을 보았다. 호텔 로고가 찍힌 가운 안에는 팬티 한 장 걸치고 있지 않았다.

그는 신중한 사람이었지만 지금은 위스키를 두 잔이나 마신 후였다. 바깥 상황을 확인해야 한다는 생각도 없이 흥분하여 문을 열어젖혔다.

"미스 킴, 아직 10시가 안 됐는데……."

그가 문을 열자마자 커다란 손이 그의 얼굴을 덮었다.

안전 고리를 채우지도 않고 문을 연 것을 후회했지만 그 생각을 할 때쯤 그는 커다란 손에 머리채를 붙잡혀 방 안으로 끌려가고 있었다.

비명을 지르자 커다란 손이 주먹으로 변하여 그의 얼굴을 때렸다. 그가 현관을 향해 손을 뻗었다. 나이 든 여자가 현관문을 침착하게 닫는 게 보였다. 그녀는 문의 잠금장치를 모두 걸어 잠근 후 안전 고리까지 채웠다. 그리고 조용조용한 걸음으로 거실에 들어섰다.

"문서는 어디 있나?"

여자가 물었다. 알토는 기도가 꺾여 제대로 숨을 쉴 수 없었다. 그는 바닥에 엎어져 있었다. 두 손은 뒤로 돌아가 남자에게 붙들려 있었고 고개는 옆으로 돌아가 남자의 무릎 아래에 깔려 있었다. 그의 몸에서 유일하게 자유로운 부위는 눈동자였다. 알토는 눈동자를 이리저리 굴렸다. 턱이 무릎에 깔려 아무 말도 할 수 없었다.

커다란 주먹이 망치처럼 그의 얼굴을 때렸다. 한 번, 두 번, 세 번, 네 번, 눈과 코가 엉망이 되어 뭉개졌다.

"문서는 어디 있지?"

나이 든 여자의 다리가 보였다. 그녀는 아주 침착한 목소리로 물었다. 얼굴을 누르고 있던 무릎에서 약간 힘이 빠졌다.

"사, 살려⋯⋯."

펙펙, 남자의 주먹이 그의 옆구리를 갈겼다. 헉, 하며 숨이 막혔다.

"어디 있나?" 여자가 다시 물었다.

"즈으기, 즈으기⋯⋯."

일그러진 입으로 알토가 말했다. 그의 눈동자가 가리키는 방향을 따라 여자가 가방을 뒤지고 소지품을 어지럽혔다. 바닥으로 물건들이 나뒹굴었다. 노트북, 서류, 책, 그리고 만년필⋯⋯.

"시간을 끌려는 수작이군. 로스, 안 되겠어요."

알토와 남자 곁으로 다가온 여자가 그렇게 말하자 남자가 자기 바지 주머니를 뒤졌다. 손가락 끝에 강철선이 달려 나왔다. 그는 무릎으로 알토의 등을 누른 채 두 손 끝에 강철선을 쥐고 팽팽하게 잡아 당겼다.

그때 알토의 왼손이 남자의 무릎에서 풀려났다. 알토가 바닥에 떨어진 만년필을 손으로 잡았다. 팔을 돌려 회전력을 얻은 다음, 그 힘으로 옆에 선 여자의 허벅지에 만년필을 꽂아 넣었다.

여자가 짧고 가는 비명을 질렀다. 그녀는 몇 발자국 뒷걸음질 치다가 뒤로 넘어졌다. 1미터 높이의 큐피드 조각상 위로 여자의 몸뚱이가 쓰러졌다. 대리석 조각상이 박살났다.

남자가 망설임 없이 알토의 목에 강철선을 감았다. 여자가 바닥에 쓰러진 채 그만하라고 외쳤다. 하지만 남자는 여자의 말을 무시했다.

남자의 혀가 자기 아랫입술을 핥았다. 잘 열리지 않는 양념 병의 뚜껑을 열 때처럼 그의 입술이 벌어지고 일그러졌다.

알토의 사지가 허공에서 파르르 떨렸다.

마지막 순간, 빈센트 알토 교수는 깨진 조각상에서 떨어진 큐피드의 눈을 보았다. 대리석 조각의 텅 빈 하얀 눈동자가 무한을 응시하는 듯 알토를 노려보았다. 알토의 팔과 다리에서 힘이 풀렸다. 그의 사지가 몇 번 경련하더니 이내 움직임이 멈추었다.

남자가 일어서서 알토의 사체를 들쳐 업고 욕실로 들어갔다. 알토가 입고 있던 가운이 바닥으로 떨어졌다. 풍덩하며 알토의 몸이 욕조에 처박히는 소리가 났다.

"문서는 이 객실 안에 있어요."

욕실에서 걸어 나오는 남자에게 여자가 말했다.

"그 전에 당신 다리부터 어떻게 해야겠군. 동맥이 찢어졌으면 3분 안에 죽을 거야. 안젤리나."

"안젤라예요."

안젤라가 소파로 다리를 끌고 가서 앉았다. 패브릭 위로 피가 번졌다.

"3분이 지났는데 아직 죽지 않은 걸 보면 동맥은 아닌가 보군. 나가지. 난 수의사요. 솜하고 4인치 면봉, 과산화수소랑 재봉실이 필요하겠군. 그것들만 있으면 그 정도 출혈은 치료할 수 있어. 다 편의점에 파는 것들이지. 여긴 갔다 와서 처리하고."

"그가 말하기 전에 당신이 죽였어."

"상관없어. 문서는 여기 있을 거니까. 살려두면 거치적거리만 해."

그가 안젤라를 일으켜 세웠다. 꽉 깨물어 닫은 이빨 사이로 쓰린 신음이 배어나왔다.

[언니, 뒤로 돌아보지 마세요!]

인아의 카톡을 확인했을 때, 김경희는 미세한 공기의 변화를 느꼈다. 후텁지근한 열기가 등에서 느껴졌다. 그리고 햄버거 냄새를 맡았다. 그녀가 손에 들고 있는 스마트폰을 세게 말아 쥐었다.

김경희가 뒤를 돌아보았다. 뒤로 돌자마자 그녀가 폰을 휘둘렀다.

그녀의 폰은 삼성 갤럭시 시리즈다. 이 폰은 탄탄한 내구성과 튼튼한 마감재로 유명하다. 어찌나 튼튼한지, 이 폰의 장점을 소개한 미국의 소비자 리포트에 따르면 유사시에 망치 대용으로 적합하다는 평이 있을 정도였다.(실제 시범을 보이는 동영상도 유튜브에 올라와 있다. 못이 나무에 박힌다!) 혹은 위급할 때 무기로 활용할 수 있을 거라는 팁도 있다. 게다가 그녀는 그렇게 튼튼한 무기 겉면에 알루미늄 소재의 금속 커버를 씌워놓았다.

무기에 가까운 폰이 원심력을 받으며 호를 그렸다. 폰의 모서리가 뒤에 서 있던 나이 든 남자의 턱을 찢었다. 안면의 하악골을 감싸고 있던 살갗이 벗겨졌다. 그가 악 소리를 내며 고개를 숙였다.

이어 그녀의 무릎이 남자의 얼굴을 다시 한 번 올려쳤다. 남자가 코를 잡고 뒤로 자빠졌다. 그 뒤에 서 있는 여자가 자기 백을 뒤지는 게 보였다. 총을 꺼내는 동작 같았다.

그러기 전에 김경희가 닥치는 대로 물건을 집어 던졌다. 철없이 바닥을 뒹굴던 하이네켄 병도 여자에게 날아갔다. 그리고 노트북을 던졌다. 얇고 가벼운 맥북 에어가 빙글 회전하면서 날아가 여자의 눈을 때렸다. 나이 든 여자가 비명을 지르며 소파에 쓰러졌다.

김경희는 그 순간, 자신을 덮치려던 두 남녀가 좀 전에 옆방으로 들어가던 노부부라는 사실을 알았다.

자신에게 음탕한 눈빛을 보낸 뚱뚱한 남자의 머리를 맥캘란 병을 집어 들고 때렸다. 병이 박살나면서 그의 머리와 얼굴에 유리 조각이 박혔다. 남자는 그 자리에 쓰러져 기절했다.

김경희의 손에는 날카로운 날을 드러낸 병목이 남아 있었다. 그걸 들고 그녀가 옆으로 움직였다.

그녀는 소파와 바닥을 뒹굴고 있는 두 노인을 남겨두고 거실을 가로질러 뛰어갔다. 울음이 터져 나올 것 같았지만 꾹 참았다. 현관문까지 가는 길이 너무 멀게 느껴졌다.

그녀가 현관문의 잠금장치를 풀고 문을 열었을 때, 덜컹하며 안전 고리가 걸리는 소리가 들렸다. 다시 문을 닫았다. 안전 고리를 풀고 문손잡이를 잡았다.

"꼼짝 마!"

나이 든 여자의 목소리가 들렸다. 김경희가 고개만 살짝 옆으로 돌려 뒤를 보았다. 여자가 총을 손에 들고 그녀를 겨누었다.

여자의 오른쪽 눈알이 터진 것 같았다. 검게 파여 들어간 구멍에서 피가 솟구쳐 나왔다. 눈을 깜빡일 때마다 피가 배어 나왔다. 손이 심하게 떨렸고 언제라도 방아쇠를 당길 것처럼 보였다.

"문에서 떨어져!"

문은 안쪽으로 열리게 돼 있다. 겉은 나무로 마감돼 있지만 화재를 대비한 방화문이다. 여자가 들고 있는 권총은 상아 손잡이가 달린 호신용이다. 총알이 문을 뚫을 수 있을까? 여자와 김경희의 거리는 4미터 정도.

"어서!"

악랄한 마녀의 음성 같았다. 여자는 이미 심각한 부상을 입고 비틀거렸다. 게다가 여자는 환갑이 다 돼 보인다.

김경희가 문손잡이를 잡고 힘을 주었다. 문을 열어젖힘과 동시에 문이 안쪽으로 열리면서 회전축과 벽 사이에 공간을 만들었다. 그곳에 김경희가 몸을 숙이고 앉았다.

동시에 총소리가 났다. 탕! 처음 한 발이 터졌다. 총알이 문에 박히는 소리가 들렸다. 탄환은 문을 뚫지 못했다.

탕, 탕, 탕! 다시 세 발의 총성.

총성이 멈추고 걸음 소리가 들렸다. 여자가 이쪽으로 다가오고 있다. 바닥을 끄는 발소리가 들렸다. 김경희가 열어젖힌 문과 벽 사이의 공간에서 숨을 죽였다.

발소리가 문 뒤에서 멈추었다. 이쪽도 저쪽도 숨을 쉬지 않았다. 거리를 짐작할 수 없었다.

문을 밀었는데 여자가 문에서 떨어져 있다면 그녀는 당장 보호막을 잃는다. 남은 총알이 몸을 관통할 것이다. 여자가 문 앞에 있다면 문짝에 부딪혀 뒤로 자빠질 것이다.

"안젤리나!"

거실에서 남자의 목소리가 들렸다. 여자가 몸이 움직이는 소리가 들렸다. 소리는 문 바로 뒤에서 났다.

'지금이다!'

김경희가 세차게 문을 밀었다. 여자의 몸이 문에 부딪혔다. 여자가 쓰러졌다. 총이 바닥으로 떨어졌다. 김경희가 문을 돌아 복도로 나갔다. 그녀가 엘리베이터를 향해 뛰었다.

엘리베이터 앞에 도착하자마자 딩, 하고 엘리베이터 도착음이 들렸다. 문이 열렸다. 호텔 경비 세 명이 총을 들고 경계 자세를 취했다(총소리를 듣고 누군가 알린 것이다). 이쪽과 저쪽 모두 깜짝 놀라 뒤로 물러났다. 김경희는 엘리베이터 문 맞은 편 벽에 부딪힌 후 바닥에 주저앉았다. 그녀가 객실 방향을 가리켰다.

두 명의 경비들이 그쪽으로 소리 없이 걸었다. 한 명은 바닥에 앉아 있는 김경희에게 총을 겨누었다.

그들이 알토 교수의 방으로 들어가는 게 보였다. 몇 초 후, 안에서 두 번의 총성이 울렸다.

김경희는 바닥에 엎드려 귀를 막았다. 그녀에게 총을 겨누고 있던 경비가 객실을 향해 뛰어갔다. 무전 소리, 웅성거리는 소란이 들렸다. 김경희는 자리에서 일어나 그쪽으로 걸어갔다.

현관문을 지나 거실 쪽으로 갔을 때, 그녀는 처참한 광경을 목격했다.

나이 든 뚱뚱한 남자는 복부에 총을 맞아 쓰러져 있었고, 그가 안젤리나라고 부르던 여자는 입에서 뒤통수 쪽으로 관통한 총알구멍에서 피를 쏟으며 바닥에 엎어져 있었다. 그녀가 들고 있던 작은 총은 6.35mm 브레스키아. 6발들이 탄창에는 남은 총알이 없었다.

경비들이 김경희를 에워쌌다. 다급한 무전 소리가 객실을 가득 채웠다.

프라그마 4

"로스차일드 한솔 짐머. 62세. 캐나다 수의사. 여자는 58세.
안젤라…… 이건 뭐라고 읽어야 하지? 파구이?"

"안젤라 파조. 멕시코 사람들 성입니다."

"그렇군. 자네 생각에는 어떤가? 캐나다 수의사하고 멕시
코 가정부가 싱가포르까지 날아와 시카고 대학교 고고인류
학 교수를 목 졸라 죽인 이유가 뭔 것 같나? 저건 또 뭐야? 차
빼라고 해."

푸드 트럭 두 대가 화물 운반용 엘리베이터 앞으로 와서 주
차했다. 운전석의 형사가 차에서 내려 푸드 트럭 운전수들에
게 지시했다. 트럭이 시동을 걸어 굼뜨게 움직였다. 형사가 다

시 운전석에 올라탔다.

새벽 1시. 현장 감식을 끝낸 싱가포르 형사 두 명이 호텔 지하 주차장에서 대기 중이었다. 시신을 운반할 구급차도 있었다.

조수석에 앉아 있는 선임 형사가 크게 하품을 하며 말했다.

"한국인 여기자는 그렇다고 치지. 올림픽 출전 선수하고 여기자가 눈 맞는 거랑 비슷하지 않겠어? 학술대회 발표자와 여기자라……, 뭐 그렇고 그런 거지. 그 여자 옷 입은 거 봤어? 죽이더만!"

"네, 무슨 말씀이신지 압니다."

올림픽 선수촌의 분위기를 안다는 건지, 그 여자의 몸매를 봤다는 건지, 운전석의 젊은 형사는 흐리멍텅하게 대답했다.

"그런데 말이야. 확실하게 그런 느낌이 안 들더란 말이야."

"무슨 말씀이시죠?"

다시 젊은 형사가 물었다. 선임 형사는 지하 주차장의 어둠을 보며 혼자 말했다. 그는 젊은 형사의 리액션에 신경 쓰지 않았다.

"그냥 눈 맞아서 놀아나는 여자 같지가 않아. 뭔가 있어."

"여기자에게 혐의를 두고 계신 겁니까?"

"아니, 그렇진 않아. 워낙 확실하니까. 살인범 둘은 현장에서 자살했고, 여자는 살해현장을 최초로 목격한 증인이지. 여기저기 대사관에 그렇게 작성해서 넘겨. 빨리 끝내자고. 그래도 말이야……."

"네?"

"한번 물어나 볼까?"

"혐의점을 두고요?"

"아니. 그 여자 생긴 걸 다시 한 번 보고 싶어서 그래. 잘 빠졌잖아?"

엘리베이터가 지하로 내려왔다. 문이 열렸다. 구급대원들이 알토 교수의 시신을 들고 나왔다. 젊은 형사가 차에서 내려 시신이 실리는 걸 지켜보았다. 현장감식반 인원들은 모두 철수 중이었다.

선임 형사가 조수석에서 운전석 쪽으로 옮겨 탔다. 그가 시동을 걸었다. 시동 소리를 듣고 밖에 있던 젊은 형사가 차로 달려왔다.

그가 타자마자 차가 급하게 발진했다.

"영어 할 줄 아시오?"

형사가 물었다. 싱가포르 경시청 취조실.

"네." 그녀가 짧게 대답했다. 피곤한 얼굴로 한숨을 쉰 후, "이번이 다섯 번째예요." 눈의 초점을 형사에게 맞추어 그녀가 말했다.

"압니다."

"뭘요? 다섯 번째 증인신문조서라는 거요?"

"피곤하시다는 거."

"더워요. 에어컨 좀 켜주세요."

김경희는 취조실에 어울리지 않는 옷을 입고 있었다. 몸의 윤곽이 드러나는 걸 신경 쓰지도 않고 그녀가 다리를 바꾸어 꼬았다.

나이 든 형사가 눈짓하자 옆에 서 있던 젊은 형사가 리모컨을 눌렀다. 곰팡이 냄새가 실내로 퍼졌다. 새벽 1시 55분. 젊은 형사가 작은 소리로 하품을 했다.

"전 용의자가 아니에요. 한국 대사관에서 연락이 왔지만 제가 일부러 남아 있었어요. 도와드리려고. 전 지금 당장 이 방을 나갈 수 있어요. 이게 다섯 번째 증인 조서라면 지금 나갈 거예요."

"잘 알겠습니다. 형식적인 질문은 그만두죠."

형사가 등을 의자에 기대며 편안한 자세로 바꿔 앉았다.

"목격자든 누구든, 사건과 관련된 사람에게는 말하면 안 되는 게 있소. 목격자가 용의자가 될 수도 있으니까. 하지만 정보를 좀 드리죠. 남자는 캐나다 수의사이고 여자는 멕시코인 가정부요. 두 사람은 지금까지 한 번도 만나거나 관계를 가진 적이 없소. 그들은 여기 싱가포르에 와서 처음 만난 것 같소. 우리 추측으론 그렇소. 그들이 왜 빈센트 알토라는 미국인 교수를 살해했을 것 같소? 당신 생각을 듣고 싶군요. 솔직하게."

"증인 조서가 아니라 다행이군요. 말해줘서 고마워요. 살인자들에 대해. 전 두 가지 가능성이 있다고 봐요. 보물 사냥꾼이거나, 광신도거나."

"파나로마? 그걸 노리던 자들?"

"프라그마 도큐먼트. 경매에 부치면 수백만 달러를 받을 거예요."

"합리적인 추론이군. 그럼 광신도라고 본 이유는 뭐요?"

"눈빛. 그 여자의 눈빛을 봤어요. 제게 총을 겨누던……."

"어땠던가요?"

"공허했어요. 아무것도 바라는 게 없는 눈. 그저 자기가 해야 할 일을 하는 사람의 눈이었어요."

"이런 것도 말했나요? 증인 조서에서?"

"묻는 것에만 답하라더군요. 안 물었어요. 제 생각을."

"도큐먼트는 어디 있을까요?"

형사는 아무렇지도 않은 듯이 갑작스런 질문을 던졌다. 동시에 그의 눈이 날카롭게 빛났다. 등받이에 비스듬하게 기대 앉은 모습은 엉성해 보였지만 흐트러진 머리칼 사이로 드러난 눈은 매서웠다. 그는 순간적인 반응을 보고 있었다. 김경희는 그의 말에 주눅 들지 않았다.

"절 의심하시는군요."

패를 들킨 사람처럼 형사가 멋쩍게 웃었다.

"간혹 그런 경우가 있죠. 절도범들끼리 싸움이 붙어서 다투는 경우가…… 종종, 그런 경우가 있지요."

형사는 단어 하나하나에 힘을 주며 말했다.

뒤에 서 있던 젊은 형사가 매우 큰 깨우침을 얻은 사람처럼 경이로운 눈으로 선임 형사를 바라보았다. 주차장에서 주절 거렸던 선임의 말을 젊은 형사는 이해하지 못했다. 그는 정말로 그 여자의 몸매만 보고 있었다. 그런데 선배는 노련한 질문으로 핵심을 파고들어 여자의 심리를 들춰내려 했다. 그 예술적인 취조 기술에 그는 감탄했다. 그가 의심하는 눈으로 여기자를 위아래로 훑었다.

김경희는 두 사람의 시선을 받고서 심한 모멸감을 느꼈지만 딱히 할 말이 없었다. 거기서 자기가 아니라고 우긴다면 그들의 계산에 말려들 것만 같았다.

그녀는 외로웠다. 혼자서 하기에는 힘든 싸움이었다. 울고 싶었다. 손이 약간씩 떨렸다. 형사들과의 심리전에서 패배할 것만 같았다. 아차, 하는 사이에 공범으로 몰려 살인죄를 뒤집어쓰고 싱가포르의 감방에 갇히는 무서운 상상이 그녀의 머리를 사로잡았다.

똑똑.

아주 작은 소리로 누군가 문을 두드렸다. 그녀는 움찔했다. 하마터면 그 소리에 무언가를 말할 뻔했다. 난 아니에요, 하고 큰 소리로.

방에 있던 세 사람이 문을 돌아보았다. 젊은 형사가 문을 열었다. 작은 쪽지를 든 손이 쑥 들어왔다. 젊은 형사가 그걸 받아들고 펼쳐본 후 선임 형사에게 건넸다. 그 역시 쪽지를 내려다보았다. 그리고 말했다.

"당신……, 누군가 당신을 초대한 것 같소. 밖에서 차가 대기 중이라는군. 누군지는 밝히지 않았소. 이렇게만 쓰여 있군. 'Barley field in May.(5월의 보리밭.)' 나 같으면 가지 않겠소."

갑자기 김경희의 눈에서 섬광이 스쳤다.

5月의 보리밭. 그것은 너무도 확실한 사인이었다.

넌 여기 있을 이유가 없어, 넌 여기서 나가야 해, 5月의 보리밭을 아는 비밀스런 사람에게로. 살인과 음모가 뒤섞인 싱가포르 경시청의 어두운 방을 나서서 그보다 더한 어둠과 음모가 있는 곳으로 가야 해. 지금 당장.

그녀는 마치 자신이 살인을 공모한 사람인 것만 같았다. 그곳에 더 머물러 있으면 사악한 음모에 말려들 것 같았다.

그녀가 핸드백을 꽉 쥐고 자리에서 일어섰다.

"간혹 그런 경우가 있죠. 음탕한 형사가 손쉬운 상대를 골라 잡아먹는 경우가⋯⋯. 한국에서는 종종, 그런 경우가 있지요."

김경희가 또박거리면서 말했다. 형사가 어깨를 으쓱해 보였다.

"이틀 후에 출국하시지요? 조심해서 돌아가세요."

그녀의 등에 대고 형사가 서늘하게 말했다. 그녀가 문 앞에서 멈칫했지만 형사의 말꼬리를 자르며 문을 열고 나갔다.

그녀가 밖으로 나갈 때까지 그의 시선이 김경희의 허리를 쫓았다.

벤츠 한 대가 서 있었다.

'회장이 보낸 차일 것이다.'

김경희는 그 차를 보고 생각했다. 그녀가 경시청 로비 계단에 이르렀을 때, 운전석에서 정장 차림의 사내가 내렸다. 그녀가 계단을 내려가는 사이 그가 차를 돌아 상석 쪽에 와서 문을 열었다.

차 안은 어두웠다. 그 안에 누가 있는지 몰랐다. 그녀는 망설였다. 타든 안 타든 그건 당신 자유라고, 사내의 눈빛이 말했다.

차에 타면 그녀에게는 자유가 없을 것이다. 프라그마 도큐먼트를 찾던 자들이 보낸 차일 수도 있다. 돌아오지 못할 수도……. 조서실의 형사들은 두 번째 살인사건과 맞닥뜨리게 될지도 모른다.

문을 잡고 있는 사내는 미동도 하지 않았다. 그녀가 물어도 그는 대답하지 않을 것이다. 차 안의 어둠 속에서 시원한 바람이 새어 나왔다. 그녀가 차 속으로 몸을 넣었다.

은은한 LED 등이 켜졌다. 뒷좌석에는 아무도 없었다. 운전석과 조수석 사이에 검은 칸막이가 있었다. 차가 소리 없이 앞으로 나아갔다.

조수석 등받이의 모니터가 켜졌다. 검은 화면에 하얗고 동그란 원이 나타났다.

— 날 오즈(Oz)라 부르시오.

화면의 원이 떨리면서 말소리가 나왔다. 변조된 음성. 젊은 남성의 목소리였지만 말투는 약간 어눌했다.

"전 도로시겠군요."

김경희가 원을 보고 대답했다.

— 듣던 대로군.

"절 보고 계셨군요, 오즈……. 절 그노시스 컨퍼런스에 초대하셨죠?"

권력은 질문과 대답 사이에 존재한다. 대답을 쥐고 있는 자가 권력자다. 사로잡힌 자는 질문할 수밖에 없다. 여기가 어디죠, 당신은 누구요, 하는 식이다. 김경희는 묻고 싶은 것이 많았다.

— 물어보시오.

오즈가 말했다.

"당신이 알토 교수를 죽였나요?"

— 난 아니오.

"그럼 누구죠?"

— 콜렉터.

"그건, 그들은 누구죠?"

— 수집하는 자들.

"뭘 수집하죠, 그들은?"

— 진실.

"그건 모두가 찾는 것 아닌가요? 회장님, 아니 오즈 당신이나 저나."

— 당신의 진실과는 달라. 나의 진실과도 다르고. 그들이 찾는 것은 욕망이 없는 진실이오. 그게 뭔지 아시오?

"믿음?"

— 농담을 즐기시는군. 흠, 믿음이라……. 믿음은 진실과 무관하다는 걸 잘 알 텐데…… 도로시?

"감추어진 진실은 권력을 원하지 않나요, 오즈?"

— 기도를 좀 더 많이 해야겠군. 당신 스스로의 믿음을 깨트리려면. 내가 사람을 잘못 본 것 같군.

그 말이 끝나자 차가 멈추었다. 김경희가 차에 올라탄 지 5분도 지나지 않았다. 그녀는 버림받는 느낌이 들었다.

"욕망이 없는 진실은……." 그녀의 말에 화면 속의 하얀 원이 미세하게 떨렸다. "진실 그 자체를 말하는 건가요?"

다시 차가 앞으로 나아가기 시작했다. 오즈가 말을 이었다.

— 사람들이 추구하는 진실은 의지를 가지고 있어. 나타나려는 의지. '희망, 꿈, 선(善), 정의……' 우린 그렇게 부르지. 밖으로 드러난 진실들 말이야. 콜렉터들은 그런 것엔 관심 없어. 그들은 뼈 같은 진실을 찾고 있어. 욕망 없는 진실. 이렇게 생각해보지. 어딘가에 아주 날카로운 칼이 있어. 칼 자체는 아무 의지가 없어. 고기를 썰거나 살갗을 벗기거나 정의를 지키거나 혁명을 일으킬 생각도 없어. 칼이 존재하기 위해 전쟁이 필요하진 않아. 그들은 순수한 칼을 원하지. 아무 의지가 없는.

"그들은 광신도인가요?"

— 당신은 어느 쪽인가? 믿는 쪽 아니면 의심하는 쪽?

"그 둘은 같은 것이죠."

— 이제야 말이 통하는군. 믿음에 이르는 단 하나의 길은 의심이야. 콜렉터들은 진실을 의심함으로써 믿음에 이른 자들이지.

"어떻게 찾을 수 있죠, 콜렉터들은?"

— 찾을 수 없어. 점조직으로 움직이기 때문에 실체가 없어. 끊임없이 떠돌아다니는 정보만 있을 뿐. 그 정보들을 통해 자신이 해야 할 일을 확인하지. 믿음이 없는 신실한 종교집단이랄까. 그들은 우편으로만 연결되는 네트워크를 가지고 있

소. 18세기 영국의 전신국에서 시작된 것으로 알려져 있고. 프리메이슨 같은 우스갯소리는 꺼내지 마시오. 비교도 안 될 만큼 깊어, 그들은. 한 사람이 서른 개 정도의 네트워크를 가지고 있지. 여기저기에서 수집한 정보를 편지에 적어 자신이 가진 주소로 발송해. 그러면서 네트워크가 확대되고 정보가 확산되는 거야. 규모가 어느 정도인지, 누가 그들을 이끌고 있는지, 파악이 안 돼. 이들의 네트워크는 인터넷보다 속도가 더 빠르다고 알려져 있어. 그들은 결코 인터넷을 이용하는 법이 없어. 경전도 없고. 아무런 실체가 없지. 그냥 어딘가에서 평범하게 살아가는 이웃들. 그들의 마음이 곧 그 조직의 교리고 실체요.

"뭘 하려는 거죠? 그 '진실'을 가지고?"

— 의식의 진화.

"잘 모르겠어요."

— 생명은 아주 단순한 법칙을 따르지. '생명 게임(Game of Life)'*을 아시오?

---

* 콘웨이의 생명 게임(Conway's Game of Life)이라고도 한다. 영국의 수학자 존 호턴 콘웨이는 바둑 무늬 격자에 매우 단순한 법칙을 가지고 삶과 죽음(on/off)을 반복하는 세포 게임을 구상했다. 세포들의 생존 규칙은 단순하지만 이 가상의 세포가 만들어내는 패턴은 무한하다. 컴퓨터 과학자들은 이를 응용하여 인공 지능의 기초를 설계했다.

"존……(누구였더라?)."

— 존 호턴 콘웨이. 케임브리지의 수학자. 그는 세 가지의 법칙만으로 무한증식과 진화가 가능한 가상의 생명체를 고 안했소. 그거하고 비슷해. 콜렉터들은 아주 단순한 법칙을 따 르고 있소. 그 법칙을 따라 그들의 생각과 마음이 증식되고 자라나는 것이오.

"무슨 법칙이죠?"

— 허무와 무한. 아주 단순한 게임이야. 이 세계에 목적이 없다면 존재는 소멸하지. 무한한 소멸이 목적이라면 세계는 끝없이 생성될 수 있어. 그리고 다시 목적 없는 세계는 소멸하 고……. 밤새도록 해봐. 미쳐버리고 말 거야.

"그것이 사람을 죽이는 동기가 되나요?"

— 이렇게 생각해보지. 어느 날 갑자기 이 세계가 전부 거 짓이라는 걸 알게 되었다면 당신은 어떻게 할 것 같소?

"자살하겠죠."

— 혹은 파괴하거나. 그들은 우리 세계의 믿음을 버린 자들 이오. 우리 세계가 만든 정신의 모델을 버렸소. 그들은 우리 가 상상하기 어려운 세계를 파악하고 있소. 그러니까 그들은 의심하는 자들이면서 동시에 믿는 자들이오.

"그들은 뭘 찾고 있죠? UFO?"

— 그게 그렇게 가치 있는 건지 모르겠군.

"그럼 어떤 게 가치 있는 거죠?"

— 메시지.

"단지……?"

— 그렇게 간단한 문제가 아니오. 당신이 누군가와 사랑에 빠졌다고 칩시다. 무엇이 가장 중요할 것 같소?

"그의 영혼?"

— 메시지가 곧 영혼이오. UFO는 껍데기에 불과해. 벤츠와 UFO가 무슨 차이가 있을 것 같아? 둘 다 깡통이나 다를 바 없어. 그걸 찾았다 한들 그게 왜? 그걸로 뭘 하려고? 중요한 것은 그들의 메시지야. 거기 담겨 있는 혼.

"콜렉터들은 여기에 있나요?"

— 도처에.

"오즈, 당신도 콜렉터인가요?"

— 어떤 의미에서는 그렇지. 당신도 그렇고. 우린 모두 콜렉터야. 진실을 원하지.

"아이들은, 왜 아이들에게 능력이 생겼죠?"

— 메시지의 일부일 거요.

"그들이 아이들을 데려갈까요?"

— 그들이 선택한다면 언제든 데려가거나 제거할 수 있소.

지금은 메시지를 읽고 있는 거지. 어떤 정보가 담겨 있는지를. 콜렉터는 메시지에 개입하지 않소. 다만 수집할 뿐이지.

"왜 저에게 이런 얘기를 들려주시는 거죠?"

— 위험에 처했으니까. 약간의 선행을 베푸는 거요. 난 이제 살날이 얼마 남지 않았소. 도로시, 당신은 노이즈를 발생시켰소. 메시지 수신을 방해한 거지. 지금쯤이면…… 콜렉터들 대부분이 당신을 알고 있을 거요. 당신의 아이들도.

"죽게 되나요? 우리 모두?"

— 그건 콜렉터들의 의식이 어떻게 진화하느냐에 달렸소. 아무도 모르오. 어떻게 될지. 존재하는 것은 메시지요. 콜렉터가 찾는 것은 당신 혹은 고등학생들이 아니라 '그들의 메시지(Message of the Others)'일 뿐.

"당신과 다시 연락할 수 있나요, 오즈?"

— 다 왔군.

그 말과 함께 실내의 부드러운 진동이 멈추었다. 김경희가 차창을 보았다. 다시 화면을 보았을 때, 동그란 원은 화면에서 사라지고 없었다. 차의 문이 자동으로 열렸다. 그녀가 차에서 내렸다. 차가 떠났다.

그녀는 허무한 바람이 부는 새벽의 보도를 걸었다. 서너

개, 유혹의 눈빛이 그녀를 쫓았다. 겁이 났다. 호텔을 향해 뛰었다. 도처에 도사리고 있는 눈들이 그녀를 쫓았다.

회장임이 틀림없다. '오즈'가 그녀를 편집증의 세계로 초대한 셈이다. 숨쉬기 힘든 위협의 공포가 그녀를 사로잡았다. 도저히 객실로 들어갈 수가 없었다.

문을 열었는데 그들이 있다면? 커다란 손이 그녀의 얼굴을 덮치고 이길 수 없는 힘으로 밀어붙인다면? 어딘가에 숨어 있다가 가장 연약한 순간에 갑자기 나타난다면? 소리 없는 눈동자, 숨어 있는 숨결, 떨리는 커튼, 미세한 소리…… 모든 것이 공포로 다가왔다.

욕조에 누워 있던 빈센트 알토의 모습이 스쳤다. 전등을 모조리 다 켜고 TV 볼륨을 올렸다. 화장대 앞에 앉아 떨리는 손으로 얼굴을 만졌다. 땀으로 젖은 얼굴이 끈적거렸다.

폰을 열었다. 수십 개의 톡이 들어와 있었다. 모든 메시지를 무시하고 그녀의 영혼을 사로잡는 단 하나의 메시지를 열었다.

[싱가포르 편의점에도 마른오징어 파는지 모르겠네. 오징어 중독자 경희 씨, 오늘은 몇 마리나 잡아먹었어요?^^]

진우의 싱거운 문자. 갑자기 김경희가 무너지기 시작했다. 얼굴이 일그러지고 어깨가 들썩거렸다. 힘겹게 몇 마디, 문자를 찍어 보냈다.

[보고 싶어요 진우 씨...]

새벽 4시. 그는 자고 있을 것이다, 하고 생각한 순간 폰이 울렸다. 그녀가 얼른 '통화'를 눌렀다.

엉, 엉, 어어어, 엉……. 전화를 들자마자 그녀가 바보처럼 울었다.

진우는 지금까지 한 번도 그런 울음소리를 들어본 적이 없었다. 김경희 기자는 단단하고 꽉 찬 여자였다. 스피커에서 소 울음소리가 들렸을 때 진우는 폰을 떼고 수신자의 이름을 다시 확인해야 했다.

"경희 씨, 왜? 왜 그래요?"

— 엉, 엉, 엉엉엉…….

다시 그녀가 아이처럼 울었다.

"경희 씨, 괜찮아요?"

진우가 물었다. 울음이 잔뜩 묻은 발음 사이로 알아들을 수 있는 몇 마디 말이 계속 반복되었다.

— 보고 싶어요, 진우 씨, 보고 싶어요, 보고 싶어요…….

진우는 아무 말도 생각나지 않았다. 그러다 문득, 한마디가 떠올랐다. 그것은 아주 단순했지만 그의 혼을 가장 잘 담은 말이었다.

"저도요."

다시 통곡에 가까운 울음소리가 들렸다.

프라그마 5

오현미 선생. 건강한 서른세 살의 노처녀. 고인돌 안에 들어
가 온갖 교태를 부리며 독사진을 찍다가 귀신에 씐 그녀. 그녀
는 어찌 되었을까?

짐작했겠지만 그것은 변기태가 보여준 프라그마 능력 때문
에 빚어진 불행이었다. 하지만 아무도 몰랐다. 왜 그녀가 자꾸
헛소리를 지껄여대는지.

목격자들의 증언을 들어보자.

사건의 인과관계가 매우 복잡하므로 월간 〈파라노말 미스
터리〉에서 제작한 특별 동영상을 참조하기로 한다. 이 영상은
유튜브에서 확인할 수 있다.

인터뷰 영상 1 이화여대 목동병원 정신과 전문의 최○○ 과장

수요일 오후 5시 20분경에 제가 첫 진료를 봤던 걸로 기억합니다.
33세의 미혼 여성 환자였어요. 혈압이나 체온, 외상 유무를 먼저 판단했고
특별한 이상은 없었어요. 그런데 국부 감각 마비, 히스테리성 운동 마비로 인
한 가벼운 발작 증세가 있는 것 같더군요.

이게 무슨 말인가 하면, 안면 근육이 씰룩거리는 건데, 환자가 자기 살갗을 자
꾸만 꼬집는 거예요. 내 살 같지가 않다면서. 연극을 하는 게 아닌가 싶을 만
큼 어색한 동작들이 일부 보였어요. 심전도 검사도 다 정상으로 나왔는데, 마
치 버릇처럼 어눌하게 행동하더군요.

특이한 건 그녀의 말이었습니다. 정신질환자들의 경우 말이 진단의 중요한
수단입니다. 그런데 그 목소리가……. 목구멍에서 어떤 덩어리 같은 게 커졌
다가 작아지는 증상이 확인되었어요. 일반적인 부종과는 다른 성대 근육의
이완과 팽창으로 인한 음성 변화가 나타났지요. 정상적인 30대 초반의 여성
목소리로 말하다가 70대 노파의 목소리로 변하기도 했어요.

불안, 흥분, 공격성이 지속되고 있는 상태였고 안정제 투여 후에 몇 시간 정도
진정 국면이 찾아왔습니다.

매우 특이한 최면 히스테리(*Hypnoidhysterie*)의 일종으로 보였습니다. 보
다 일반적인 비의학적 소견으로 말하자면 '빙의'가 의심되었죠.

환자는 스스로를 70대의 여성 노인으로 자각하였다가 순간적으로 환자 본
인의 의식을 자각하는 등 정체 혼동 상태에서 발작적 발화 및 발성을 지속하
고 있었어요. (입원실이 떠나가라 소리 지르고 간호사들 머리끄덩이 잡고……

아휴, 난리도 아니었죠. 웬 여자가 힘이 그렇게 센지…….)

우리 쪽에서는 안정제를 투여하는 것 말고는 딱히 할 수 있는 게 없더군요.

인터뷰 영상 2 오○○ 씨. 환자의 아버지

그날 난 술을 먹지 않았어. 맹세하지. 그 전날에도.

연락받고 바로 병원으로 달려갔어. 처음엔 쟤가 술 먹고 저러나 했어. 우리 집 안엔 주사가 좀 있거든. 집안 내력이야. 딸아이(오 선생)도 술을 잘 먹었어. 학교 다닐 때는 일주일에 닷새 정도는 술을 먹고 들어왔다니까. 그러니 저년이 또 술 처먹고 저러나 했지. 학교에서 수련회를 갔으니까 전날 먹은 술이 덜 깨서 그런가 보다 하고.

의사가 최면 히스테리 어쩌고 하기에 내가 물었어. 혹시 노처녀 히스테리 같은 거냐고. 의사가 웃으면서 그런 건 없다고 하더군. 한참 동안 의사하고 얘기했어. 딸애 어린 시절, 가족 관계, 친구 관계, 성격, 최근 몇 달 사이에 있었던 일들. 특별한 게 없었어. 요새 들어 좀 신경질을 자주 부리곤 했지만 과년한 딸하고 부모 관계가 그렇잖겠어? 어떤 말을 하든지 시집가라는 말로 이어지고 그러면 딸이 또 신경질 내고 말이야.

자기가 전북 고창에 사는 일흔한 살의 김—— 할머니라고 말할 때는 정말 하늘이 무너지는 것 같았어. 어떻게 키운 딸인데……. 사립학교 선생 하라고 3천만 원 정도 뒷돈도 대주고 그랬어. 아무 일 없이 선생질 하면서 잘 살다가 갑자기 귀신 들린 사람처럼 할머니 목소리로 말하고 하니까 억장이 무너졌지. 딸애 엄마는 아예 실신을 했어.

그때 저녁 8시쯤이었는데, 이 선생인가 하는 동료 교사가 병원으로 찾아왔어.

인터뷰 영상 3 이○○ 씨. ㅅ고등학교 과학 교사

그 일이 일어났을 때 전 마산에 있었어요. 어떤 학생 아버지가 실종됐는데 그분 행적을 알아보려고 가 있었어요. 점심 먹고 있을 때 –– 전화를 받았어요. 맞아요. 보리밭 사건과 관련된 학생이죠. 오 선생님이 좀 이상하다고 그러더군요. 어떻게 이상하냐고 물었더니 귀신 들린 사람 같다고 그러는 거예요. 아이 말이, 자기가 그렇게 만든 것 같다고 하더군요. 무슨 말도 안 되는 얘기냐고 묻고 싶었지만, 곰곰이 생각해보니 최근에 겪었던 일 전부가 말도 안 되는 얘기더군요. 그렇죠. 초능력 사건들…….

––는 고인돌 주변에서 어떤 기운을 느꼈다고 했어요. 마치 방해 전파를 받는 TV 화면처럼 주변이 일그러져 보였다고 했어요. 오 선생님 사진을 찍어주려고 가까이 다가갔는데 그 일렁거림이 더 심해지면서 선생님이 그 자리에서 쓰러졌다, 얼마 후에 깨어나서는 할머니 목소리로 말하더라, 이러는 겁니다. 제가 물었죠. ––야, 넌 왜 그게 네 탓이라고 생각하니?

그 아이가 그랬어요. 잘은 모르겠지만 자기 몸에서 나온 전자파 때문에 오 선생님 몸에 다른 사람 영혼이 들어간 것 같다.

다시 말도 안 되는 소리 한다고 하려다가 일단 올라가서 보자, 하고 전화를 끊고 김경희 기자에게 전화를 걸었어요. 그리고…….

인터뷰 영상 4 김경희. 본지 취재부 기자

전 그때 싱가포르에 있었어요. 그 전날 좀 골치 아픈 일이 있었어요. 새벽까지 잠을 설쳤죠. 이 선생님 전화 받고 깜짝 놀랐어요.

그건 분명히 프라그마 현상이에요. 전날 그노시스 컨퍼런스에서, 지금은 고인이 된 한 학자가 발표한 주제였죠. 프라그마 가설에서는 인간의 영혼을 전자파 형태의 물질로 보고 있어요. 프라그마 능력을 가진 사람들은 전자파의 형태를 그림으로 그리거나 전자파에 영향을 줄 수 있어요.

제 생각에는 그 학생, ––가 프라그마 능력을 가진 것 같아요. 제가 당장 –– 한테 전화를 걸어서 말했죠. 그때 네가 고인돌 앞에서 느낀 전자파의 파동을 그림으로 그릴 수 있겠느냐고. 한참 생각하더니 잠시 후에 전화하겠다면서 전화를 끊었어요. 그리고 그걸 그려서 사진으로 찍어 제게 보냈어요.

질문 그 그림이군요. 그 유명한 프라그마 그림?

맞아요. 지금은 아주 유명해졌죠. 가운데에 고인돌을 그리고 그 주변으로 전자장의 흐름을 그렸어요. 그건 기억에 의존해서 그린 게 아니라 ――의 뇌에 각인된 전자장 지도를 따라 그린 게 확실해요. 두 번, 세 번, 계속해서 그림을 보내왔는데 똑같은 걸 그렸더라고요. 심지어 전자장의 흐름을 표시하는 선들의 위치까지 똑같았어요. 기억에 의존했다면 그렇게 그릴 수 없죠.

질문 그런데 그 학생의 그림을 어떻게 다른 그림과 연관시킬 생각을 하셨죠?

그건 기자님도 보면 알 수 있었을 거예요. 딱 보면 그것밖에 안 떠오를 거예요. 그 그림을 한 번이라도 본 적이 있다면 ――의 그림이 그 그림과 정확하게 일치한다는 걸 금방 알 수 있을 테니까.

질문 그 그림이 전자파의 흐름을 표현한, 일종의 전자장 지도라고 주장한 이후, 인터넷에서 난리가 났었죠. 아시죠?

알다마다요. 후손들이 고소하겠다고 협박까지 했으니까.

질문 그러니까 ―― 학생이 그린 그림과 추사 김정희의 <세한도>가 정확하게 일치했다는 거지요?

세한도를 잘 보면 가운데 이상한 모양의 집이 하나 있어요. 집이라고 하기에는 너무 단순해요. 그리고 집 가운데 동그란 구멍을 그려 넣었어요. 아무리 소나무 위주의 그림이라고 해도 동그란 문을 가진 집은 이상하지 않나요? 그건 북방식 고인돌과 같습니다. 러시아에서 발견되는 고인돌이죠. 고인돌을 그린 것으로 추정되는 집 주변으로 미세한 선화를 통해 표현한 소나무가 네 그루 서 있어요. 잘 보시면 소나무의 선들이 미묘한 움직임을 표현한 것처럼 보여요. 오른쪽에 있는 두 그루 나무는 사실적인 묘사에 가까워요. 나무의 썩은 옹이까지 표현돼 있죠. 그런데 왼쪽의 두 그루 나무는, 보시면 아시겠지만 일반적인 소나무로 보이지 않아요. 정말 마치 전파의 파동을 그림으로 그려 놓은 것 같아요. 바로 프라그마죠. —— 학생의 그림도 그것과 똑같았어요. 물론 그 아이는…… 교양이 좀 부족해서…… 세한도를 한 번도 본 적이 없어요.

질문 근거가 있나요? 그 소나무 그림이 프라그마의 형태일 거라는?

그 후 여러 조사에 의해 밝혀진 바에 따르면, 추사가 태어나고 자란 충청남도 예산군 신암면 근처에도 고인돌이 많아요. 현재 추사 고택에서 가장 가까운 고인돌까지 거리는 직선거리로 10여 킬로미터, 걸어서 두세 시간 정도 거리에 예당저수지가 있어요. 거기에 고인돌이 있죠. 그곳 지명이 예산군 응봉면 지석리, 우리말로는 '고인돌골'이라고 해요. 추사가 어린 시절을 보내면서 고인돌 근처로 놀러 가지 않았다면 오히려 그게 이상한 거 아닐까요?

질문 그러니까 추사 선생도 그 능력을 가지고 있었다 그 말씀이시군요. 프라그마 능력?

그렇죠.

인터뷰 영상5 변○○(가명) 학생. ㅅ고등학교 1학년

그 일이 있기 이틀 전에 선생님의 도플갱어를 봤어요. 그때는 그 생각을 못했는데 선생님이 다른 사람의 목소리로 얘길 하는 걸 보고 확신했어요.

질문 고인돌 근처에서 그 기운을 느꼈나요, 아니면 고인돌 자체에서 나왔나요?

둘 다인 것 같아요. 확실한 건 고인돌 가까이 갈수록 힘이 더 강하게 느껴졌다는 거예요. 지금 와서 드는 생각인데, 제가 선생님과 떨어져 있었기 때문에 다행이었어요. 더 가까이 다가갔었다면……, 어떻게 됐을지 몰라요.

질문 어떻게라면?

돌아가셨을 수도 있겠죠.

질문 그만큼 강했나요?

어떻게 표현해야 할지 잘 모르겠는데, 공간이 출렁거렸어요. 파도처럼. 바람 같은 게 느껴지기도 했고요. 꼭 젤리 속을 걷는 것처럼 답답했어요.

질문 전자장에 일정한 패턴이나 방향이 있었나요?

그게……, 그래서 나중에 문제가 터졌죠. 전, 아마도 제 생각에는 제가 전자 장을 일으킬 수는 있어도 그걸 통제할 수는 없는 것 같아요. 그래서 제 친구가 필요했던 거죠.

질문 노래하는 친구요?

맞아요.

인터뷰 영상 6 우○○(가명) 학생. ㅅ고등학교 1학년

밤늦은 시간에 어딜 간다고 하면 부모님이 허락하지 않아요. 얼마 전에 보리 밭 사건이 있어서 더 그래요. 그래서 친구 집에서 자고 간다고 그랬어요. 경희 언니가 전화해서 제가 필요하다고 했어요. 네가 없으면 안 된다고. 오ㅡ ㅡ 선생님은 돌아오지 못할 수도 있다고 그랬어요. 전 방법이 없다고 그랬죠. 고ㅡㅡ는 제 베프인데, 걔가 옆에서 우리 집에 잔다고 그래, 그랬어요. 고ㅡㅡ네 가족들하고 우리 가족은 모두 친하니까 아빠엄마가 허락하셨죠. 과학 쌤 차로 다시 강화도로 갔어요. 밤에 12시에……

인터뷰 영상 7 판소리 전수관 관장. 전북 고창.

『지묘석지승람(支墓石地勝覽)』이라는 책이 있어. 언제 작성된 건지는 모르겠는데, 6대조 할배 이름이 거기 나와 있는 거 보면 대략 고려 땐 거 같아.

이게 뭐냐면 팔도에 있는 고인돌 위치를 표시해논 거야. 우리는 다 알고 있었지. 그게 고인돌 지도라는 거. 그런데 사람들이 안 믿어. 그냥 조상들 무덤 자리라는 거야. 웬 시답잖은 역사학자한테 그걸 보여줬더니 민간 풍수 서적이라고 그러더라고. 거들떠도 안 봐.

그 할멈(향토 사학자 김-- 할머니) 아들놈이 찾아왔어. 급하다고 하면서. 자세한 건 말 안 하고 어머니가 아프다는 거야. 고인돌하고 관련된 자료가 있느냐고 그러기에 그 책을 내줬지. 사진으로 찍어가지고 어디로 보내더라고. 그러고는 그러더라고. 관장님, 오늘 밤에 고인돌 제사를 다시 지내줄 수 있겠습니까 하고. 그래서 내가 물었지. 왜, 어머니 때문에 그러느냐, 그랬더니 이놈이 솔방울만 한 눈물을 뚝뚝 흘리면서, 말이 안 되지만 지금은 그 길밖에 없는 것 같다, 그러는 거야. 그길로 전화 돌려가지고 제장들 다 불러 모았어. 무슨 일인지는 모르겠지만 오늘 밤에 지석묘제를 올려야 할 것 같다, 밤 12시에. 우리도 그런 일은 첨이라 무슨 일인가 했지. 참말로…… 지금도 고인돌 앞에 가믄 허리를 숙인다니까. 무섭고 또 놀라워…….

인터뷰 영상 8 김경희. 본지 취재부 기자

자료를 있는 대로 모아서 컨퍼런스 회의장으로 달려갔어요. 회의 마지막 날이었죠. 오즈는 저한테 연락할 방법을 알려주지 않았어요. 그래서 다짜고짜 직위가 높은 스태프에게 가서 자료를 던졌죠. 지금 당장 회장에게 전화해서 한마디만 해달라. '도로시가 오즈를 만나고 싶어 해요!'

그 스태프는 마치 그런 일에 익숙한 사람처럼 행동했어요. 제 얘기를 아주 신중하게 듣더니 나중에 연락 주겠다고 하더군요. 한 시간 뒤에 차를 보내왔어요. 차 안에서 전용 전화로 회장과 얘기를 나누었죠. 저보다 더 관심이 많더군요. 생각해보면 그래요. 자신은 지금 당장 죽을병에 걸렸는데 젊은 사람 몸으로 영혼을 옮길 방법을 찾은 거니까 구미가 당겼겠죠.

소울 시프트(Soul Shift). 그는 그렇게 말했어요. 영혼의 전이, 그렇게 부를 수 있겠네요. 아메리카 원주민 주술사들 중에는 동물들에게 소울 시프트를 수행하는 사람이 있다고 했어요. 상당히 오랫동안 연구하고 자료를 수집한 것 같았어요. 그는 소울 시프트가 대단히 어려운 기술이라면서 몇 가지 까다로운 조건을 제시했어요.

우선 프라그마 능력이 있는 제사장이 필요하다. 그건 변――죠. 그 덕후 녀석이 제사장 역할을 하는 거죠.

다음으로 프라그마를 통제할 능력이 필요하다고 했어요. 대부분의 프라그마 능력자들이 자신들의 능력을 통제하지 못했다고 하더군요. 자칫하면 제사장 스스로의 영혼이 비물질화하면서 죽을 수도 있댔어요. 그걸 어떻게 통제하느냐, 제가 물었죠.

싱어(singer)가 필요하다. 그가 힘주어 말하더군요.

질문 가수요?

저도 그렇게 물었죠. 그랬더니 이렇게 말했어요. 단순히 노래하는 자를 말하는 게 아니다, 싱어는 전자장의 흐름을 일정한 방향으로 제어하는 힘을 가진 능력자다.

질문 그래서 그 학생에게 전화를 했겠군요?

그렇죠. 우―― 학생.

질문 그리고 또 다른 조건은 뭐가 있었죠?

두 가지 조건을 더 말했어요. 제사장이 발산하는 프라그마와 그 프라그마의 힘을 통제하는 싱어의 위치는 반드시 82도 각도를 이루어야 한다고 했어요.

질문 왜 그렇죠?

그건 오즈도 속 시원히 설명하지 못했지만 증거를 제시했어요. 네브라 스카이 디스크(Nebra Sky Disk), 아시죠?

질문 고대의 천문도?

맞아요. 거기에 나오는 별자리의 각도가 82도를 이루고 있다더군요. 그리고 제가 넘겨준 자료에 있는 세한도 역시, 집의 지붕선과 수직선의 각도가 82도를 보여준댔어요. 어쩌면 하짓날 태양계 행성의 정렬과 중력 각도 때문인 것 같다, 회장이 그랬어요. 그 각도를 실현하는 게 소울 시프트에서 매우 중요하다고 강조했어요. 아메리카 원주민의 주술 문양에서도 82도 각도의 그림들이 많이 나타난다고 했어요. 아마도 경험적으로 증명된 부분인가 봐요.

질문 오즈도 세한도를 알고 있던가요?

아뇨. 그렇진 않았어요. 그래서 더 놀라웠죠. 정말 82도였어요. 수직선과 지붕선의 각도가.

질문 그리고 또 어떤 조건이 있었죠?

무엇보다 중요한 조건을 제시했어요. 시간이 지나면 영혼이 육체화된다. 다시 말해, 빨리 수행하지 않으면 안 된다는 거였죠.
전 바로 여기저기로 전화를 걸었어요.

질문 그래서 밤 12시에 모두 모이기로 한 거군요. 두 기의 고인돌로.

네. 그래요. 강화도 고인돌과 고창의 고인돌에서 각각 만나기로 한 거죠. 실제로『지묘석지승람』을 확인해본 결과, 두 고인돌이 선분으로 연결돼 있었어요. 그러니까『지묘석지승람』은 고인돌의 네트워크를 보여주는 것이 틀림없어요.

질문 그 다음엔 어떤 일이 벌어졌죠?

전 그때 거기 없었어요. 싱가포르에 있었죠. 마음 같아선 당장에 비행기를 타고 현장으로 가고 싶었지만 그럴 수가 없었어요. 중요한 정보를 오즈가 가지고 있었으니까.

인터뷰 영상 9 이○○ 씨. ㅅ고등학교 교사

우리들 모두 귀신의 집으로 들어가는 사람들 같았어요. 제 차에는 변--, 우--, 고--, 오 선생의 아버지 그리고 오 선생이 타고 있었죠. 제 차는 아반떼인데 차 안이 정말 말이 아니었죠. 게다가 오 선생은…… 오 선생이 아니었어요. 자신이 살아온 인생, 자식들 자랑, 그런 말을 하면서 48번 국도를 타고 강화도로 갔어요. 아주 가끔씩 오 선생 목소리로 말할 때가 있었는데 그때는 정말 소름이 돋았어요.

질문 뭐라고 하던가요, 오 선생이?

나가, 내 몸에서 나가, 그런 말.

질문 끔찍하네요…….

여학생들은 무서워서 막 울고 그랬어요.

질문 전북 고창 쪽에는 어떻게 연락이 닿았나요?

오 선생한테, 그러니까 김 할머니에게 전화를 걸게 했어요. 고창 쪽 사람을 설득하는 게 쉽지 않았죠. 어쨌든 고창에 있는 김 할머니는 코마 상태에서 깨어나지 못하고 있었고, 오 선생이 말하는 김 할머니의 말씨는 틀림없는 김 할머니였죠. 아들과 통화하면서 많이 울었어요. 오 선생이, 아니 김 할머니가. 아들이 당장에 서울로 오겠다는 걸 제가 말렸어요. 그것보다 더 중요한 게 있다고.

질문 지석묘제?

그렇죠. 우리는 11시 40분경에 강화도 고인돌 공원에 도착했어요. 밤중이라 거기는 아무도 없었어요. 고창 쪽에서는 이미 묘제 준비를 마친 상황이었고요.

질문 그런데 82도 각도를 어떻게 찾았나요? 측정을 했나요?

그렇진 않았어요. 그건 변——가 알아냈어요. 변—— 학생이 고인돌 앞으로 다가가면서 다시 전자장의 웨이브를 느꼈나 봐요. 동시에 우—— 학생도 그걸 느꼈어요. 변——가 자리를 바꾸면 우——도 자리를 바꾸면서 조화를 이루더군요. 환상적인 팀워크였어요. 아이들은 아무에게도 배우지 않았는데 자기 능력을 적절히 사용할 줄 알았어요. 그 아이들이 당황해하거나 능력을 통제하지 못했다면 분명 누군가 죽었을지도 몰라요. 우리들은 모두 고인돌에서 멀리 떨어져 있었어요. 혹시나 또 다른 소울 시프트가 일어날지 모르니까. 그리고 그 다음엔……

인터뷰 영상 10 오○○ 씨, 환자의 아버지

딸아이가 숨이 멎었을 때는 전부 죽이고 싶은 심정이었어. 그 이——인가 머시긴가 하는 동료 선생의 얘기도 믿을 수 없었지만 달리 방법이 없잖아. 딸애는 계속 귀신 들린 사람처럼 헛소리를 해대고. 그래서 강화도로 간 거야.

딸아이를 고인돌 안에 눕히고 돌아서면서 정말 불안해서 미칠 지경이었어. 저러다 뭔가 잘못되기라도 하면 어쩌나 했지. 이 선생이 고창 쪽에다 계속 전화를 넣었어. 키가 크고 다리를 저는 학생이 고인돌 앞에 서고 그 옆으로 한쪽으로 비켜서서 여학생 하나가 이상한 소리를 냈어. 노래도 아니고 하여튼 뭔가 특이한 음성으로, 고음과 저음을 왔다 갔다 하면서 노래를 부르는 거야. 정말 소름이 쫙 돋더라고.

그러더니 내 눈을 의심하는 일이 벌어졌어. 절름발이 학생이 팔을 이리저리 움직이면서 허공을 휘저어댔어. 그 순간 고인돌 안에서 이상한 빛이 나오기 시작하는 거야. 검은 빛이랄까, 빛은 분명히 빛인데 검은 게 일렁이면서 번쩍였어. 처음엔 그게 사방으로 번지는 것처럼 보였는데 여학생이 노래를 부르니까 그 검은 빛이 동그랗게 모이는 거야. 고인돌 안이 뭔가로 가득 차 있었어.

그리고 딸아이의 몸이 붕 하고 위로 떠올랐어. 땅에서 한 1미터 정도. 그렇게 한참 있더군. 절름발이 학생이 앞으로 나아가는 게 보였어. 이상했어. 마치 뭔가가 그 학생 앞을 가로막고 있는 것 같았어. 몸을 자꾸 앞으로 미는데도 나아가지를 못해. 그리고 허공을 손으로 찢는 것 같아 보였어. 남학생의 머리가 꺾이고 있었어. 더 놀라운 건 그 다음이야. 안 되겠군. 이봐. 나 물 좀 줘. 다시 생각해도 숨이 막혀. 살면서 그런 건 처음 봤어.

질문 여기 물……. 어떻게 됐죠? 그 남학생은?

모두들 놀랐어. 그 학생의 머리가 사라졌어. 그러니까 학생의 몸뚱이만 남고 머리는 어디로 없어진 거야. 모두들 깜짝 놀랐지. 내가 그 학생에게 달려가려는데 이 선생이 막았어. 지금 저기로 가면 큰일이 난다는 거야. 내가 보기에도 그럴 것 같았어.

질문 변—— 학생은 어땠나요? 죽은 것처럼 보였나요?

그렇진 않아. 사지는 다 움직이고 있었어. 머리만 없어진 거야. 그렇게 한 3분쯤 지났나? 다시 머리가 나타났어. 그러곤 쓰러졌어. 고인돌 안에서 빛도 나오지 않고. 여학생도 노래를 멈추더군. 난 이 선생 손을 뿌리치고 딸애한테 달려갔지.

질문 어떻던가요?

죽었더군. 숨을 쉬질 않는 거야. 내가 그 애 가슴을 막 두드리고 했는데도 애가 깨어나질 않아. 심장 소리도 안 들리고. 난 그때 제정신이 아니었어. 이 선생도 당황해서 내 옆으로 왔는데 내가 그 친구 멱살을 잡고 주먹으로 때렸어. 이 망할 자식아, 하면서. 그게 가장 미안해. 그 친구한테…….

나중에 정신 차리고 보니까 키도 크고 잘생긴 것이 사위 삼으면 좋겠다 싶었는데, 마침 그 친구가 우리 딸을 좋아하는 눈치더라고. 어쨌든 그 친구 덕분에 딸아이가 살아난 거야. 집에 같이 놀러 오라고 내가 여러 번 문자도 넣고 그랬어.

난 이제 술 끊으려고 해. 가능할지 모르겠지만. 귀신을 내 눈으로 봤잖아? 술 끊는 게 귀신 쫓는 것보다 더하겠어?

인터뷰 영상 11 김경희. 본지 취재부 기자

그 사건을 종합해보라고요? 그걸 어떻게 설명해야 할까……. 좋아요. 설명할 수 있는 것만 설명해보죠. 자, 여기 폰 화면을 보세요. 제가 아무거나 동영상을 하나 띄워볼게요.

(그녀가 폰 사진함에서 자기 모습이 담긴 영상을 재생시켰다. 친구들과 함께 밥을 먹고 있는 모습이 나왔다.)

이 영상 속에 있는 사람도 김경희죠. 영상 속의 세계도 분명히 하나의 세계고. 하지만 전 저 영상 속의 김경희와 대화를 나눌 수 없어요. 불러볼까요? 경희야, 경희야!

어때요, 아무 대답이 없죠? 왜 그럴까요? 서로 다른 차원에 속해 있기 때문이에요. 이 화면 속에는 분명 하나의 세계가 존재하지만 여기서 볼 때는 그저 화면일 뿐이죠. 넓이와 높이와 깊이가 없어요. 그러니까 우리가 보기에 이 화면 속의 세계는 2차원이에요. 지금 당신과 대화하고 있는 이곳은 3차원이죠. 서로 차원이 다르기 때문에 만날 수가 없는 거예요. 하지만 저 화면 속의 김경희도 분명 살아 있고 존재하고 있어요. 시간과 공간이라는 차원이 우리를 가로막고 있는 거죠.

가십거리로만 보자면 이 사건은 다른 사람의 영혼이 한 여자에게 빙의되었다가 다시 제자리로 돌아간 것뿐이에요.

하지만 좀 다른 시각으로 본다면, 이건 서로 다른 차원이 겹쳐진 거라고 할 수 있어요. 오−− 선생과 김−− 할머니의 영혼이 다른 차원으로 이동했다가 다시 돌아온 거죠.

영혼이라는 걸 아주 미세한 물질이라고 생각해봐요. 모든 물질은 전자파의 형태로 존재해요. 그렇다면 영혼을 움직이는 전자파가 존재하지 않을까요? 그런 걸 학계에서는 프라그마 현상이라고 부르죠. 미세한 소립자 세계의 움직임을 빛과 소리의 형태로 감지하거나 통제하는 능력과 관련이 있어요. 전 이 사건을 통해 우리가 다른 차원으로 이동할 수 있을지 모른다는 가능성을 엿보았다고 생각해요.

열흘이 흘렀다. 믿기 어려운 일들은 다시 믿기 어려운 일들이 되었다. 사람들은 아주 빨리 믿음을 버렸고 그보다 더 빨리 의심을 갖게 되었다.

영혼의 일은 육체의 일이 되었다. 오현미의 증상은 결국 스트레스로 해석되었다. 모두가 그러한 설명에 만족했다. 정신적인 스트레스로 누군가가 정신 나간 소리를 몇 번 했다고 해서 무슨 해가 되겠는가.

금요일 오후였다. 다음 주에는 1학기 기말고사가 있다. 시험 문제 출제도 다 끝낸 이진우와 오현미 선생은 여유 있게 퇴근하는 참이었다. 오후 5시, 해는 여전히 뜨거웠다.

"아무리 생각해도 제가 그랬다는 게 믿기지 않아요. 제가 정말 일흔 먹은 노인이라고 우겼나요?"

그녀가 처음으로 그때 일을 물었다. 어느 정도 혼란이 가라
앉았다. 귀신 들린 사람처럼 헛소리를 지껄였던 때의 일은 스
트레스가 다 해결해주었다. 그 모든 게 스트레스 때문에 벌어
진 일이다.

"아이고, 말도 마세요. 심지어 자기 자식 자랑까지 했다니
까요!"

진우가 일부러 과장된 제스처로 이야기했다. 그녀가 웃었
다. 몸매가 드러나는 살구색 원피스를 입고 있었다. 코끝이 둥
근 아이보리색 구두가 잘 어울렸다. 일자로 다리를 쭉 펴고 걸
으면서 그녀가 진우를 보고 많이 웃었다.

진우는 오후의 뜨거운 햇살에 눈을 잔뜩 찌푸렸다. 그의
얼굴에 장난기가 묻어 있었다. 두 사람은 함께 주차장 쪽으로
걸었다.

"아무에게도 말 안 한 게 있어요."

진우의 아반떼 앞에서 그녀가 말했다.

"그날 선생님 아버지한테 얻어맞은 얘기를 저도 아무한테
안 했어요. 그거하고 비슷한 건가요?"

진우의 말에 그녀가 다시 웃었다. 요즘 들어 진우가 부쩍
웃긴 말을 하며 그녀에게 살갑게 굴었다. 진우가 자기 차를 지

나쳤다. 저쪽에 있는 오 선생의 차를 향해 그가 먼저 걸었다.

"그 말이었군요. 아빠가 선생님 꼭 한번 데려오라셨어요. 선생님께 꼭 대접해야 할 일이 있다면서."

그녀는 정말 설레는 목소리였다. 정말로 진우와 함께 과일 바구니를 들고 집으로 갈 것처럼 말했다. 진우의 얼굴이 붉어졌다.

"어디 멀리 여행을 다녀온 것 같아요."

조금 가라앉은 목소리로 그녀가 말했다. 그 말은 예전에 진우가 오 선생에게 한 말이다. 보리밭에서 깨어난 그날 아침에. 오 선생도 그걸 기억하고 있었는지 이렇게 말했다.

"선생님 기분을 조금 이해할 수 있었어요. 그때 심하게 굴어서 죄송해요."

"이제야 앙금이 좀 가시네요. 어찌나 억울하던지!"

옷에 묻은 먼지를 툭툭 털어내는 시늉을 하며 진우가 말했다.

"어떤 아저씨를 만났어요."

"네?"

절벽처럼 꺾이는 오 선생의 말에 진우가 깜짝 놀랐다. 갑자기 웬 아저씨?

"의식을 잃었던 그 시간에. 어떤 벌판이 기억나요. 못 보던

풀이 잔뜩 자라나 있는 들판이었어요."

그녀는 먼 여행을 추억하는 눈으로 하늘 쪽을 올려다보았다. 퇴근하는 교사들이 두 사람을 주의 깊게 바라보며 지나쳤다. 나이 든 남자 교사 하나가 잘해봐, 하는 사인을 진우에게 보내며 지나쳤다. 진우 얼굴이 빨개졌다.

"거기서 어떤 아저씨를 만났어요. 거기 온 지 한 시간쯤 됐다고 그랬고."

그날 이후 오 선생은 깊이를 알 수 없는 심오한 눈빛을 가끔 보여주었다. 지금 그녀의 눈빛이 그랬다.

"아들과 함께 있다가 정신을 잃었는데 깨어보니 그 들판이라고 했어요. 아들 걱정을 많이 했어요. 아들하고 같이 뭘 찾던 중이었다고 그랬어요."

여선생들 여러 명이 옆으로 지나갔다. 진우가 그녀들에게 인사했다. 그녀들이 이번에는 오 선생에게 파이팅, 을 외쳤다.

"뭘 찾고 있었대요, 그 아저씨는?"

진우가 물었다. 하지만 진우는 좀체 오 선생의 말에 집중할 수가 없었다. 마치 결혼식 피로연을 치르는 신랑 같은 느낌이 자꾸만 들었다. 지나는 사람들마다 두 사람을 보고 축복하는 눈으로 인사했다.

"피그말리온 알파 식스. 그 아저씨가 찾던 거."

오 선생이 빠르게 말했다. 눈동자로는 따라잡기 힘든 별똥별처럼 빠른 말이었다.

진우가 그 자리에서 얼어붙었다.

사탄 1

나는 이제 나이가 들었다. 사람은 나이가 들면 단순해지는 법이다. 내게는 한 가지 일이 있을 뿐이다. 그 외에는 없다.

내가 그분의 음성을 들었을 때 나는 이십 대였다. 지금은…… 나이를 잊었다. 내게 중요한 것은 내가 그때부터 지금까지 한시도 쉬지 않고 그분의 일을 하고 있다는 것이다.

나는 버림받았을까. 그런 느낌을 받은 적이 있다. 추운 거리에서 나는 사람의 살결이 그리웠다. 내 몸이 부끄러웠다. 불태우려 했지만 그럴 수 없었다.

그때 나는 보았다. 주름진 살덩어리에서 솟구쳐 올라오는 사악한 영을. 나는 그것과 싸웠고 고통을 이겨냈다. 이것이 내 몸에 생긴 고난의 십자가의 흔적이다.

주님은 내 발의 가시요 내 길의 어둠이시라.

— 어느 노숙인의 일기 중에서

이진우는 책상 유리에 끼워놓은 작은 메모지를 보았다. 그게 거기 있는 줄 몰랐다.

대학 천문 동아리 시절, 고무지우개를 섬세하게 파서 만든 도장. 피그말리온 알파 식스를 로고 형태로 새겨 넣은 문양이 거기 있었다.

'Pygmalion α - 6'

오 선생에게 그 로고의 사연을 말한 적은 없었지만 그녀도 진우의 책상에서 그걸 보았을 것이다. 다시 의식을 찾았을 때, 그녀는 자신의 무의식 속에서 그걸 떠올렸을 터다.

진우는 그걸 보고선 허탈감을 느꼈다. 어떤 허상에 사로잡혔을까. 오 선생의 영혼이 떠돌다 만난 사나이가 30여 년 전에 돌아가신 아버지라고?

왜 이렇게 덥지? 에어컨도 소용없었다. 땀이 줄줄 흘렀다.

"이 선생, 오늘 끝나고 뭐해?"

기말고사 기간이라 진우는 퇴근을 서둘렀다. 교감이 이진우 선생을 불렀다.

"바쁜 일 없으면 저녁이나 같이하지."

박창범 교감은 하기 어려운 말이 있으면 밥을 샀다. 교감은 젊은 시절에 그런 식으로 배웠다. 밥 먹으면서 하는 얘기가 나라도 바꾼다고.

교감은 그 유명한 '쌍팔년도(1988년—군사정권 말기)'에 처음 교사생활을 시작했다. 그때는 학교 교감이 평교사를 때리기도 했다. 박창범도 맞은 적이 있었다.

교감은 지금 이진우를 얼차려 자세로 엎어놓고 두들겨 패고 싶었지만 그러지 않았다. 대신에 그에게 밥을 사기로 했다. 혁명도 밥상에서 시작되는 법.

"오랜만이군."

"오랜만입니다, 교감 선생님."

교감이 먼저 진우의 잔을 채웠다. 진우도 병을 들어 그의 잔을 채웠다. 둘은 거푸 두 잔을 마셨다.

"애들끼리 시끄러운 얘기가 있어."

세 잔째에 그는 본론으로 들어갔다. 진우는 불판 위에 돼지 껍데기를 올려놓다가 그 말을 들었다.

"보리밥 사건 난 다음에 학교가 시끄러워. 지난번 오 선생일도 그렇고."

진우는 그가 어디까지 알고 있는지 몰랐다. 여기저기서 주 워들은 얘기라면 파워레인저가 지구를 구했다는 것 같은 유 치한 이야깃거리일 것이다. 누가 들어도 픽 웃고 넘길 일이다.

"내가 들은 얘기가 전부 진짜라면 자네 당장 짐 싸야 할 거야."

그게 아닌 것 같다. 파워레인저보다는 좀 더 심각한 얘기를 들었나 보다.

"무슨 얘기를 들으셨기에?"

"그거 아니지?"

딱딱한 젤리 같은 돼지 껍데기를 오물거리며 둘은 질문을 주고받았다. 진우는 공안실에 끌려가 심문당하는 기분이 들 었다.

"어떤 거 말씀이세요, 교감 선생님?"

"애들이 초능력을 쓴다며? 당신은 예지 능력이 있고. 슈퍼 쎄븐인가……, 당신이 애들하고 이상한 초능력 집단을 결성 해서 정부 요원하고 싸운다고 그래. 이게 다 무슨 말이야?"

진우는 얼굴이 화끈거렸다. 책상 서랍에 숨겨둔 비밀스런 책을 들킨 기분이었다.

"누가 그런 말도 안 되는……."

진우는 잔을 한 번에 들이켜며 겨우 입안에 든 고깃덩이를 삼켰다. 그가 껄껄거리며 웃었다.

"또 있어. 여기자는 도대체 누구야? 술집 여자처럼 생긴 여기자 하나가 아이들 뒤를 캐고 다닌다는데, 당신도 그거 알고 있었어?"

그 말은 부인하기 어려웠다. 김경희 기자를 알 정도라면 웬만큼 정보를 모은 것이 틀림없다. 어쩌면 아이들을 불러 은근히 겁주면서 실토하라고 협박했을지도 모른다.

갑자기 진우는 교감의 능청스런 수작이 역겹게 느껴졌다. 저런 게 쌍팔년도 스타일인가, 진우가 그를 살짝 째려보았다. 진우의 눈빛을 보고서도 교감은 아무렇지도 않게 더한 말을 지껄였다.

"이 선생, 당신 그 여기자랑 그렇고 그런 사이야?"

탁자를 확 뒤집어엎어버리고 싶었다.

네, 맞습니다. 그 말 다 사실이에요. 텔레파시, 염력, 초음파도 쓸 수 있고요, 괴력, 감마선 방사, 시간 이동까지 못하는 게 없습니다. 말씀하신 대로 저는 저도 알 수 없는 예지력이 있어요. 그 능력으로 총을 쏘는 군인들과 맞붙은 적도 있답니다. 얼마 전에는 소울 시프트도 성공했고요······. (흥, 당신이 이런 전문 용어를 알기나 하겠어?)

이렇게 속 시원히 지껄이고 싶었다. 하지만 진우는, "아이고, 교감 선생님, 어디서 그런 소설 같은 얘기를 들으셨어요? 그 여기자는 저 좋다고 따라다니는 여잔데 이혼녀래요. 사귀 다니요, 말도 안 되는 소리! 요 얼마 전에 치훈이 찾아낸 기자 아시잖아요. 그 여자예요. 하도 공치사를 하기에 제가 인터뷰 몇 번 해준 것뿐이에요. 슈퍼 쎄븐……, 애들은 원래 그런 유치한 동아리 만들고 그러잖아요. 잘 아시면서……." 하고 온 갖 애교를 부리며 말했다. 손을 예쁘게 이러 저리 휘젓기도 하고, 입가에 손을 모아 쿡쿡 웃기도 하고, 교감의 어깨를 살짝 때리기도 하는 등 과감한 제스처로 얼렁뚱땅 위기를 넘기려 했다.

"나도 사실이 아니라고 믿고 싶어. 워낙 유치한 얘기라 얼굴이 다 화끈거리더구만. 그런데 말이야……."

"예?"

"얼마 전에 재단 이사 한 분이 연락을 하셨어. 자넬 만나고 싶다고."

이건 또 뭔 개소리? 진우가 눈알이 튀어나올 것처럼 눈을 크게 뜨고 그를 바라보았다. 교감은 나름대로 진지한 표정이었다. 재단 이사의 부탁이니 오죽할까.

"당신이 직접 연락할까도 생각하셨다는데, 아무래도 갑자기 연락하는 건 좀 그렇고, 나더러 먼저 언질을 해달라, 그러시더라고."

"무슨 일로……?"

"무슨 일인지는 나도 모르겠고. 여튼 난 그분 말씀 전했네.
그쪽에서 연락이 갈 거야."

밥 먹으면서 하자는 얘기가 그거였나? 대학교를 포함해 다
섯 개의 학교를 가진 커다란 학원법인 이사가 일개 평교사에
게 연락을 한다? 초능력 동아리를 이끌고 있는 과학 교사에
게? 그것 말고 딴 건 없나? 진우는 술잔을 기울이며 교감의
말을 뒤졌다.

"오 선생 참 괜찮은 여자야. 한눈에 딱 반할 상은 아니지만
똑 부러지는 데가 있잖아. 남편 내조 잘할 사람이니 잘해봐."

하는 말. 이어지는 오 선생 칭찬이 한 30분. 또 다른 건
없나?

"학생부 관리 때문에 걱정이야. 스토리를 만들어줘야 한다
는데 그러려면 수업도 토론식으로 짜고 과제는 수상 실적하
고 연결 지어야 해. 일거리 늘어난다고 선생들 반발이 클 텐
데……. 그렇다고 수시로 70퍼센트를 뽑는데, 손 놓고 있을 수
는 없잖아. 서울대 한 명도 못 보내는 똥통 학교라고 소문나
면 누가 좋아하겠어, 안 그래? 이 선생 좀 도와주면 고맙겠어.
교사들 분위기 좀 잘 잡아주고……."

이어지는 한 시간 동안 교감은 학생부 종합전형 대비 학사 운영 개편에 대해 게거품을 물고 말했다.

술자리를 파하고 일어설 무렵, 탁자에는 다섯 개의 빈병이 뒹굴었다. 의자를 쓰러트리며 교감이 자리에서 일어섰다. 한참 동안 대리운전 번호를 찾았다.

"얼핏 들은 얘긴데 말이야. 그분 친동생이 오래전에 실종됐다고 그래. 이치훈이 얘기를 들으셨나 봐. 한참 고민하다가 연락하신 거야. 대충 받아넘기지 말고 진지하게 들어드려. 위로라도 해드리든가. 이봐, 이 선생……."

두 사람은 돼지 껍데기집 앞 길가에 서서 담배를 나눠 피우며 대리 기사를 기다렸다. 교감이 딸꾹질을 하며 진우를 불렀다.

"예, 교감 선생님."

"난 초능력 같은 거 안 믿어."

저도요. 저도 그런 거 안 믿어요. 하지만 실재는 믿음과 상관없어요. 우리가 믿든 안 믿든 그런 게 존재합니다. 그걸 초능력이라 부르든, 잡신 들린 무당의 신기라 하든, 그건 중요하지 않아요. 우물 밖의 세계가 있어요, 교감 선생님. 진우는 술기운에 그렇게 토하듯이 말할 뻔했다.

"그런데 난 당신을 믿어!"

교감이 진우의 눈을 보면서 말했다. 진우가 살며시 눈을 아래로 내렸다.

"당신 참 좋은 사람이야. 좀 막힌 데가 있어서 그렇지 정직하고 진실해. 난 딱 보면 안다고. 사람 영혼이라는 게 속일 수가 없거든. 당신 눈에서 빛이 나와."

그가 손가락을 자기 눈에 갖다 대며 레이저 쏘는 시늉을 했다. 그의 말이 꼬여들었다. 비틀거리면서 진우의 어깨를 툭 쳤다.

"이봐, 이 선생. 내가 괜히 오 선생 얘기하는 거 아니야. 둘 다 좋은 사람인 거라. 같이 살면 참 예쁠 것 같아서 그래."

'기승전—오 선생'인가. 교감은 진심을 담아 말했다. 진우의 마음이 동요했다. 자꾸 그 사람 얘기를 들으니 정말로 그녀가 자신의 인연인 것처럼 느껴졌다. 교감을 보내고 오 선생한테 전화라도 해야겠다, 그가 생각했다.

"그리고 박 이사님 잘 좀 봐줘. 초능력 팍팍 써서 한 좀 풀어드려. 알겠지?"

대리운전 기사가 도착해 교감을 모셨다. 기사의 팔을 잡고 걸어가면서 그가 뒤로 돌아보며 말했다.

"이 친구야, 가능하면 나한테 로또 번호도 좀 알려줘. 이 짓거리 때려치우게!"

다정한 연인처럼 대리 기사의 팔짱을 끼고서 교감이 골목 저편으로 사라졌다.

8시 7분. 아직 초저녁이다. 자고 있진 않겠지. 진우가 오 선생에게 전화를 넣었다.

— 네, 선생님. 이 시간에 어쩐 일이세요? 술 드셨어요?

"어, 어, 어, 저……."

— 왜요? 전화 잘못 거셨어요? 여자친구한테 하려다가?

김경희가 장난치는 말투로 물었다. 이진우는 머리와 손가락이 분열된 자신의 몸을 저주했다.

"아, 아뇨. 그게 아니고요. 그냥 뭐하시나 해서요."

— 아닌 것 같은데? 제 말 맞죠? 번호 잘못 누르셨죠?

"아니라니까요!"

진우가 거짓말을 했다. 교감이 사람을 잘못 봐도 한참 잘못 본 것이다. 사람이 정직하고 진실……하다고?

— 흐흠, 상관없어요. 기사 정리하고 있었어요. 저도 선생님한테 전화할까, 생각하고 있었죠. 어디세요? 놀러 올래요?

"어, 어디요? 경희 씨 집에요?"

— 뭐, 어때요? 오세요. 보여드릴 것도 있고 그래요. 우리 집 알죠? 참, 오실 때…….

"오징어하고 맥주요?"

— 아아뇨. 오늘은 족발이 땡겨요. 편의점에서 파는 장자네
족발로 부탁해요. 앞발 말고 뒷발로. 맥주는 집에 있어요. 화
곡동 오셔서 전화주세요.

전에 한 번, 그녀 집 앞까지 차를 태워준 적이 있었다. 지금
출발하면 한 시간쯤 걸릴 거다. 그가 전화를 만지작거리다 대
리를 불렀다.

— 네. 앞뒤가 똑같은 전화번호 1588 대립니다. 어디까지 가
세요?

"예, 여기는 새암고 앞인데요. 화곡동까지 얼만가요?"

진우가 물었다.

김경희의 집은 4층짜리 빌라 4층이었다. 이진우가 초인종
을 눌렀다.

네에— 하면서 현관으로 뛰어오는 소리가 들렸다. 띠리릭.
도어록 해제음도. 성역으로 초대받은 사람처럼 아찔한 긴장
감이 들었다. 술은 이미 확 깨버렸다.

문이 열렸다. 맑고 상쾌한 향기가 복도로 밀려 나왔다.

"뭐해요? 들어오세요!"

김경희가 맑고 밝은 음성으로 노래하듯 그를 안으로 이끌
었다.

사탄 2

하루하루의 삶이 힘들었다. 그때마다 나는 주의 음성을 기억했다.

사람들이 나를 누구라 하더냐? 더러는 세례요한이라 하고 더러는 예

언자라 하더이다. 너희는 나를 누구라 하느냐?

나는 주를 죽음이라 부르나이다.

무지한 자의 웃음이 개울물처럼 울려 퍼지는 곳에 주께서는 죽음을

주셨나이다. 침묵을 주셨나이다. 광포한 어둠으로 세계를 덮으시고 헤

어날 길 없는 절망의 길로 우리를 이끄시나이다.

주는 죽음이시요, 굶주림과 근심이며, 영혼 없는 몸뚱이, 적당히 사는

모든 인생을 가차 없이 찢어버리시는 칼 같은 종말이로소이다.

— 어느 노숙인의 일기 중에서

방 두 개에 거실 겸 부엌 하나. 전형적인 싱글형 빌라.

섹시한 차도녀 스타일에 털털한 서민적 제스처를 몸에 익힌 여자의 집은 어떻게 생겼을까. 진우는 집 안을 크게 한 번 둘러보았다.

"급하게 치우느라……, 괜히 불렀다 싶더라고요. 내가 미쳤지!"

그녀가 귀엽게 말했다.

차를 타고 오면서 진우는 김경희의 집을 상상했다. 모던, 심플, 차갑고 냉랭한 스테인리스 분위기의 인테리어, 그런 게 떠올랐다. 아니면 청소가 불가능할 만큼 잡동사니로 가득 찬 자취생 방 같은 느낌이거나. 도무지 그녀의 스타일과 존재를 가늠할 수 없었다.

"이거. 족발이요."

진우가 손에 들고 있던 비닐봉지를 내밀었다.

"포도도 사 오셨네! 저 포도 좋아해요!"

그녀가 봉지 안을 보며 웃었다. 포도알처럼 그녀의 광대뼈가 부풀어 올랐다.

그녀의 집은 너무나 평범했다. 적당한 크기의 냉장고, 꼭 있어야 할 곳에 위치한 선반과 기능성 가구들, 작은 원목 식탁, 아담한 크기의 책상, 꼼꼼하게 서류철로 정리된 자료, 종류별로 분류해놓은 것이 분명한 책들, 대여섯 개의 화장품만 올려놓은 화장대, 보통 여자들 집이 그렇듯 방 하나를 가득 채운 옷 같은 것은 없었다. 아마도 차곡차곡 개켜서 따로 보관해둔 것 같았다.

"집이 참 예뻐요. 깔끔하고."

"온갖 고풍스런 고물딱지로 가득 차 있는 누구 컨테이너에 비하면 아무것도 아니죠."

진우가 껄껄 웃었다. 그의 입에서 돼지고기 비린내와 술 냄새가 퍼졌다.

그녀의 작은 빌라는 부지런한 손길이 아니면 감당이 안 될 만큼 작은 공간이었다. 그런데도 그 집은 꽤 넓어 보였다. 한 시간 만에 치운 집 같지 않았다. 깔끔하고 정감 있는 집안 분위기에 진우는 마음이 푸근해졌다.

"저녁은 먹고 오셨죠? 참, 술 드셨다 그랬지. 그럼 포도 씻어 올게요. 잠깐만요."

그녀가 포도를 들고 싱크대로 갔다. 예술적인 뒤태가 형광등 아래에서 빛을 뿜었다. 그녀는 검은색 반바지에 하얀 면 티를 입고 있었다. 고운 대리석처럼 일자로 뻗은 기럭지를 보며 진우가 침을 삼켰다.

하지만 음침한 상상은 그만두시라. 진우는 정직하고 진실한……, 사람이 아닌가.

"어떤 기사 쓰고 계셨어요?"

그녀의 뒤태에 빠져들었다가 정신을 바로잡으며 진우가 물었다.

"사탄."

"네? 사탕?"

"사탄 말이에요. S-A-T-A-N, 사탄 알죠?"

"악마요?"

그는 긴장감 있는 그 개념을 좀처럼 받아들일 수가 없는지, 씻어 온 포도를 쳐다보지도 않았다. 김경희가 하얀 허벅지를 드러내놓고 양반다리를 하고 앉아 포도알을 쏙쏙 빼먹었다.

"사탄 숭배의 역사는 아주 오래되었어요."

한여름의 밤이 깊어가고 있었다. 시계의 초침 소리가 크게 들렸다. 밤 10시가 다 된 시간. 그녀의 목소리가 차분하게 가라앉았다.

"요즘은 영화 때문에 희화화되긴 했지만 사탄 숭배는 인간의 원초적인 감정과 관련이 있어요. 공포감. 미르치아 엘리아데라는 종교학자에 따르면 인간은 성스러움을 느끼기 전에도 종교성을 가지고 있었대요. 구석기인들이 남긴 벽화를 보면 그들이 어떤 공포와 싸우고 있었다는 걸 알 수 있어요. 최근에는 진화심리학자들이 이런 주장을 했죠. 잠시만요."

그녀가 자리에서 일어나 방으로 갔다. 노트북을 가지고 돌아왔다. 화면을 열어 몇 가지 자료를 스크롤하며 이야기했다.

"여기 있네요. '모든 종교의 근본적인 모태는 공포의 감정이다. 공포를 몰아내기 위해 인간은 웃음이라는 감정을 진화시켰지만 우리 모두의 마음속에는 구석기인들이 느끼던 두려움이 항상 도사리고 있다. 십자군 전쟁, 마녀사냥, 신대륙 원주민 학살, 세계 대전과 유대인 학살, 그리고 현대의 냉전과 핵전쟁의 가능성에 이르기까지, 이 모든 전쟁의 숨은 감정은 공포이다. 인간은 공포에 맞서기 위해 잔인한 행동을 발달시켜왔다.' 그러니까 사탄 숭배는 공포감을 숭배하는 종교적 흐름이라 할 수 있어요. 결국 인간은 이렇게 발달한 현대 문명을 가지고도 원시적인 공포의 감정을 전혀 극복하지 못한 거죠. 잔인함만 커진 거예요."

"무서운 얘기네요. 여름밤에 잘 어울려요."

"그쵸? 아이들을 보세요. 작은 벌레를 보고 처음에는 무섭다고 울다가 나중에는 그 벌레를 보고 소리를 지르거나 발로 짓이겨버리죠. 진우 씨는 어릴 때 그런 적 없었어요? 벌레를 잡아다 하나하나 다리를 뜯어내면서 죽였던 적?"

물론 그런 적이 왜 없겠나. 인간의 몸에 비해 수천 분의 일

만큼이나 작은 벌레가 얼마나 많은 아이들의 손에서 죽어나 갔던가. 진우는 통통한 올챙이의 배를 손가락으로 터뜨릴 때 실밥처럼 터져 나오던 흑갈색의 창자를 떠올리며 몸서리를 쳤다.

"공포를 극복하는 방법이 잔인함이라는 걸 보여주는 거예요. 프란츠 카프카의 「변신」이나 에드거 앨런 포의 「검은 고양이」 같은 문학 작품들에서는 그런 원초적인 공포가 잘 드러나요. 인간은 공포의 대상을 향해 잔인한 폭력성을 보이죠. 어머, 말하고 보니 기가 막힌 생각이네. 진우 씨, 고마워요!"

그녀가 진우의 허벅지를 손으로 찰싹 때리고는 노트북 자판을 신나게 두들겼다.

"실제로 사탄을 숭배하는 무리가 있나요? 우리나라에?"

자판 위에서 보이지 않는 속도로 빠르게 움직이는 창백한 그녀의 손가락을 보면서 진우가 물었다.

"잠깐만⋯⋯."

그녀가 노트북을 바라보며 말을 흐렸다.

"예? 뭐라고요?"

노트북을 방바닥에 내려놓으며 그녀가 되물었다.

"우리나라에도 사탄을 숭배하는 사람들이 있냐고요."

"사탄은 서구 문화에서 생긴 거니까, 거기 있겠죠. 유럽이

나 미국에."

"거기 또 출장 가시려고?"

"아뇨. 이걸 좀 보세요."

그녀가 노트북을 다시 집어 들어 그에게 화면을 보여주었다. 흐린 사진이었다. 숲속의 나무가 역광으로 찍혀 피사체가 흐릿했다. 숲의 나무 말고는 아무것도 보이지 않았다.

"뭘 보라고요?"

진우가 검고 흐린 숲의 나무 사진을 보며 물었다.

"여기요."

그녀가 검은 매니큐어를 칠한 손톱으로 화면 한구석을 가리켰다. 사람인 것 같기도 하고 짐승인 것 같기도 한 형체가 어슴푸레하게 보였다.

"확대해볼게요."

그녀가 터치패드에 손가락을 대고 움직이자 화면이 커졌다. 등이 볼록하게 튀어나온 사람의 형상이었다. 얼굴일 것 같은 둥근 물체에 두 개의 붉은 빛이 보였다.

"이건 눈인가요?"

"그렇게 보여요. 빨간 눈빛."

"어디서 찍은 거죠?"

"지리산. 한 달 전에 등산객이 찍은 사진이에요. 사진을 찍을 때는 몰랐는데 화면을 확대하면서 드러났어요."

"이게 사탄인가요?"

"아뇨. 결정적인 자료는 따로 있어요. 기다려봐요."

그렇게 말하고 그녀가 다시 방으로 들어갔다. 이번에는 낡고 때가 묻은 서너 권의 수첩을 들고 나왔다. 여러 회사의 로고가 찍힌 업무용 다이어리.

"이게 뭐죠?"

"어떤 노숙인의 일기장이에요. 얼마 전에 행려자 숙소에 들어와 죽은 사람이 있었어요. 그 사람의 소지품에서 나왔어요. 어렵게 입수했는데 여기 적힌 글이 정말 놀라워요. 들어봐요."

짐승이 나를 덮쳤나이다. 개의 사나운 이가 내 혀를 물어뜯고 고양이의 날선 발톱이 내 눈을 할퀴더이다. 주의 사자여, 주가 보내신 짐승을 향해 내가 부르짖으며 주를 찾나이다. 어둠이여 내게 잔인한 죽음을 주소서. 내가 고통으로 울부짖으며 생명을 파괴하겠나이다. 나의 주여, 나의 공포여, 나의 죽음이시여……

"장엄한 서사시 같네요. 아주 시적이에요."

"실제로 죽은 사람은 시인이었어요. 신원조회 결과 1979년에 등단한 적이 있는 시인으로 밝혀졌죠. 행려자 숙소에서 외롭게 죽기까지 무려 23년 동안 노숙자 생활을 했어요. 그런데 그의 노트에는 사탄 숭배와 관련된 기록들이 넘쳐나요."

"노숙인이 사탄을 숭배했다고요?"

"노숙인들은 끝없는 공포와 싸우는 사람들이죠. 사회에서 완전히 소외되고 버림받은 사람들. 하루하루의 생을 위해 두려워하는 사람들. 그들 사이에서 자생적으로 생겨난 종교 같은 게 있어요."

"뭐죠, 그게?"

"수형체(獸形體)라고, 짐승 모양의 형상을 숭배한다고 해서 붙여진 이름이에요. 노숙인들 사이에서 필사한 경전 같은 게 나돌고 있어요. 아마도 그 노숙인 시인의 일기에 적힌 글은 그 수형체의 경전 필사본일 듯해요."

"경희 씨는 그 경전을 본 적이 있나요?"

"아뇨. 대신에 몇몇 노숙인들을 인터뷰하면서 경전에 적혀 있다는 내용을 들었어요. 그들의 전설에 따르면, 지리산에 수형체의 화신이 살고 있다는 거예요. 궁극의 공포를 가진 괴물. 그들은 그가 지상으로 강림하는 날에 세상의 종말이 온다고 믿고 있었죠. 공포가 세상을 뒤덮을 때 가장 큰 두려움을 간직한 자들이 승리한다는 내용이 수형체의 핵심 교리예요. 일종의 종말론이죠."

"그럼 지리산에 가셔야겠네요."

"그렇죠. 여자 혼자서……. 지리산 깊은 산골짜기로 들어가야 하는 거죠. 수형체의 화신을 찾아서."

진우는 비록 꽉 막힌 사람이기는 했으나 연약한 여인의 완곡한 부탁을 알아들을 만큼의 눈치는 있었다.

"언제 가시려고?"

"이번 주말에라도 다녀올 생각이에요."

거기까지 말하고선 그녀가 무릎을 세워 동정 어린 표정으로 턱을 무릎에 올렸다. 그러고는 입술을 삐죽 내밀었다.

"여자 혼자 거길 어떻게 가요?" 진우가 나무라는 목소리로 말했다.

"내 말이……." 경희가 목소리를 꼬았다.

"같이 가요, 저랑." 진우가 툭 쏘듯이 터프하게 말했다.

"진짜?"

"진짜!"

두 사람이 유치하기 짝이 없는 다짐을 주고받았다.

"우와, 신난다! 우리 족발 먹어요."

그녀가 장자네 족발의 포장을 쫙 찢었다. 그리고 냉장고로 달려가 맥주를 챙기고 수저를 찾았다.

진우는 돼지고기 냄새가 역하게 느껴졌다. 짐승의 발굽이 선명하게 드러난 작은 족발이 징그럽게 보였다. 욕지기가 올라왔다.

그녀가 자리로 돌아오는 사이에, 진우가 화장실로 달려갔다. 웩, 웩거리며 토악질하는 소리가 화장실 밖으로 들렸다.

경희가 근심스런 눈으로 화장실 문을 바라보았다.

사탄 3

빛을 갈망할 때 나는 신음하며 울었다. 나는 비 없는 대지에 뿌리박은 한 그루 나무.

나를 쳐라. 도끼여, 칼이여, 부수는 자여. 나를 쳐서 쓰러뜨려라.

어느 날 밤 흑암의 회오리가 내 정신을 감싸고 순수한 고통이 창자를 휘저었다.

어둠은 광명보다 깊었다. 빛은 대기에 흡수되고 껍질 밖에서 나를 조롱했다.

그때 어둠이 나를 감싸 안았다. 모든 지체가 떨리고 흔들리며 온몸이 소용돌이 속에 휘말려들었다. 내 속의 어둠이 깊이 침잠하여 말했다.

뒤집혀지라 그리고 증오하라.

너의 껍질을 벗고서 간사한 쾌락에 뒤틀린 뼈를 정돈하라.

너 어둠이여, 바빌론의 먼지에서 피어오른 죽음의 포자(胞子)여!

— 어느 노숙인의 일기 중에서

다음 날 오전에 이진우의 휴대폰에는 낯선 번호로 문자가 한 통 들어왔다.

[박창범 교감 선생님 소개로 연락드립니다. 시간 되실 때 전화 부탁드립니다.]

교감의 말대로라면 이건 초능력 사업의 외주 확장 프로젝트나 다름없다. 드디어 초능력의 용사들이 위기에 처한 사람들을 도우려고 발돋움하는 순간이다.

그는 성북동의 부촌으로 차를 몰아가며 장엄한 오케스트라로 연주되는 〈슈퍼맨〉 주제음악을 떠올렸다. 빠바바빠밤!

하지만 어둡고 음산해 보이는 대저택 앞에서 머릿속의 음악이 뚝 끊어졌다.

쏟아져내리는 높은 담벼락은 공성의 무기로만 뚫을 수 있을 것 같았다. 납작하게 가라앉은 집은 거대한 몸뚱이를 음산한 정원 속에 숨기고 있었다.

중무장한 기사 같은 정원수들이 어두운 그늘을 만들어 낯선 자를 위협했다. 진우는 그 집의 정원에 들어설 때부터 답답한 공기를 느꼈다.

정원 한가운데 기괴하게 몸통을 꼬아놓은 연리지 소나무가 있었다. 정성들여 키운 나무였다. 붉은 껍질이 사람의 속살처럼 싱싱해 보였다.

집사로 보이는 남자가 진우를 안내했다. 대문에서 집 안의 거실로 들어가기까지 10분이 걸렸다.

"여기서 잠깐 기다려주십시오. 회장님께서 곧 내려오실 겁니다."

내려온다고? 그럼 2층이 있다는 거야? 진우는 자신이 안내받은 거실의 구조를 알 수 없었다. 그 집은 마그리트의 미로 그림에서나 나올 법한 기묘한 건축물이었다. 계단을 타고 내려가면 윗층으로 오르게 되고, 올라가면 다시 내려가게 되는 그림처럼, 구석진 방과 계단들이 어지러웠다.

어디서 나오는지 알 수 없는 냉기가 집 안에 가득했다. 에어컨을 켜놓은 것 같지는 않았다. 그런데도 거실의 공기는 깊고 어두운 동굴의 숨결처럼 차가웠다.

진우가 커다란 바위처럼 육중한 무게로 버티고 있는 소파에 살짝 엉덩이를 걸쳤다. 오래된 가구, 도자기, 조각품, 그런 것들이 번쩍거리며 어둠 속에서 빛났다.

진우가 일어서서 걸었다. 한쪽 벽을 장식한 커다란 책장을 훑었다. 독일어, 라틴어, 이건 뭐지? 무슨 글자가 이래? 황금색의 화려한 타이포그래피로 장식된 두꺼운 아마포 커버. 읽기 위한 게 아니다.

그때 진우는 깜짝 놀랐다. 책장이 소리 없이 움직였다. 좌우로 갈라지면서 공간이 터졌다. 아무 소리도 들리지 않았다. 모터 도는 소리도 없었다.

진우가 한 발짝 뒤로 물러섰다.

책장은 자동문이었다. 역시 책들은 읽기 위한 게 아니었다. 중세적인 의미에서 아주 실용적인 문이었다. 대단히 비밀스러웠다.

"오셨소?"

휠체어를 탄 노인이 진우에게 말했다. 인사인 것 같지는 않고, 그냥 말 그대로 왔느냐는 뜻이었다.

집사가 작은 엘리베이터를 나와 거실 쪽으로 휠체어를 밀었다. 진우가 휠체어를 따라갔다. 집사는 노인을 창문 쪽에 세운 다음 휠체어의 각도를 고정시켰다. 집사는 딱 그 위치를 찾는 데 익숙해 보였다.

진우가 바로 옆의 소파 앞에 섰다. 집사가 불필요한 동작 없이 거실을 나갔다.

"앉으시오."

진우가 아까처럼 엉덩이를 살짝 걸치고 앉았다. 허리를 세

우기가 불편했다.

"거추장스러운 인사는 관둡시다."

그러고 보니 진우는 그의 출현에 깜짝 놀라 인사하는 걸 잊고 있었다. 불쾌하게 느낀 걸까? 진우가 어색하게 머리를 숙였다. 노인은 꿈쩍도 안 했다.

"나이가 들면 그렇소. 의지는 고집이 되고 믿음은 불안이 된다오. 엉뚱한 일로 부른 것 같아 미안하오."

백발의 노인이었다. 무협지에서 튀어나온 사람 같았다. 맑은 눈동자가 주름 속에 묻혀 있었다.

"동생분 얘기는 들었습니다. 매우 유감입니다."

진우가 외교적인 수사를 섞어 말했다. 순간 노인의 얼굴에 불쾌한 표정이 스쳤다. 노인은 약점을 들킨 짐승처럼 뭔가를 감추려고 고개를 숙였다.

그래도 할 말은 해야 한다고 진우는 생각했다. 그는 좀 막힌 사람이다.

"이사님, 드릴 말씀이 있습니다. 얘기가 잘못 전해진 것 같습니다. 아이들은 착실하게 공부하는 평범한 고등학생들입니다. 우연한 일들이 소문을 탄 것 같습니다."

노인이 피곤한 표정을 지었다. 여린 한숨 소리가 들렸다.

"최필호 장군을 아시오?"

"예?"

진우의 등줄기로 서늘한 기운이 들었다. 장군이라면…….
그가 만난 장군은 한 사람밖에 없다. 대전 유성구 원자력연구
원에서 박에스더를 구출할 때 만났던 군인. 그가 진우와 아이
들을 향해 발포 명령을 내렸었다. 허공에 떠 있던 수십 발의
탄환이 섬뜩하게 떠올랐다.

"이 선생, 나에게 뭔가를 증명하거나 부인할 필요 없소."

노인이 푸석하게 마른 손을 약간 들어 올려 허공을 휘저었
다. 상대의 약점을 노리는 노련한 맹수의 눈으로 그가 진우를
바라보았다.

"최 장군은 우리 집안과 인연이 깊지. 내가 그 친구를 여러
모로 도와줬어. 가끔 날 찾아. 얼마 전에도. 당신 얘길 들려주
더군."

진우의 얼굴이 붉어졌다. 분노와 당혹감이 뒤섞여 피가 쏠
렸다. 한 발짝만 움직이면 떨어질 수도 있는 벼랑 끝에 선 느
낌이었다. 지금은 진우에게 도움을 청하지만 언제라도 진우
를 허물어뜨릴 수 있는 힘이 노인에게 있었다.

"동생은 불행한 아이였소."

노인이 고개를 옆으로 돌려 정원의 연리지를 내려다보
았다.

"말할 수 없는 고통을 가지고 태어났어. 부모님은 동생을 따로 키우셨지. 산속에 있는 별장에서. 그 아이가 열두 살이 되던 해에 부모님은 아이를 버렸어. 아니, 정확하게는 아이가 떠난 거지. 별장에 갔을 때 아이는 없었어. 달아난 거야. 그 후로는 어떻게 됐는지 몰라."

"그런데 이제 와서 왜 그 아이, 살아 있다면 어른이 되었을 그분을 찾으시려는 겁니까?"

"내 꿈에 나왔어."

"꿈에요?"

"선명했어. 눈은 피처럼 붉은색으로 빛났고 손은 뭉개져 있었어. 그런데……."

진우의 머리를 스치는 것이 있었다. 숲속에서 찍힌 괴물의 사진, 이틀 전 김경희 기자가 화면을 열어 보여주었던 수형체의 사진이 퍼뜩 머리를 스쳤다.

"그런데 꿈속에 나온 그 아이는…… 하나가 아니라 둘이었어. 의사가 그러더군. 나의 자아와 동생의 모습이 분신처럼 겹쳐져서 나타난 거라고. 그딴 소린 믿지 않아. 어쨌든 내 꿈에선 두 아이가 산을 배회하며 울부짖었어. 너무도 끔찍하고 슬픈 소리였어. 한이 사무친 짐승의 울음소리……."

노인이 잠깐 고개를 숙였다. 다시 고개를 들었을 때 그의 맑은 눈동자가 충혈돼 있었다.

"이 선생, 동생을 찾아줘. 부탁하네. 내 꿈에 나왔다면 동생
은 아직 죽지 않고 살아 있을 거야. 어떻게든······."

조금 격한 어조로 말하다가 그가 말을 멈추었다.

등 뒤에서 나는 인기척에 진우가 고개를 돌렸다. 집사가 쟁
반을 들고 들어왔다. 물수건과 물이 반쯤 담긴 컵을 노인 옆
의 탁자에 조용해 내려놓았다. 집사는 진우에게도 시원한 얼
음이 잠긴 주스를 건넸다.

노인이 물수건을 들어 눈에 갖다 댔다. 수건을 떼어내자 다
시 냉정한 표정으로 되돌아와 있었다.

"살아 있다면 올해 오십이 다 됐을 나이야. 나하고는 배다
른 핏줄이야. 어쨌든 우리 둘 다 아버지 자식이지. 나도 동생
을 본 적이 없어. 어떻게 생겼는지 나도 몰라. 사진 한 장 없어.
그냥 동생이 살아 있다는 느낌 말고는 아무것도 없어."

"그 별장은 어디에 있었나요?"

"하동. 지리산 자락에."

너는 말하여보라, 하나의 생각이 그를 놀랐다. 죽음이 어떤
모양인지 말해보라, 그 생각이 진우를 쫓아다녔다. 진우는 표
현 불가능한 것을 느꼈다. 그 느낌과 이미지가 어떻게 그의 머
릿속에 들어왔는지 그는 몰랐다.

'수형체?'

진우가 스스로에게 물었다. 의심하는 것은 불가능했다. 하찮은 물음 따위로는 몰아낼 수 없었다.

'그 아이의 불행과 고통이 그를 짐승으로 만든 것인가.'

믿음은 함정에 빠져 허우적대는 것과 같다. 나오려고 해도 나올 수가 없다. 모든 몸부림이 더 깊은 함정으로 이끈다. 진우가 가진 의심은 그를 더 깊은 믿음으로 이끌었다.

"지금도 그 아이를 위해 별장을 열어두고 있어. 집 안에 음식도 넣어두고 그래. 언제든 찾아오라고. 아버지 유언이었지."

노인은 약간씩 손을 떨었다. 저 손짓이 두려움이라는 걸 진우는 알았다.

"그 후로 동생분이 다시 찾아온 적은 있나요? 별장에?"

그랬을 리가 없다. 진우는 느꼈지만 그래도 물었다.

"아니. 한 번도."

노인이 대답했다. 그가 떨리는 손으로 탁자 위의 리모컨을 들어 버튼을 눌렀다. 책장 옆의 TV가 켜졌다. 다른 버튼을 눌렀다. 열두 개의 분할 화면이 나타났다. 별장에 설치해둔 CCTV의 화면인 것 같았다.

"돌아가시기 전에 아버지는 하루 종일 이걸 보고 계셨어. 이젠 내 몫이군. 나도 요즘 이 화면을 들여다봐. 하루 종일."

진우도 화면을 보았다. 진입로를 따라가면 한쪽이 개방된 철문이 나온다. 수십 년 된 나무들이 빼곡히 들어찬 정원, 차가운 철망이 정원을 감싸고 있다. 어두운 실내, 나무 바닥, 방이 아니라 사육장 같은 공간······. 진우는 그곳에 갇혀 살던 열두 살 아이를 떠올렸다. 아이는 어떤 고통으로 울부짖었을까.

"필요하다면······, 그 여기자와 함께 동생을 찾도록 하시오."

부탁이 아니었다. 그것은 명령에 가까운 말이었다. 노인은 진우의 어떤 부분을 믿지 못하는 것 같았다.

"동생을 찾아준다면 사례를 하리다."

"괜찮습니다. 그런 걸 보고 여기 온 게 아닙니다."

"찾지 못해도 좋소. 생사만이라도 확인해주시오."

"이사님, 저는 탐정이 아닙니다. 이사님이 봉직하시는 학교 재단의 평교사에 불과합니다. 너무 큰 기대 마시길······."

"믿음은 아무에게도 해가 되지 않소. 그렇지 않소? 난 기대가 아니라 믿음을 가진 거요. 난 동생이 살아 있다고 믿어요. 내 믿음을 이해하시겠소?"

그는 몇 번이고 믿음을 말했다. 그의 믿음은 그의 슬픔을 마시며 자랐으리라. 늘 젖어 있는 슬픔, 막을 수 없는 믿음,

모래처럼 흘러내리는 하나하나의 불행들…….

"이해할 수 없는 믿음을 말씀하시는 건가요?"

"그래요. 맞아요. 그래서 당신에게 연락한 거요. 어째서 내가, 한 번도 본 적 없는 그 아이를 찾는 건지, 나도 모르겠소. 마치 누군가가 내 머릿속에서 동생을 생각하는 스위치를 켠 것 같아. 그걸 끌 수가 없소."

노인이 흔들리는 손을 들어 입을 훔쳤다. 가느다란 그의 입술이 힘없이 떨렸다.

"새빨갛게 타오르는 그 아이의 눈동자, 한시도 쉬지 않고 머릿속을 휘저어대는 그 아이의 울음소리, 산골짜기와 길거리를 떠도는 아이의 유령, 돌멩이로 그 아이를 때리는 자들을…… 나는 막을 수 없어. 나는, 나는……."

가슴과 어깨를 들썩이며 노인이 떨었다. 축 처진 손을 턱 아래로 올리고는, 어디에 내려놓을지 알 수 없어 손을 이리저리 옮겼다. 자기 손이 아닌 것처럼, 훔친 물건을 들고 주춤거리는 도둑처럼 그가 자기 손을 보며 울었다.

"회장님, 이제 그만……."

어느새 집사가 들어와 있었다. 노인이 겁먹은 눈으로 집사를 올려다보며 얌전히 두 손을 모았다. 좀 전에 보았던 위엄 있고 노련한 눈은 노인의 얼굴에서 사라지고 없었다. 노인은 작은 원숭이 같았다. 축 처진 어깨를 안쪽으로 모아 두리번거렸다.

집사가 휠체어를 끌고 가면서 잠시 기다리라는 사인을 진우에게 보냈다. 집사는 비밀스런 책장의 자동문을 열어 노인과 함께 그 안으로 사라졌다.

얼마 후 집사는 거실 통로에 다시 나타났다. 예순은 돼 보였지만 집사는 건장한 신사였다. 말투나 행동거지가 차에 왁스나 바르는 사람 같지 않았다. 그는 작은 가방을 손에 들고 있었다. 그가 진우를 배웅하며 말했다.

"회장님은 얼마 전에 우울증 중증 진단을 받으셨습니다. 직계 가족은 모두 돌아가셨고 동생분에게 희망을 걸고 있습니다. 선생님께서 도와주시면 감사하겠습니다."

그가 작은 가방을 진우에게 내밀었다. 진우는 그 안에 무엇이 들어 있는지 몰라 사양할 수가 없었다. 뭘 이런 걸, 하면서 사양하면 오히려 뭔가 바라는 게 있는 사람으로 보일 것 같았다. 노인만큼 집사 역시 노련한 사람으로 보였다.

"이것저것 필요할 것 같은 물품을 넣어두었습니다. 가시는 길에 열어보시면 됩니다."

"혹시 돈 같은 게 들어 있다면 사양하겠습니다."

"압니다. 선생님이 어떤 분이신지."

'나를 안다고? 뭘?'

뒷조사를 당한 것 같았다. 진우가 조금 불쾌한 표정을 지었다. 집사가 재빨리 그의 표정을 읽었다. 그가 차분하게 가방 속의 내용물을 설명해주었다.

"현금은 없습니다. 신용카드입니다. 사양하지 마시고 받아두세요."

집사가 선한 표정으로 미소를 지었다.

"선생님, 이것도 업무입니다. 판공비 정도로 생각하고 쓰시면 부담 없으실 겁니다. 한도는 없습니다. 언제든 필요할 때 쓰세요. 그리고 작은 금속 상자가 있습니다. 동생분의 유치(幼齒, 젖니)입니다. 전 회장님께서 모아두셨던 겁니다. 따로 보관해두던 건데, 혹시나 해서 제가 챙겨 넣었습니다."

그는 매우 합리적인 사람으로 보였다. 어떠한 경우에도 섣불리 말하거나 행동하는 사람으로 보이지 않았다. 40여 년 전에 실종된 집안사람을 찾는 일에 초능력자를 부르거나 그 초능력자에게 어렸을 적 젖니를 보여줄 만큼 몽매해 보이지도 않았다.

그는 회장의 일을 진심으로 걱정하고 있었다. 회장의 권위와 품위를 지켜주고 그를 보호하기 위해 집사는 꼭 필요한 순간에 나타나거나 사라지는 사람이었다.

진우는 그 집사의 철두철미함이 두렵게 느껴졌다. 만약 어떤 일이 벌어져 어긋난다면, 그가 은밀하게 움직이며 나타날 것 같았다. 진우의 막연한 두려움은 집사가 설명한 그 다음 물건에서 실재가 되었다.

"그리고 혹시 가방을 열어보시고 놀라실 것 같아 미리 말씀드리겠습니다. 가방 안에는 화약식 가스총이 들어 있습니다. 한 번에 3초간 분사됩니다. 6연발 자동장전식이고 예비 가스 탄창이 두 개 더 들어 있을 겁니다. 근거리용이라 그리 큰 도움은 되지 않겠지만……."

진우는 그가 무섭게 느껴졌다. 가스총이 아니라 38구경 권총이라도 가슴 속에 품고 있을 것 같았다.

"그게 왜 필요한가요? 가스총이?"

"혹시나 해서요. 산에서 짐승을 만날 수도 있으니까. 몸조심하십시오, 선생님!"

집사가 악수를 청했다. 진우가 그의 손을 잡았다. 작고 딱딱한 그의 손이 얼음처럼 차가웠다.

사탄 4

내가 말하는 죽음을 기억하라.

유대인들은 못생겼다는 이유로 꼬챙이에 매달려 죽였다. 악취 나는 사라센인들을 끓는 물에 넣어 죽였다. 고독한 자를 마녀라 부르고 광장에서 불태워 죽였다. 병에 걸려 신음하는 자의 이 가는 소리를 듣지 않으려고 산 채로 흙속에 파묻었다.

그 모든 고통에도 굴종하지 않는 자존심을 일컬어 사람들은 악마라 한다.

그렇다면 형제들이여 악마가 되라.

악마는 오염되지 않은 언어로 말한다.

눈먼 문둥이의 목젖을 열어보라. 쾌락도 구원도 신도 없는 울음소리, 그것이 악마의 말이다.

형제들이여 꿈꾸기를 멈추라.

오직 너의 상처로써만 울라.

고결한 고통을 얻기 위해 사랑하는 모든 이를 죽이라.

너는 저주가 되리라. 파멸이 되리라. 두려움이 되리라.

너의 번쩍이는 비늘 같은 위선을 벗고.

— 어느 노숙인의 일기 중에서

산.

〈파라노말 미스터리〉의 매출은 꾸준히 상승세를 탔다. 스도쿠 잡지와 치열한 경쟁을 벌이며 잡지 총판을 통해 팔려나간 잡지는 전국 구석구석 안 들어간 데가 없었다.

잡지는 여러 사람들의 손을 거쳐 킬링타임 용도로 읽히거나 그 외 다양한 용도로 활용되었다. 예를 들어 그것은 울퉁불퉁한 표면에 깔개로 사용하기에 딱 좋았다.

지금 그 잡지가 한 여행가의 엉덩이에 깔려 있었다. 그는 바위에 걸터앉아 땀을 식히는 중이었다. 산 입구 쓰레기통에 들어가 있던 〈파라노말 미스터리〉를 여행자는 깔개로 쓰려고 주워 들었다.

여행자가 휴식을 끝내고 일어섰다. 잡지를 돌돌 말아 가방에 쑤셔 넣었다. 그가 다시 발길을 재촉했다.

여행자는 산을 잘 아는 사람이었다. 그는 30년째 산을 탔다. 잘 길들여진 등산화가 그의 몸무게를 군말 없이 받아주었다.

낡았지만 그의 등에 착 달라붙은 55리터 배낭 역시 친구처럼 편안했다. 가끔씩 그는 배낭에게 말을 걸기도 했다.

"해가 지겠군."

그가 배낭에게 말했다.

여행자는 등산객들을 피해 자신만 아는 길을 따라 걸었다.

저녁 5시 20분에 해가 졌다. 그가 헤드랜턴을 밝혔다.

그는 야간 산행을 즐겼다. 밤에는 공기의 냄새가 다르다. 허파 깊이 밀려드는 숲의 공기가 무척 고독했다. 그 느낌이 좋았다.

갈림길이 나왔다. 여행자가 눈을 감았다. 확신이 들 때까지 공기의 흐름을 느끼는 것이다.

예민한 그의 감각이 미세한 온도 변화를 느꼈다. 왼쪽 목덜미 쪽으로 서늘한 하강기류가 있었다. 그곳은 경사가 급하다. 그는 오른쪽 길로 나아갔다.

발은 신중하고 정확하게 땅을 밟았다. 땅에 박힌 돌의 각도를 짐작했다. 걷는 속도는 빨랐지만 그는 호흡을 아꼈다. 헉헉거리며 숨을 낭비하는 법이 없었다. 입을 닫고 코로만 숨을 쉬었다. 그렇게 하면 입안이 말라 물을 찾는 일이 없다.

7시 정각에 그는 자신만 아는 바위에 도착했다. 위로 올라가 땀을 식히며 초콜릿을 씹었다. 몇 모금 물을 마셨다. 온몸을 적신 땀이 따뜻한 바람에 증발했다. 옷이 말랐다. 그가 다시 일어섰다. 두 시간쯤 가면 대피소에 도착할 것이다.

8시경에 작은 계곡을 통과했다. 커다란 바위 밑에서 고인 물로 얼굴을 씻었다. 바람이 좋아 거기서 숙영할까 생각도 했다. 한 시간만 더 오르자, 그가 다시 경사를 탔다.

날이 가물었다. 산속의 땅도 말라서 푸석거렸다. 달빛에 산 그림자가 깊었다. 나무의 키가 눈에 띄게 작아졌다. 관목들이 나타났다. 조금만 더 가면 능선이다.

제법 급한 경사면이 나타났다. 이곳만 오르면 평지가 나타난다. 여행자가 나무를 붙잡고 등반을 시작했다.

그의 발이 미끄러졌다. 밤하늘에 선명하게 드러난 달무리를 보고 있을 때였다. 아주 작은 실수였다.

발이 미끄러지면서 그는 상체를 앞으로 숙였다. 땅바닥으로 엎드리기 위해서다. 하지만 몸은 바닥을 만나지 못하고 옆으로 굴렀다. 거의 70도에 가까운 경사였다.

옆으로 넘어진 것은 치명적인 실수였다. 사람의 몸은 옆면으로 보면 통나무 같은 꼴이 된다. 경사를 따라 몸이 계속 굴렀다. 나무 둥치에서 한 번 몸이 꺾였다. 갈빗대가 부러지는 소리가 들렸다. 몸을 말아서라도 가속도를 제어해보려고 했지만 그럴 수 없었다.

이대로 계속 구른다면 4~5미터 높이의 낮은 절벽을 만나게 된다. 절벽 아래에는 날카로운 바위들이 널려 있다. 그는 좀 전에 그곳을 올라왔다. 어떻게 해서든 속도를 늦추려고 애를 썼다. 사지를 넓게 벌려 구르는 힘을 막아보려 했다.

그러나 그 자세 때문에 더욱 불행한 일이 벌어졌다. 나무가 자라면서 갈라놓은 돌 틈에 그의 왼쪽 다리가 끼었다. 몸이 아래로 처지면서 돌 틈에 낀 다리가 꺾였다. 우두둑거리며 뼈가 바스러지는 소리를 냈다. 정강뼈와 종아리뼈가 부러지면서 살갗을 뚫고 밖으로 나왔다.

뜨거운 통증이 다리에서 밀려 올라왔다. 산이 울릴 만큼 큰 소리로 여행자가 비명을 질렀다. 종아리에서 허벅지 쪽으로 뜨거운 액체가 흘렀다. 여행자가 기절했다.

10분 후, 그가 깨어났다. 다리는 옆으로 꺾여 돌 틈에 끼여 있었다. 무게 때문에 그의 몸은 아래쪽으로 늘어졌다. 부러진 다리에 그의 몸뚱이가 매달린 꼴이었다.

숨이 불규칙하고 거칠게 터졌다. 어떻게든 몸을 일으켜 다리를 빼내야 한다. 하지만 조금만 힘을 주어도 극심한 통증이 일었다. 그 상태로 가만히 있어도 아프기는 마찬가지였다. 늘어진 상체가 다리를 아래로 당겼다.

손을 뻗어 주변의 나무나 바위를 잡으려고 했지만 아무것도 할 수가 없었다. 그는 숨을 고르며 생각해보았다.

다리에서 출혈이 있지만 심장보다 높은 곳이다. 그대로 가만히 있기만 한다면 혈액이 응고되면서 출혈은 멈출 것이다. 하지만 지금 자신이 조난당한 곳은 인적이 거의 없는 곳이다. 등산로에서 적어도 3킬로미터 이상은 떨어져 있다. 출혈이 계속된다면 정신을 잃을 것이다. 깨어날 수 없는 잠이 밀려올지 모른다.

휴대폰은 배낭 속에 들어가 있었다. 그걸 꺼내려면 우선 몸을 일으켜야 하지만 부러진 갈빗대 쪽에도 통증이 심했다.

그 상태로 배낭을 풀어보기로 했다. 그는 가방 위에 누운 자세로 있었다. 배낭이 경사면 바닥에 있고 그의 몸은 그 위에 있었다. 잘만 하면 배낭이 굴러 떨어지는 타이밍에 손으로 잡을 수 있다. 그러면 양팔을 머리 위로 뻗은 채 배낭을 열고 휴대폰을 꺼낸다.

머리에서 그림이 그려졌다. 허리 버클을 풀었다. 배낭이 아래로 약간 처졌다. 몸을 오른쪽으로 틀면서 어깨를 비틀었다. 몸의 각도가 바뀌면서 갈빗대와 다리뼈 모두에서 불로 지지는 듯 통증이 밀려왔다. 다시 비명을 질렀다.

어깨끈은 아래로 처지기만 할 뿐 벗겨지지 않았다. 가방을 벗으려면 어떻게든 몸을 들어 올려야 한다.

그가 약간씩 몸을 들썩거렸다. 그럴 때마다 배낭과 몸의 거리가 멀어졌다. 이윽고 배낭의 오른쪽 어깨끈이 풀려났다. 그가 몇 번 몸을 뒤척이자 배낭이 아래로 처졌다. 있는 힘을 다해 몸을 비틀었을 때 배낭이 바닥으로 쭉 미끄러졌다. 그와 동시에 그가 손을 머리 위로, 그러니까 경사 아래쪽을 향해 뻗었다. 가까스로 그의 손이 떨어지는 배낭을 붙잡았다. 그대로 아주 조심조심 그가 배낭을 들어 올렸다.

숨쉬기가 무척 힘들었다. 겨우 배낭에서 휴대폰을 빼냈을 때 팔에 힘이 빠졌다. 갈빗대의 통증 때문이었다. 휴대폰을 손에 쥐자마자 배낭은 낮은 절벽 쪽으로 떨어졌다. 푹 하고 배낭이 바닥으로 떨어지는 소리가 들렸다.

거꾸로 매달린 채로 남자는 휴대폰을 들어 구조를 요청했다. 저쪽에서 들리는 소리에 여행자는 잠깐 통증을 잊을 만큼 상쾌했다.

여행자가 머리를 위로 치켜들어 성대를 열었다. 그래도 목에서 눌린 소리가 났다.

"여기는 지리산 종주로…… 영신봉 아래쪽 계곡. 다리하고 갈빗대가 부러졌고 움직이기 힘들어요. 출혈도 있고…….

다리가 부러지면서 살갗을 찢었어요. 지혈하기도 어렵고. 빨리…… 도와주세요. 배터리는……." 여행자가 폰의 화면을 보았다. 그리고 다시 귀에 대고 말했다. "50프로 정도. 빨리 와주세요."

— 시간이 걸릴 수도 있으니까 휴대폰 전원을 비상대기모드 상태로 해두시고 기다리세요. 통화는 최대한 자제하시고요. 어떻게든 지혈을 해야 합니다. 힘드시더라도 당황하지 마시고 주변 지리를 잘 살피면서 대응하세요.

구조대와 통화를 한 후 여행자의 숨소리가 안정을 찾았다. 그가 폰을 등산조끼 주머니에 넣고 지퍼를 닫았다.

끼인 다리에는 감각이 없었다. 머리에서도 찐득한 핏기가 느껴졌다. 굴러 떨어지면서 머리에도 상처를 입은 것 같았다.

그 상태로 한 시간이 흘렀다. 피가 머리로 쏠렸다. 잠이 들었다가 통증에 깨기를 반복했다.

절벽 아래에서 소리가 들렸다. 발소리 같기도 하고, 뭔가 움직이는 소리였다.

'산짐승인가?'

여행자가 고개를 뒤로 젖혀 아래쪽을 보려고 안간힘을 썼다. 작은 불빛이 움직이는 게 보였다. 헤드랜턴. 머리에서 떨어진 것이다. 산짐승이라면 불빛 가까이로는 가지 않는다. 그가 소리쳤다.

"도와주세요!"

그의 소리가 아래로 퍼졌다. 절벽 아래에서 움직이는 소리가 멈췄다. 도와주세요, 다시 한 번 외쳤다.

달그락거리며 돌멩이가 구르는 소리가 들렸다. 누군가가 위로 올라오는 소리. 여행자의 몸이 꿈틀거렸다.

이 산중에 누군가가 있다면 그 역시 여행자일 것이다.

산사람들은 서로 통하는 바가 있다. 자기 목숨이 위급할 때가 아니라면 조난자를 결코 버려두지 않는다. 그것은 산을 오르는 사람들의 불문율이다. 구조와 조력은 산을 찾는 자들의 시민의식이자 절대 규율이다.

여행자는 안도의 숨을 내쉬었다. 아래쪽에서 낮은 벼랑을 오르는 소리가 들렸다.

이제 살았다. 여행자는 당장 몸을 일으켜 지혈을 해야 하는 과제가 있었다. 그와 의형제를 맺으리라, 여행자는 그렇게 생각하며 아래쪽으로 귀를 열었다.

소리는 이제 그와 몇 미터 간격을 두고 들렸다. 그의 숨소리도 들렸다. 거칠고 불규칙한 숨소리…….

갑자기 억센 손이 여행자의 머리칼을 꽉 움켜쥐었다.

여행자가 아악, 하며 비명을 질렀다. 나무뿌리를 잡으려다가 우연히 여행자의 머리칼을 잡은 것 같지 않았다. 그 손은 애초부터 그걸 노린 것 같았다. 억센 손은 머리를 잡자마자 아래로 힘을 주어 끌어당겼다.

"아악, 다리가 돌에 걸렸어요. 그렇게 잡아당기면 안 돼! 이거 봐!"

억센 손은 여행자의 말을 무시했다. 억센 손을 가진 자가 그의 머리를 잡고서 위로 기어올랐다.

여행자는 여린 달빛이 스며든 벼랑 끝에서 하나의 괴물을 보았다.

치열이 전체적으로 불거져 나오고 입술이 기괴하게 뒤틀린 사람의 모습이었다. 한쪽 눈은 백태가 낀 것처럼 하얀 막으로 덮여 있었다.

붉은 눈. 어둠 속에서도 눈빛이 붉게 반짝였다.

문득 얼굴을 쓰다듬는 손이 느껴졌다. 한 손으로는 여행자의 머리칼을 움켜쥐고 다른 손을 뻗어 얼굴을 쓰다듬고 있었다. 쾌락을 좇아 몸을 더듬는 것처럼 통통한 손가락이 얼굴을 섬세하게 어루만졌다.

"무, 무슨 짓을……. 뭐하는 거야?"

여행자가 고통과 두려움에 휩싸여 떨리는 목소리로 물었다.

"고오오오도오독, 고오오오오독……."

시멘트 바닥을 양철로 문지를 때처럼 찢어지는 소리였다. 짐승이 말하는 소리 같았다. 그르렁그르렁 하는 숨소리도 들렸다. 여행자가 공포에 저린 비명을 질렀다.

"죽음을 생각하다니, 외로운 자여……."

짐승의 목소리가 뚜렷한 단어를 발음하자, 미칠 듯한 공포가 몰려왔다. 게다가 그 말은, 여행자의 마음에서 올라온 단어였다. 그는 외로웠고, 죽음이 두려웠다.

"이런 건 아냐! 이런 게 아니라고……."

여행자가 팔을 휘저으며 겁에 질려 소리쳤다. 짐승 같은 자의 입과 몸에서 끔찍한 냄새가 퍼졌다.

통증으로 감각이 예민해진 여행자는 온몸으로 괴물의 형체를 보고 거친 숨소리를 듣고 냄새를 맡았다. 여행자의 기억은 거기까지였다. 여행자는 지옥을 본 사람처럼 떨었다.

짐승 같은 힘이 여행자의 머리를 양쪽에서 잡았다. 괴물의 두 손이 여행자의 머리를 재빨리 옆으로 꺾었다. 나뭇가지 부러지는 소리가 났다. 윽, 하는 짧은 소리와 함께 여행자의 숨소리와 말소리가 사라졌다.

더럽고 억센 손이 여행자의 겨드랑이로 파고들었다. 손이 여행자의 상체를 아래로 힘차게 당겼다. 돌에 낀 여행자의 무릎이 탈구되었다. 몇 번을 세차게 아래로 끌어당기자 여행자의 몸이 벼랑 아래로 떨어져내렸다.

다음 날 오전 11시 45분에 구조대가 여행자를 발견했다. 산짐승에 의해 훼손된 사체의 일부는 조난당한 위치에서 200여 미터 떨어진 계곡에서 발견되었다.

비탈진 산길을 구르다 다리가 돌 틈에 낀 것으로 추정되는 자리에 조난자의 다리가 박혀 있었다.

평생 50여 회에 걸쳐 지리산 종주를 해왔던 백종흠 씨(56세)는 등산 둘째 날 밤 사고를 당한 것으로 보였다.

처음 백 씨의 시신을 발견한 구조대원은 매우 공격적인 짐승에게 당한 것 같다고 경찰에 진술했다.

"무릎 아래는 떨어져나가 있었고 머리 부위를 제외한 복부 쪽을 공격당한 흔적이 뚜렷했습니다. 아마도 벼랑에 매달려 있던 조난자를 물고 아래로 내려온 것 같습니다."

그러나 구조대의 신고를 받고 현장으로 출동한 경찰은 타살로 의심되는 몇 가지 정황을 포착했다. 그가 배낭 속에 소지하고 있던 것으로 보이는 물품들이 사체 주변에 흩어져 있었다. 산짐승이라면 튼튼하고 정교한 방수 지퍼를 열지 못한다.

그가 메고 있던 배낭은 어디에도 보이지 않았다.

10여 년 전에 캐나다로 이민 간 그의 아내와 겨우 연락이 닿았다. 아내가 백 씨의 사진을 전송했다. 유족들에 따르면 그가 등산 당시 메고 있던 55리터짜리 청록색 컬럼비아 배낭은 백 씨가 아끼던 전문가용 배낭이었다.

조난 위치로 미루어보건대 백 씨가 벼랑에서 내려와 가방을 다른 곳으로 옮겼을 가능성은 매우 낮은 것으로 보인다.

백 씨의 소지품을 확인한 결과 사라진 것은 배낭과 현금. 휴대폰과 고가의 등산 장비는 일절 손을 대지 않았다.

경찰은 최근 들어 곳곳에서 발생하는 등산객 강도 사건의 연장선상에서 수사를 시작했다. 서울의 까치산과 북한산에 이어 지리산 등산객 피살 사건은 또 다른 등산객 강도 사건으로 기록되었다.

산-버스터미널.

하동 터미널 CCTV에 백 씨의 것으로 보이는 청록색 컬럼비아 배낭을 멘 사람이 확인되었다. 그 사람은 서울로 가는 12시 30분 버스에 승차했다.

산-버스터미널-길.

쓰러지듯 어둠이 내렸다. 길이 사납게 변했다.

따뜻한 사람들이 모두 이불 속으로 들어가는 밤. 쥐 같은 사람들이 길로 나와 쓰레기를 뒤졌다.

쓸 만한 옷, 신발, 플라스틱 통, 숟가락, 손톱깎이, 신문지, 종이, 빈 박스, 통조림……. 그들은 무엇이든 끌어모아 가방 속에 넣었다.

그들은 달팽이처럼 살았다. 가방을 들고 걸어가다 가방을 열고 신문지를 꺼내 길바닥에서 잠을 잤다.

그 사람도 그들 중에 있었다. 청록색 컬럼비아 배낭을 메고 다니는 사람.

지금은 7월로 접어드는 여름밤이었다. 로션처럼 끈적이는 땀이 흘렀다. 그런데도 그 사람은 배낭을 풀지 않았다. 그리고 끊임없이 중얼거렸다.

"네가 오자고 한 거야. 난 아냐. 빌어먹을! 쓰레기나 뒤져야 하다니."

그 사람은 파리바게뜨 상자를 열어 케이크 조각을 손으로 발라 먹었다. 그는 남은 케이크 덩어리를 머리 위로 들어 올렸다. 그리고 어눌한 손놀림으로 등에 멘 가방의 위쪽을 열어 케이크를 그 속으로 떨어뜨렸다.

"그걸 그냥 거기 넣으면……."

옆에서 쓰레기를 뒤지던 쓰레기 같은 사내가 그에게 말했다. 손에 고려은단 비타민 통을 들고 있던 사내다. 그는 입안으로 털어 넣은 비타민 알을 우둑거리며 씹고 있었다. 그의 입가로 침이 흘렀다.

그가 배낭 멘 자의 더러운 수집벽을 간섭했다. 자신이라면 그 자리에서 다 먹었을 것이다. 생크림 덩어리를 가방에 넣다니, "미친놈!" 그렇게 말하자 비타민 몇 알이 입 밖으로 튀었다.

"뭐?"

배낭 멘 자가 짧은 소리로 대들듯이 말했다.

"아냐. 아무것도……."

비타민을 먹던 사내는 그의 거친 말에 약간 주눅이 들었다.

"콱, 씨!"

배낭 멘 자가 위협했다.

"이 새끼가!"

상대의 위협에 비타민 사내도 갑자기 성질이 났다. 그가 손에 든 비타민 통을 바닥으로 집어 던졌다. 주변의 노숙인들이 두 남자 쪽으로 시선을 돌렸다.

산-고속버스 터미널-길-화장실.

지리산 등산객 피살 사건이 발생한 지 나흘 후, 서울에서 유사한 살인사건이 발생했다.

공중 화장실에서 복부의 장기가 적출된 시신이 발견된 것이다. 피해자는 주거지가 명확하지 않은 60세가량의 남성. 전날 밤 피해자가 배낭을 멘 사람과 다투는 걸 목격했다는 주변 노숙인들의 증언이 있었다.

화장실 주변 CCTV에 컬럼비아 등산 가방을 메고 있는 사람이 찍혔다.

용의자의 이동 경로가 최초로 확인되었다. 그는 하동을 출발하여 서울로 왔다. 어딘가로 이동 중인 것으로 보인다. 경찰은 그를 긴급 수배했다.

국과수에서는 CCTV에 찍힌 범인의 신체 비율(골반 비율)을 고려할 때 남자가 아니라 여자일 수도 있다는 조심스러운 견해를 내놓았다.

사건은 지리산 등산객 강도 살인 사건에서 연쇄살인 사건으로 확대되었다. 용의자는 피해자의 장기를 적출하는 엽기적인 살해 행각을 보이고 있으며, 등산객 1명을 포함하여 현재까지 피해자는 총 2명으로 확인되었다.

용의자는 키 175센티미터에 약간 살집이 있는 남성 혹은 여성이며 등에 청록색 컬럼비아 등산 배낭을 메고 있다. 긴급 수배 전단이 서울 시내 곳곳에 뿌려졌다.

산-버스터미널-길-화장실-편의점.

등에 커다란 청록색 배낭을 멘 사람이 편의점으로 들어왔다. 자정이 조금 지난 시간이었다.

"이거 얼마요?"

배낭을 멘 사람이 차가운 훈제 닭다리를 손에 들고 점원에게 물었다. 띡, 바코드 찍는 소리가 났다.

"2300원입니다."

점원이 귀에 이어폰을 꽂은 채 말했다. 배낭 멘 사람이 흙 묻은 지폐와 동전을 계산대 위에 떨어트렸다. 500원짜리 동전이 요란하게 굴렀다.

점원이 고개를 들어 이 냄새나는 손님의 얼굴을 보았다. 헉, 하고 그의 숨이 멎었다.

핑크빛 눈동자, 울룩불룩 일그러진 입술, 여기저기 터진 살, 편의점의 환한 형광등 아래에 짐승 같은 자가 서 있었다. 점원이 거스름돈을 꺼내는 사이에 배낭 멘 사람이 뒤를 돌아 출입구로 걸어갔다.

"저, 아주머니! 거스름돈……."

점원이 그 사람을 불렀다. 배낭 멘 자는 이미 나가고 없었다. 발 냄새 같은 고약한 악취가 매장을 가득 채웠다. 점원이 200원을 주머니에 넣었다.

사탄 5

어둠의 날에 주께서 도덕을 심판하시리라.

하나의 금지가 백만 개의 도덕으로 자라난 그릇된 진화의 가지를 비

로소 꺾으시리라.

그의 날선 검이 아름다운 허리를 꺾고 숭배받는 둔부에 악의 씨를 뿌

리리라.

저주의 증류기가 태어나 악의 궁휼로 세상을 덮으리니,

자유로운 자들에게 올가미의 고통을,

평화로운 자들에게 학살의 고통을,

평안히 늙은 노인에게 고문의 상처를 줄 것이요,

향기 나는 살결에 벌레를 먹이고,

고운 입에 화염을 부으리라.

그날에 너 도덕이여, 선이여, 쓸모없는 자비여,
너는 들으리라. 지옥의 게리온이 부르는 간음의 노래를.

— 어느 노숙인의 일기 중에서

진우는 섬진강대로에서 1023번 도로로 빠지는 곳에 차를
세웠다. 경상남도 하동군 화개면, 지리산 등산로 입구 인근 5
킬로미터 지점.

새벽 6시에 김경희와 함께 차를 타고 서울을 출발해 5시간
을 달렸다.

오전 11시. 별장에 이르기 전에 식사를 하자며 김경희가 식
당을 가리켰다.

재첩국 집에서 한 시간을 보냈다. 7월 오후의 뜨거운 열기
가 절정에 이르고 있었다. 그녀가 먼저 식당을 나갔다.

진우는 화장실에 들렀다가 집사가 건네준 카드로 밥값을
계산한 후 식당 밖으로 나갔다. 김경희가 밖에서 담뱃불을 끄
고 있었다.

"찾으면 어떻게 하죠?"

찾지 못할 거라는 생각은 왜 안 하는 걸까? 땀에 젖은 그녀
의 얼굴이 번들거렸다. 검은 머리카락이 볼에 붙어 지저분해
보였다.

"못 찾으면요?"

진우가 차에 올라타면서 물었다.

"놀러왔다 가는 셈 치죠, 뭐. 어차피 기름 값, 숙박비, 다 공짜 아니에요?"

그녀가 조수석에 앉아 안전벨트를 맸다.

"왜 가스총을 줬을까요?"

가슴을 조이는 벨트를 잡아 늘리며 그녀가 물었다.

"쓸 일 있겠어요?"

그들은 질문으로 대화를 나누었다. 말끝에 계속 물음표가 붙었다.

진우가 2005년 형 아반떼에 시동을 걸었다. 오래된 엔진이 스르렁거리며 이빨 가는 소리를 냈다. 어깨를 들어 올려 땀을 닦으며 그가 핸들을 세차게 돌렸다.

김경희는 자신의 일정과 진우가 받은 청탁이 겹친 것은 우연의 일치가 아니라고 생각했다.

지리산에서 뭔가 움직이고 있다. 그것은 최소한 가스총이 필요할 만큼 거칠거나 초능력으로써만 제압할 수 있을 만큼 강할 것이다.

김경희는 힘든 싸움을 직감했다.

정보의 단편들이 모이는 순간 뭔가가 나타날 것이다. 하지만 아직은 아무것도 보이지 않는다. 지리산에서 찍힌 빨간 눈의 괴물 사진, 지리산 별장에서 실종됐다는 불운한 동생의 출현. 이게 우연의 일치일까.

형제봉 쪽으로 이어지는 비포장도로를 타고 한참 올라가서야 별장이 나타났다. 길이 끊어지면서 내비게이션의 안내도 사라졌다.

더 이상 나아갈 수 없는 수풀 앞에서 진우가 차를 세웠다. 다시 돌아갈 일부터 걱정이 들었다. 옆은 벼랑이고 구불거리는 외길은 수풀에 가려 보이지도 않았다. 후진해서 빠져나가려면 대단한 운전 기술이 필요할 것 같았다.

갇힌 느낌이 들었다. 김경희가 앞뒤를 돌아보며 불안에 휩싸였다.

"왜요?"

땀에 젖은 손수건으로 목을 훔치며 진우가 물었다. 싸움을 벌일 것처럼 얼굴을 잔뜩 찌푸린 채로.

"우리 여기 갇힌 거 아니에요?"

김경희가 불안에 휩싸여 물었다.

"그건 나갈 때 얘기해요."

"여기 맞아요?"

"집사가 가르쳐준 주소는 여기밖에 없어요."

허리까지 자라난 풀 때문에 진입로가 보이지 않았다. 걸을 때마다 날카로운 칡넝쿨 줄기가 발목을 할퀴었다. 잠시만요, 김경희가 차로 다시 들어갔다. 잠시 후 청바지로 갈아입은 그녀가 차에서 내렸다. 딱 달라붙는 스키니 진에 몸의 굴곡이 현란하게 드러났다. 오른쪽 엉덩이에 들어 있는 휴대전화의 각진 형태까지 보였다.

경사가 급한 언덕 위에 성채 같은 별장이 나타났다. 높은 벼랑 위에 세워놓은 정자 같았다. 관리만 잘 한다면 경치 좋은 별장일 것이다.

계곡에서 내려오는 시냇물이 집 안 정원을 가로질렀다. 집의 측면은 바위 절벽, 뒤쪽은 음침한 그림자가 드리운 울창한 숲이었다.

열두 개의 CCTV로 이 집 전체를 관찰하는 것은 거의 불가능해 보였다. 진우는 집의 외관과 주변을 둘러보며 생각했다.

두 사람은 양팔로 수풀을 헤치며 입구처럼 보이는 곳을 향해 조심조심 걸었다.

"뱀이 있을지도 몰라요." 진우가 앞서 가며 말했다.

"그래서요?" 그녀가 건조하게 말했다.

철문이 나타났다. 딱딱한 콘크리트 바닥이 발에 닿았다. 약간 녹이 슬어 있었지만 문은 말짱했다. 안에서 빗장만 걸어놓은 문이었다. 철문에서 뒤를 돌아보니 길의 흔적이 보였다. 오토바이의 바퀴 자국 같은 것이 구렁이처럼 구불거리며 뻗어 있었다.

진우가 철문의 잠금장치를 어떻게 해볼 생각으로 살펴보고 있을 때, 김경희가 자기 키 높이의 철문을 타고 올라 뛰어넘었다. 기익거리며 빗장을 풀었다. 철문이 열렸다.

"동생을 왜 이런 곳에 가두어서 키웠을까요?" 김경희의 질문.

"사람들 눈을 피하려고?" 이진우의 추측.

"왜 피해야 했느냐고요?"

그들은 대답하지 못할 질문을 서로에게 던졌다.

오일을 먹이지 않아 썩은 나무 데크 앞에서 두 사람은 잠깐 망설였다. 진우가 첫발을 내디뎠다. 끼익거리며 썩은 방부목이 숨통 조이는 소리를 냈다.

푸다닥, 박새 몇 마리가 난간에서 날아올랐다. 김경희가 비명을 질렀다.

말벌 몇 마리가 웅웅거리며 낮은 소리로 위협했다. 고개를 들어보니 처마 밑으로 말벌이 들락거리는 게 보였다.

아치형 지붕이 있는 테라스를 지나 현관문을 열었다. 문이 열렸다. 언제든 돌아올 수 있도록 열어놓은 문이다.

하지만 그곳에 들어오거나 돌아온 사람의 흔적은 없었다. 보얀 먼지와 두꺼운 침묵이 두 사람을 맞았다.

신을 신은 채로 두 사람이 실내로 들어섰다. 먼지 위로 발자국이 찍혔다. 아마도 30년 만에 처음 사람의 발길이 스쳤으리라. 죽음조차 무의미한 낯선 행성을 찾은 우주인처럼 두 사람은 어두운 고요에 공포를 느꼈다.

김경희가 일부러 소음을 일으키며 화장실로 들어갔다. 수도꼭지를 돌리자 치익, 치익 하며 공기 빠지는 소리가 났다. 쫄쫄거리며 녹물이 흘렀다. 썩는 냄새가 올라왔다. 그녀가 다시 수도꼭지를 비틀어 잠갔다.

"열두 살 때 탈출했다고요?"

현관문만 열면 밖으로 이어지는 개방된 공간을 '탈출'할 리 없다. 김경희가 방문을 여닫으며 고개를 갸웃거렸다.

"어디 지하실 같은 데가 있을 것 같은데……."

그녀가 혼잣말을 하면서 실내를 걸어 다녔다. 진우는 여기저기 달려 있는 감시카메라를 확인했다. 노인은 지금 두 사람의 움직임을 보고 있을 것이다. 공포영화의 한 장면을 보듯이 거친 화면에서 죽음의 그림자를 찾고 있을 것이다.

여덟 개의 문을 열었지만 지하로 통하는 입구 같은 곳은 없었다. 그저 평범한 거실과 방들이었다.

성북동의 집에서와 같이 별장 안에도 냉기가 흘렀다. 밖에는 섭씨 35도를 넘는 고온이 무엇이든 말려죽일 기세로 타오르고 있었다.

천장이 높은 단층집이었다. 밖에서 보았을 때 높이 솟은 삼각형의 지붕이 다양한 각도로 계곡을 이루었다. 그런데 실내는 삼각의 지붕면을 드러낸 거실을 제외하면 평탄한 목조 천장이었다.

"다락이 있을지도 몰라요! 그래, 다락일 거야!"

김경희가 낮고 평평한 방 안 천장을 올려다보며 말했다. 그녀가 집 안을 돌아보더니 새빨갛게 녹이 슨 주물 난로 옆에서 철제 부지깽이를 집어 들었다.

그걸로 방 안 천장을 통통 치며 돌아다녔다. 천장에서는 얇은 합판 소리가 났다.

현관문 옆에 있는 방의 천장을 두드렸을 때 이상한 소리가 났다. 유럽풍의 둥근 창문이 커다랗게 방을 감싸고 있는 또 다른 거실 공간이었다.

천장에서는 가벼운 합판의 느낌보다는 무언가 꽉 들어찬 소리가 났다. 두 사람이 마주 보며 긴장한 눈빛을 주고받았다.

천장 구석에 점검구 덮개가 보였다. 정사각형의 네모난 덮개 한쪽 끝에 덮개를 여닫을 때 쓰는 작은 스프링 장치가 보였다.

김경희가 방구석에 쓰러져 있는 피아노 의자를 끌고 그 아래로 갔다.

"잠깐."

진우가 어떤 예감으로 말했다. 그녀는 그 허약한 말을 무시하며 재빨리 피아노 의자 위로 올라갔다. 손에 들고 있던 부지깽이를 방바닥으로 내던졌다.

"경희 씨, 뭔가……."

진우는 불안한 느낌을 감출 수 없었다. 그녀가 엄지와 검지로 힘을 주며 스프링 장치를 눌렀다.

"경희 씨, 그만! 안 돼!"

진우가 창밖을 한 번 쳐다본 후 다급하게 외쳤지만 그녀가 이미 스프링 장치를 완전히 누른 후였다. 덮개가 아래로 텅 하고 떨어졌다. 덮개가 열리는 진동이 천장 전체에 퍼졌다.

시커먼 공간이 열렸다. 웅웅 하는 소리가 천장에서 들렸다. 그녀가 그 소리에 귀를 기울이며 까치발을 하고서 어두운 통로를 향해 고개를 들었다. 그 순간 진우가 두 팔로 그녀의 허리를 잡고 끌어내렸다. 두 사람이 바닥으로 쓰러졌다.

왜, 하고 김경희가 사납게 외치려던 순간, 말벌 한 마리가 진우의 눈 밑으로 달려들었다.

아악, 하며 진우가 비명을 질렀다. 김경희가 천장을 보았다. 수백 마리의 말벌들이 거기서 쏟아져 나오고 있었다. 악마의 입에서 터져 나오는 저주의 주문처럼, 새까만 말벌 떼가 그 구멍에서 나왔다.

그녀가 진우의 손을 잡고 방을 빠져나갔다. 동시에 천장에서 쏟아져 나온 말벌이 두 사람을 쫓았다.

그들은 거실을 정중앙으로 가로지르며 달렸다. 김경희는 진우의 손을 잡고 뛰었고 진우는 말벌에 쏘인 오른쪽 눈을 감싸 쥐고 달려가다가 가죽 소파에 다리가 걸렸다.

그래서 뒤통수에 다시 한 번 쏘였다. 진우가 또 소리를 질렀다. 말벌 한 마리가 그의 뒷덜미를 향해 날아든 순간 김경희가 거실 맞은편의 좁은 창고로 진우를 이끌었다.

방향을 바꿀 만한 시간이 없었다. 그럴 만한 시간이 있었다면 그들은 아마 그 좁은 공간에 갇혀 해가 질 때까지 머무르지는 않아도 되었을 것이다. 단 3초라도 어디 숨을 만한 다른 공간이 있었다면 목숨을 걸고 벼랑 옆의 외길을 한밤중에 빠져나가지도 않았을 것이다.

김경희가 경솔하게 녹슨 부지깽이로 천장을 두드리지만 않았어도 그들은 시원한 섬진강 변 모텔에서, 어쩌면 하룻밤을 보냈을지도 모른다. (그랬다면 두 사람의 어드벤처 로맨스가 나왔을 것이다. 또……) 그랬다면 그렇게 지체된 시간에 쫓겨 서울까지 죽음의 레이스를 펼치지도 않았을 것이다.

두 사람은 말벌 대여섯 마리와 함께 거실 한 켠의 작은 창고 공간으로 뛰어들었다. 들어가자마자 김경희가 문을 닫았다. 문이 닫히자 죽음 같은 어둠이 덮쳤다.

두 사람은 빛도 없는 그곳에서 소리를 지르며 30분 동안 대여섯 마리의 말벌과 싸웠다.

그 싸움은 인간의 일방적인 승리였으나 심각한 장애를 남겨놓았다. 진우는 말벌에게 세 방을 쏘였다. 노약자였다면 해독 주사 없이는 살아남기 힘들었을 것이다. 눈이 감길 만큼 단단하게 부어올랐다.

"거이 이, 개아아오?" (경희 씨, 괜찮아요?)

어둠 속에서 진우가 물었다. 그의 손이 심하게 떨렸다. 경희가 진우의 따뜻한 손을 잡았다. 아무것도 보이지 않았다.

"전 괜찮아요. 미안해요."

그녀가 무릎으로 선 채로, 앉아 있는 진우의 머리를 끌어안았다. 그리고 그의 뒷머리를 조심스럽게 쓰다듬었다. 진우의 왼쪽 볼이 단단하게 부푼 그녀의 가슴에 닿았다.

진우는 퉁퉁 부어오른 입술 사이로 침을 흘렸다. 그녀가 눈치 채지 못하게 진우가 부은 입술을 움직이며 씨익 웃었다. 아야, 통증에 인상을 썼다. 다시 아야…….

움직일 때마다 바닥에서 부스럭거리는 소리가 났다. 너저분한 쓰레기가 바닥에 가득했다.

경희가 뒷주머니에서 휴대전화를 꺼냈다. 라이트를 비추었다. 한 사람이 눕기에도 비좁은 공간, 길쭉한 형태의 창고. 바싹 마른 참나무 쪼갬목이 쌓여 있었다. 한겨울에 난롯불을 지피기 위해 장작을 쌓아두는 공간으로 보였다. 불쏘시개 같은 잔가지들도 손끝에 닿았다.

진우의 온몸이 땀으로 젖었다. 현기증이 일었다. 진우는 경련하듯 손을 떨었다. 김경희는 문을 조금 열까 생각했다. 하지만 한 번 더 쏘인다면 진우는 정말 위험한 상태에 빠질지 모른다.

한 시간이 흘렀다. 한 시간 동안 김경희는 싱가포르에서 만났던 빈센트 알토 교수의 죽음과 그노시스 컨퍼런스, 그리고 오즈의 음산한 목소리에 대해 이야기했다. 콜렉터에 대해서는 말하지 않았다. 그런 말을 하기에는 너무 어두운 공간이었다.

진우가 계속 신음했다. 목이 탔다. 땀을 너무 많이 흘렸다.

김경희가 아주 작은 틈을 두고 문을 살짝 열어보았다. 여전히 집 안 천장을 날고 있는 말벌들이 보였다. 문을 단단히 닫고서 그녀가 바닥에 앉았다.

"힘들어요?"

"아요." (아뇨.)

"여기 좀 누워봐요."

좁은 공간에서 그녀가 다리를 접어 허벅지를 대주었다. 진우가 그녀의 허벅지에 머리를 대고 누웠다. 그가 발을 들어 장작더미 위에 올렸다.

"우린 언제 나갈 수 있죠?"

그녀가 그의 머리를 쓰다듬으며 물었다.

"마얼은 기어하느 고추이에요. 이기르 기어하조. 조 더 기다려야 애요." (말벌은 기억력이 있는 곤충이에요. 위기를 기억하죠. 좀 더 기다려야 해요.)

"무슨 말인지 하나도 모르겠어요. 바보 같아요."

"아……이." (아, 씨!)

"그런데 뭔가 이상해요. 왜 여기에 이런 쓰레기 봉지가 가득하죠?"

"으에이 보이?" (쓰레기 봉지?)

"그만 말해요. 바보 같으니까." 그녀가 작게 깔깔대며 웃었다. "집이 오래됐다면 쓰레기 봉지도 오래됐겠네."

그녀가 바스락거리는 봉지를 들어 불빛을 비추었다. 그 와

중에도 호기심을 발산하는 그녀의 눈빛이 반짝 빛났다.

"웃겨. 이게 무슨 라면 봉지게요? 까만소. 진우 씨, 까만소 라면 알아요? 해피 라면, 골드 라면 봉지도 있고. 전부 다 처음 보는 라면들이야. 그 아이, 라면을 되게 좋아했었나 봐. 껌바 아이스크림 포장지, 별의별 게 다 있네요. 시간의 박물관 같아요."

그러다 그녀의 표정이 어둡고 슬프게 변했다.

"열두 살 먹은 아이를 이 좁은 공간에 가둬 키운 걸까요?"

"설마."

진우의 발음이 조금 풀린 것 같았다. 그가 아주 어려운 시옷 발음에 성공했다.

그녀가 계속 쓰레기를 살폈다. 그러다가 봉지 하나를 들고 그녀가 모든 동작을 멈추었다.

"애오?" (왜요?)

그녀는 대답하지 않았다. 그녀의 숨소리도 들리지 않았다.

"경이 이, 애 그래오?" (경희 씨, 왜 그래요?)

"훈제 닭다리 포장지예요."

그녀의 가슴이 세차게 오르내리는 것이 보였다. 휴대전화의 불빛이 그녀의 얼굴을 할퀴듯이 비추었다. 겁먹은 그녀의 눈동자가 떨렸다.

"이런 건 그때 없었어요. 그 아이가 열두 살이던 때에는."

그녀가 겁먹은 목소리로 말했다. 그녀가 벌떡 일어섰다. 진우의 머리가 바닥에 부딪혔다.

그녀가 허리를 숙여 다시 쓰레기를 살폈다.

"유통기한이⋯⋯, 1998년, 이건 2006년 11월, 그리고 이건⋯⋯, 작년 12월 21일! 최근까지 여기 있었어요. 아까 철문 앞에서 오토바이 바퀴 자국을 봤어요. 누가 음식을 여기에 계속 가져다 놓았어요. 그는 여기서 포장을 뜯어 음식을 먹은 거라고요!"

그녀가 손바닥으로 바닥을 훑으며 다른 것들을 뒤졌다. 참나무 사이사이에 마른 나무 조각들이 잡혔다. 그녀가 그걸 집어 들었다. 나뭇가지가 아니었다.

"뼈야. 갈빗대."

그녀는 곡선으로 휜 뼈를 손에 들고 부들거렸다. 그것이 그녀의 손과 함께 떨렸다. 불빛을 바닥에 비추었다. 수십 개의 뼛조각들이 드러났다. 말로 형언할 수 없는 공포가 두 사람을 짓눌렀다.

"여기서 나가야 해요."

"어더게?"(어떻게?)

"말벌이 문제가 아니에요, 지금! 그가 돌아올지 몰라요."

"누가?"

"어쩌면 일부러 진우 씨하고 절 여기 보낸 건지도 몰라요. 우린 지금 그의 먹잇감이 된 건지도……."

"누구요?"

진우가 발음의 고통을 이기며 힘겹게 물었다.

"수형체, 사탄!"

진우가 가스총을 떠올렸다. 그건 차에 있다. 트렁크 깊숙이, 손도 닿지 않는 구석 어딘가에.

무언가 조여오는 느낌이 들었다. 누군가가 이곳으로 오고 있다면? 어서 빨리 이곳을 빠져나가야 한다. 시간이 숨통을 조였다.

문을 열었는데 다시 말벌이 습격한다면? 말벌은 지금 잔뜩 독이 올라 긴장해 있다. 작은 진동에도 날개를 세워 일제히 날아오를 것이다. 차까지 뛰어가는 사이에 두 사람은 수십 방의 독침을 맞고 뙤약볕에 쓰러질지도 모른다. 그러면 여기 있는 갈빗대 조각 같은 신세가 될지도.

땀과 열기에 범벅이 되어 두 사람은 숨이 막혔다. 진우는 거의 탈수에 가까운 현기증을 느꼈다. 일어설 힘마저 빠져나가고 있었다. 속이 메스꺼웠다.

그들은 말벌 떼가 지키고 선 식량 창고에 갇힌 꼴이었다. 어디에도 빠져나갈 구멍이 보이지 않았다.

진우는 처음으로 김경희의 겁먹은 얼굴을 보았다. 괴기 영화에서처럼, 휴대전화의 시퍼런 불빛이 아래에서 위로, 끔찍한 상상에 휩싸인 그녀의 검은 눈을 섬뜩하게 비추었다.

- 2권 끝. 3권에서 계속

초등학교 3학년이나 4학년 때 있었던 일이다. 시골 친척 집을 방문하기 위해 부모님과 함께 여행을 나섰다. 정말 멀었다. 자가용이 흔치 않던 시절이었다. 고속버스와 시외버스를 몇 번이나 갈아탔는지 모른다. 아버지는 읍내 터미널에서 어른들 갖다 준다며 큰 소주를 한 병 샀다. '대선 소주'라고, 2리터짜리 유리병에 담아 파는 술이었다. 마을 입구에 버스가 섰을 때는 이미 어두운 밤이었다. 캄캄해서 아무것도 보이지 않았다. 우리 가족은 어둠에 눈이 익숙해질 때까지 기다렸다가 마을길을 걸었다. 초겨울의 차가운 바람이 볼을 때렸다.

부모님과 누나들은 모두 한 가지씩, 가방이며 보따리를 들고 있었다. 나도 뭔가 기여를 해야겠다는 생각이 들었다. 나는 아버지께 그걸 내게 맡기라고 말했다. 대선 소주병. 가슴에 안고 보니 돌 지난 아기처럼 무거웠다. 그때 나는 한 시간에

한 번씩 사고를 치는 개구쟁이였다. 이번에는 무슨 사고를 쳤을까. 한 시간에 한 번씩 사고를 치는 소년의 가슴에 큰 유리병이 있다.

다행히 아무 일도 일어나지 않았다. 아무것도 보이지 않는 밤길이었으니까, 지루한 시골길에 장난칠 소재가 마땅치 않았다. 놀려 먹을 늙은 개도 없었고, 발로 탁 차면 하얗게 터지는 연탄재도 없었다. 지루하고 어두운 시골의 밤길이었다. 걷기 시작한 지 20분쯤 지났을 때, 아버지가 말했다. "저기 별 좀 봐라." 하얀 입김을 내뿜으며 아버지가 말했다. 우리 가족은 그 자리에 멈추어 서서 일제히 하늘을 올려다보았다.

그때의 풍경을 잊을 수 없다. 은하수였다. 우리가 사는 은하계의 옆구리, 은색 별이 내게로 몽땅 쏟아지는 것 같았다. 어지러웠다. 머리가 빙글 돌았다. 나는 대선 소주병을 떨어트리지 않으려고 꼭 끌어안았다. 정말로 신이 있다면 저것이야말로 어마어마한 우주적 규모의 장난질일 것이다. 어떻게 저렇게 많은 별을 대책 없이 뿌려놓을 수 있는가.

아마도 그때, 나는 태어나서 처음으로 숨 막히는 경이를 느꼈던 것 같다. 별들은 시끄러웠다. 그렇게 기억한다. 내가 하늘을 올려다본 순간부터 별들이 시끄럽게 떠드는 소리가 들렸다.

나는 정말 그 소리를 들었다. 와자지그락부랄낭나티르도랄……과 비슷한 소리였다. (이건 내가 지어낸 말이 아니라 정말 그때 들은 소리다. 믿어도 좋다. 아이들 얘기는 원래 그렇다.) 여러분이 우려하는 일은 그 다음에 일어났다. 그러니까 내가 별들이 떠드는 소리에 정신이 팔려 고개를 쳐들고 걷고 있던 그때…… 내 가슴에는 2리터들이 유리병이 있었다.

갑자기 발이 아래로 쑥 꺼지는 느낌이 들었다. 어어, 하고 외칠 새도 없었다. 블랙홀 같은 어둠의 심연으로 내 몸이 내려갔다. 오른발이 먼저 허공으로 빠졌고 땅에 짚은 왼발이 아무 역할을 못 했다. 반원을 그리며 몸이 아래로 떨어져 내렸다. 그당시 시골에는 하수도 시설이 마땅치 않았다. 그냥 집 옆으로 흘러가는 개울이나 도랑이 하수구였다. 나는 내 가슴 전체를 차지하는 큰 유리병을 안고 1미터 깊이의 하수구에 빠졌다.

내가 어떻게 바닥에 떨어졌는지 정확히 기억나지 않는다. 그냥 눈을 떠보니 그 다음 장면이었다. 미끄럽고 차가운 바닥에서 더러운 냄새가 올라왔다. 온몸이 순식간에 젖어들었다. 두 다리는 하늘을 향해 뻗은 자세로, 내 머리와 상반신은 바닥에 붙어 있었다. 그리고 가슴이 차갑고 축축했다. 가슴 안에서 유리병이 깨진 것이다.

두꺼운 점퍼를 입고 있어서 다행이었다. 유리병은 산산조각 난 게 아니라 큼지막한 유리조각으로 깨졌다. 얇은 옷을 입고 있었다면 복부의 살갗이 어떻게 됐을지도 모른다. 아니면 목에 뭔가가 박혔을지도. 죽음의 순간이었을 것이다. 다행히 그런 일은 일어나지 않았다. 손가락 하나도 베이지 않았다. 그저 내 몸에서는 지독한 하수구 냄새가 날 뿐이었다.

별들이 나를 지켜준 것이라 믿는다. 내가 밤하늘을 올려다보았을 때 들었던 소리는 발걸음을 조심하라는 별들의 경고였을 것이다. 지금도 밤하늘의 총총한 별을 볼 때마다 어디서 나는지 모르는 하수구 냄새를 느낀다. 그리고 별을 볼 때마다 나는 놀란다. 어떻게 저 많은 별들이 '존재하는가'.

우리는 신비로부터 도망치고 있다. 우리는 더 이상 하늘과 땅을 보면서 감탄하지 않는다. 이해할 수 있으므로 자연은 놀랍지 않다. 하늘은 대기의 순환일 뿐이고, 땅은 지각의 껍데기에 불과하며, 우주는 쓸데없이 무한하다. 우리는 신비를 잃었다. 그래서 다들 너무 가볍게 살고 너무 쉽게 죽는다.

나는 이 소설을 쓰면서 내 안에 있는 신비의 감각을 깨우고 싶었다. 놀라는 느낌, 가슴이 쿵 하거나 철렁 내려앉는 숨 막히는 순간, 가슴 깊은 곳에서 꿈틀거리지만 두뇌로 끌어올릴 방법이 없는 어지러운 울림, 우린 그걸 영혼이라 부른다.

처음에는 의심에서 시작된다. 내 사고가 따라가지 못할 때 우리는 의심한다. 표현할 수 없다는 것을 깨달았을 때 비로소 놀란다. 경이로움의 몽둥이에 한 방 얻어맞고 나면 어떻게 질문할 것인지조차 모른다. 하찮은 질문 따위로는 놀람의 충격에서 벗어날 수 없다. 논리는 설명할 수 있고, 의심은 풀릴 수 있지만, 갑작스럽게 달려드는 경이감은 결코 지워지지 않는다. 평생 당신의 머리와 가슴에 놀람의 충격이 남는다.

그러니 우리 삶에서 중요한 건 '이해할 수 있음'이 아니라 '이해할 수 없음'이다. 왜 하필 당신인가? 왜 하고 많은 남자 혹은 여자 중에서, 하필 당신인가? 이 질문에 대답할 수 있다면 그건 사랑이 아니다. 놀람이 없다면 시도, 노래도, 사랑도 있을 이유가 없다.

여섯 살 된 내 아들은 땅에서 캐낸 돌조각을 주워 들고 공룡 이빨이라고 우긴다. 녀석은 땅에서 발견한 '공룡 뼈'를 작은 플라스틱 상자에 넣어 보관한다. 어둠 속에서 별을 찾는 능력이 생긴다면, 여러분도 길에서 공룡 뼈를 발견할 수 있다. 혹은 이런 소리를 들을 수도 있다.

와자지그락부랄낭나티르도랄!

송성근